Brian Moore

# *Hetzjagd*

*Roman*

*Aus dem Englischen von*
*Bernhard Robben*

Diogenes

Titel der 1995 bei
Bloomsbury, London, erschienenen
Originalausgabe: ›The Statement‹


*Für Jean*
*encore et toujours*


200/97/8/1
ISBN 3 257 06152 8

# I

R. fühlte sich im Süden nicht wohl. Die Hitze, der Akzent, die Eintönigkeit der Weinberge, die in Parkflächen verwandelten Plätze der Städte, Touristen, die sich wie verirrte Viehherden über die schmalen Bürgersteige schoben. Vor allem die Touristen: Sie waren schuld daran, daß sich der alte Mann zu Fuß so schwer verfolgen ließ. R. war nun den vierten Tag in Salon-de-Provence und beschattete ihn. Das da mußte er sein. Er hatte das richtige Alter. Er könnte der alte Mann sein, der einmal der junge Mann auf dem Foto gewesen war. Und noch etwas schien zu stimmen: Er wohnte in einem Benediktinerkloster in den Hügeln oberhalb von Salon. Und es stand außer Frage, daß die Kirche in die Sache verwickelt war. Doch R. war sich noch nicht sicher. Er konnte sich erst dann völlig sicher sein, daß es sich bei dem alten Mann um Brossard handelte, wenn er nach dem Brief fragte. Der Brief war vor zwei Tagen aus Paris abgesandt worden. An den letzten drei Tagen hatte R. schräg über die Kreuzung vor der Bar Montana in einem Café in der Rue Maréchal-Joffre Posten bezogen. Der alte Mann kam immer am frühen Nachmittag, kurz nach zwei, ins Montana. Er bestellte sich einen Kaffee, setzte sich und las *Le Monde* von der ersten bis zur letzten Seite. Gegen drei Uhr wurde die Nachmittagspost ins Montana gebracht. Brossard – falls der alte Mann tatsächlich Brossard war – schenkte dem Eintreffen der Post weiter keine Beachtung. Jeden Tag verließ er das Montana etwa um halb vier und ging hinüber zur Place Saint-Michel, wo er seinen kleinen weißen Peugeot abgestellt hatte. Unterwegs betrat der alte Mann eine Pâtisserie und kaufte sich eine *tarte aux amandes*, die er, sobald er in seinem Wagen saß, auspackte und aß. Dann fuhr er aus der Stadt hinauf in die Hügel, auf der einsamen Straße, die zur Abbaye de Saint-Cros führte. Nachdem die Klosterpforte sich geöffnet hatte, um seinen Wagen einzulassen, blieb der alte Mann über Nacht dort.

Man hatte R. mitgeteilt, daß der Brief wahrscheinlich am 2. Mai in der Bar Montana eintreffen würde. Daher setzte R. sich am 2. Mai, dem vierten Tag seiner Observierung, gar nicht erst ins Café auf der anderen Straßenseite, sondern ging geradewegs ins Montana, setzte sich an einen der hinteren Tische und bestellte sich ein Sandwich und ein Bier. Der alte Mann saß an seinem üblichen Platz an der Tür. An diesem Nachmittag kam der Postbote um fünf nach drei, betrat die Bar, rief dem Barkeeper einen Gruß zu, ließ sich von ihm ein Formular unterschreiben und legte dann ein halbes Dutzend Briefe auf den Tresen. R. fiel auf, daß der alte Mann sich zum Tresen umdrehte, sobald der Postbote hinausging. Der Barkeeper blätterte die Briefe durch, zog einen aus dem Stapel und legte ihn neben die Tresenklappe. Kaum hatte R. das gesehen, stand er von seinem Tisch auf und ging an die Bar. Er sagte dem Barkeeper, daß er am Flipperautomaten spielen wolle, und bat ihn um Kleingeld. Während der Barkeeper das Wechselgeld abzählte, ging R. zur Klappe, warf einen Blick auf den Pariser Poststempel und las die maschinengeschriebene Anschrift: »M. Pouliot, Bar Montana, 6, Rue Saint-Michel, 13100 Salon-de-Provence.« Pouliot war der Deckname, den Brossard für seine Briefe benutzte. R. ging zum Flipper bei den Toiletten. Er begann zu spielen und hieb mal links, mal rechts gegen den Apparat, um die Stahlkugel ins gewünschte Loch zu lenken. Er war beim dritten Spiel, als er sah, wie der alte Mann aufstand, an den Tresen ging und etwas zum Barkeeper sagte, der daraufhin nickte und auf den Brief neben der Klappe deutete. Als der alte Mann den Brief an sich nahm, hörte R. auf zu spielen und ging zurück an seinen Tisch. Er legte das Geld für seine Bestellung hin, ohne den alten Mann aus den Augen zu lassen. Er sah, wie der den Brief öffnete, hineinschaute, ein *mandat* hervorzog und einen Blick darauf warf. R. wußte, daß es eine Zahlungsanweisung über 15 000 Francs war. Brossard – denn jetzt bestand kein Zweifel mehr daran, daß es Brossard war – steckte den Umschlag in seine Jackentasche und griff wieder nach seiner *Le Monde*. Er las noch etwa zwanzig Minuten, legte dann ein 2-Franc-Stück auf die Untertasse, klemmte sich die Zeitung unter den Arm und ging auf die Straße.

R. folgte ihm nach draußen. Wie stets war die Straße mit Touristen überfüllt, und wie stets gelang es R. nur mit Mühe, den alten Mann nicht aus den Augen zu verlieren. Am Ende der Rue Maréchal-Joffre bog der alte Mann in eine steile, enge Straße und folgte seiner üblichen Route zum Parkplatz und zu seinem Wagen. Als er zur Place Bourbon kam, betrat er die Pâtisserie Du Midi und reihte sich in die kleine Warteschlange, um sich wie jeden Tag seine *tarte aux amandes* zu kaufen. R. blieb unter einer nahen Platane stehen.

Anders als an den anderen Tagen, an denen er hier gewartet hatte, schien das Kaufen des Mandeltörtchens heute mindestens zehn Minuten zu dauern. Er versuchte, sich mit einer Atemübung zu beruhigen, aber es klappte nicht. Schließlich trat der alte Mann aus dem Laden und ging zum Parkplatz, an einem Finger baumelte kokett der eingepackte Kuchen. R. ging an dem Alten vorbei und bog auf denselben Parkplatz ein. Sein Mietwagen stand eine Reihe hinter dem Peugeot des alten Mannes. Der alte Mann würde jetzt in seinem Peugeot sitzen und seine *tarte aux amandes* essen, bevor er ins Kloster zurückfuhr. Gestern hatte R. beschlossen, daß er, wenn es soweit war, den Parkplatz vor dem alten Mann verlassen und sich an der gewissen Stelle weit vor dem Peugeot aufstellen würde. Aber wenn der alte Mann nicht zum Kloster zurückfuhr? Was, wenn er jetzt, da er das Geld erhalten hatte, in ein anderes Versteck fuhr? Das war ein Risiko, das R. nicht eingehen konnte. Er würde warten müssen, bis das Törtchen verzehrt war, würde dem alten Mann aus der Stadt folgen, den kleinen weißen Wagen irgendwo auf der Hauptstraße außerhalb von Salon überholen, in Sichtweite bleiben und sich vergewissern, daß er hinter ihm über die einsame, hüglige Straße rollte, die zum Kloster führte. Vor zwei Tagen war R. diese Straße abgefahren und hatte sich hoch oben seine Stelle gesucht, dort, wo die Straße eine scharfe Kurve machte, links eine tiefe Schlucht, rechts ein Felsvorsprung.

Sein Mietwagen stand am Parkplatzrand, nicht im Schatten der Platanen. Als er einstieg, war es drinnen heiß wie in einem Backofen. Er saß da, schwitzte bei offenen Türen und sah dem alten Schwein eine Reihe weiter zu, das sein

Törtchen aß, sah die Krümel, die unbemerkt an seinem Kinn klebten. R. zog den Reißverschluß der Aktenmappe auf und suchte nach dem Blatt mit dem getippten Text, dann nach dem Revolver. Er legte die Tasche unverschlossen auf den Beifahrersitz. Endlich sah er, wie das Kuchenpapier achtlos aus dem Fenster des Peugeots geworfen wurde, und hörte, wie der Motor des alten Wagen mit einem knirschenden Geräusch ansprang.

R. folgte dem Peugeot aus Salon hinaus in einer Autoschlange, die langsam wie ein Trauerzug dahinkroch. Als er gestern dem alten Mann nachgefahren war, hatte er aufmerksam darauf geachtet, andere Autos vor sich einscheren zu lassen. Doch heute sorgte er sich, der alte Mann könnte nicht zum Kloster zurückfahren, und hielt es deshalb für besser, unmittelbar zum Peugeot aufzuschließen.

Sieben Kilometer hinter Salon überholte R. den Wagen des alten Mannes. Es schien zu stimmen. Brossard war zweifellos *en route* zum Kloster. Es gab einen bangen Augenblick, als R. vor ihm in die schmale Hügelstraße abbog, die zur Abbaye de Saint-Cros führte. Doch noch während sein Wagen zur ersten Kurve hinaufkletterte, folgte der kleine Peugeot nichtsahnend wie eine Maus in die Falle. Also gab R. Gas und jagte waghalsig voraus, um sich einen Vorsprung zu sichern und die Tat vorzubereiten. Nach weiteren drei Kilometern erreichte er die scharfe Kurve in der Straße, zur Linken die tiefe Schlucht. Von hier aus waren es bis zum Kloster nur noch drei Kilometer.

R. hielt auf dem Seitenstreifen, öffnete die Kühlerhaube und ließ die Haltestange einrasten, um anzuzeigen, daß er Ärger mit dem Motor hatte. Er langte zum Beifahrersitz hinüber, nahm die offene Aktenmappe, stellte sich mitten auf die Straße und wartete.

Eine tödliche Stille lag über der verlassenen Landschaft dieser Hochsteppe. Wie zur Strafe brannte die Sonne auf den Fels herab. R. horchte. Zuerst vernahm er das leise Zirpen der Zikaden, danach fernes Donnergrollen wie ein Wirbel auf einer Kesselpauke. Und dann, als der kleine weiße Peugeot langsam in Sicht kam, hörte er endlich den ächzenden Motor. R. leckte sich die Lippen, aber sie blieben trokken. Er stand da und sagte sich seinen Text vor, als wäre er ein Schauspieler. Der kleine Wagen war nur noch dreißig Schritte entfernt. R. hob seine Aktenmappe, winkte und sah, wie der Peugeot langsamer wurde und dann im Kriechtempo auf ihn zuhielt. Er ließ die Aktenmappe sinken, verzog sein Gesicht zu einem Lächeln und näherte sich dem Wagen.

»Entschuldigung«, sagte er. »Aber wie Sie sehen...« Er deutete auf seinen Wagen. »Fahren Sie zum Kloster? Könnten Sie mich mitnehmen?«

Der alte Mann sah zu ihm hinaus. Er hatte alle Fenster heruntergekurbelt, da der kleine Peugeot keine Klimaanlage besaß. Der alte Mann nickte, als wollte er die Bitte erfüllen. R. sah, daß immer noch einige Krümel am Kinn des alten Mannes hingen. Er ging zum Wagen, in der Hand die offene Aktenmappe, die er jetzt anhob, als wollte er sie unter den Arm klemmen. Doch statt dessen griff er hinein, suchte nach der Waffe, zog sie heraus. Er sah dabei den alten Mann an. Mit einem Gesicht, das so ausdruckslos wie das Gesicht einer Statue war, erwiderte der alte Mann seinen Blick, schaute auf die Waffe, schob bedächtig, ohne Hast einen schweren schwarzen Revolver aus dem Vorderfenster des Peugeots, hielt ihn in beiden Händen und feuerte und feuerte. R. spürte den Schock der ersten Kugel in seiner Brust. Er fiel, ehe die zweite Kugel traf – wieder in die Brust. Sein Revolver glitt ihm aus den Fingern und schlitterte über die weiße staubige Straße.

Der alte Mann öffnete die Fahrertür des Peugeots, stieg aus, ging steifen Schrittes über die Straße, setzte R. mit dem Geschick langjähriger Erfahrung die Waffe an den Hinterkopf und verpaßte ihm den *coup de grâce*.

Der Tote war auf seine Aktenmappe gefallen. Wie so oft, wenn die letzte Kugel aus nächster Nähe gefeuert wird, zuckte der Körper und änderte seine Lage. Erst dadurch wurde das Blatt Papier in der Aktenmappe sichtbar. Es war aus dem äußeren Fach gerutscht. Monsieur Pierre rührte es nicht an, sondern ging zurück zum Peugeot und holte ein Paar gelbe Gummihandschuhe aus dem Handschuhfach. Er zog sie an, blieb einen Augenblick stehen und lauschte. Er konnte keinen Verkehr auf der Straße hören, aber sein Gehör war nicht mehr so scharf. Also schnell gemacht. Er ging zur Leiche zurück, zog das Papier aus der Aktenmappe und steckte es ungelesen in seine Jackentasche. Dann hob er den Revolver auf, der auf die Straße gefallen war, und legte ihn zusammen mit der Aktenmappe in den Wagen des Toten. Unter Aufbietung aller Kräfte faßte er die Leiche bei den Fußgelenken. Da war viel Blut. Es hinterließ eine Spur auf der Straße, als er den Leichnam zum Wagen zog und zerrte. Er hielt inne, um Atem zu schöpfen. Er wußte nicht, ob er die Kraft hatte, die Leiche auf den Vordersitz zu hieven. Es dauerte eine Weile, aber er schaffte es. Wieder lauschte er.

Alles ruhig. Er beugte sich über die Leiche, achtete sorgsam darauf, daß das Blut keine Flecken auf seinen Kleidern hinterließ, und nahm dem Toten die Brieftasche ab. Da war noch ein ausländischer Paß. Er schob Brieftasche und Paß in seine Tasche. Der Wagenschlüssel steckte. Er ließ den Motor an. Ehe er einen Gang einlegte, betrachtete er das Gesicht des Toten, doch es sagte ihm nichts. Er hatte den Leichnam mit dem Gesicht über den Boden geschleift, es war nur noch ein blutiger Klumpen. Er beugte sich vor, schlug das Steuer ein, legte einen Gang ein, zog dem Toten einen Schuh aus, verkeilte das Gaspedal und konnte gerade noch herausspringen, als der Wagen anrollte. Der Wagen stürzte in die Schlucht und fiel zwanzig Meter tief auf die Felsen hinab. Der alte Mann stand da, starrte auf die große Staubwolke und wartete darauf, daß der Wagen Feuer fing. Doch das tat er nicht. Pech.

Der alte Mann drehte sich um und ging zurück zum Peugeot. Diese Straße wurde nur von wenigen Autos befahren, aber trotzdem. Er zog sich die gelben Gummihandschuhe aus und stülpte ihr Inneres nach außen, ehe er sie zurück ins Handschuhfach legte. Er ließ den Motor an und fuhr los.

›Als ich gestern aus dem Montana kam und ihn auf der anderen Straßenseite sah, bin ich langsam vorbeigegangen und habe gewartet. Er ist mir den ganzen Weg bis zum Parkplatz gefolgt. Und als ich heute aus der Pâtisserie kam, war er wieder da, und dann stand er auf der Straße, wartete auf mich und hantierte an der Aktenmappe herum.‹

Pierre fuhr langsam bis zu einer Kurve, wo er den Wagen anhielt und über das gewundene Band der Straße zurückschaute. Es kamen keine Autos. Er griff in seine Jackentasche und holte den ausländischen Paß und das maschinenbeschriebene Blatt hervor.

BEKENNERBRIEF
KOMITEE GERECHTIGKEIT
FÜR DIE JÜDISCHEN OPFER VON DOMBEY

*Dies ist Pierre Brossard, ehemals Chef der Zweiten Sektion der* milice *im Raum Marseille, der 1944 und abermals 1946 von einem französischen Gericht zum Tode* in absentia *verurteilt wurde und dem darüber hinaus mit der Ermordung von vierzehn Juden am 15. Juni 1944 in Dombey, Alpes-Maritimes, ein Verbrechen gegen die Menschlichkeit zur Last gelegt wird. Nach vierundvierzig Jahren voller juristischer Ausflüchte und Hinhaltetaktiken, in denen sich die katholische Kirche der Mittäterschaft schuldig machte, da sie Brossard vor der Justiz verborgen hielt, sind die Toten nun gerächt. Dieser Fall ist abgeschlossen.*

Monsieur Pierre warf einen Blick auf den Paß. Er öffnete ihn und besah sich das Foto. Dann las er den Namen. David Tanenbaum. Alter: zweiundvierzig. Er hatte das Gefühl, das Leben noch einmal an sich vorbeiziehen zu sehen, in jene Zeit zurückversetzt zu werden, als er Herr der Dokumente war und über das Geschick des jeweiligen Inhabers bestimmen konnte, wenn ihm Paß oder Ausweis über den Tisch gereicht wurden.

Die Brieftasche des Attentäters enthielt 6000 Francs und einen kanadischen Führerschein, ausgestellt auf den Namen David Tanenbaum. Er fand keine Kreditkarten, keine weiteren Papiere. Monsieur Pierre steckte die 6000 Francs in seine eigene Brieftasche und legte die Brieftasche des Toten, den Paß und das maschinenbeschriebene Papier zusammen mit den blutbefleckten Gummihandschuhen und dem Revolver in das Handschuhfach des Peugeots. Am Armaturenbrett des Wagens steckte eine Medaille des heiligen Christophorus, die er 1943 in Marseille erstanden hatte, einen Tag, nachdem Lehmanns Wagen von ihm zu persönlichem Gebrauch requiriert worden war. Es war eine wunderschöne kleine Medaille aus Sterlingsilber, die den bärtigen Heiligen zeigte, wie er mit dem Christuskind auf den Schultern eine gefährliche Furt durchquerte. Der heilige Christophorus: Patron der Reisenden. Zum Schutz vor Unfällen gab es eine solche Medaille in dieser Gegend häufig an den Armaturenbrettern der Autos. Monsieur Pierre hatte die Medaille gekauft und sie segnen lassen. Irgendwie half sie ihm gegen das Unbehagen, im Wagen eines Juden zu sitzen. Seither hatte die Medaille an den Armaturenbrettern all seiner Autos gesteckt. Und der heutige Tag hatte wieder einmal bewiesen, daß er unter dem Schutz des heiligen Christophorus stand.

Die Straße verengte sich, war kaum noch breiter als der Fuhrweg, der sie jahrhundertelang gewesen war. Während der kleine Wagen sich die Abhänge hinaufwand, die Reihe um Reihe mit Weinstöcken bedeckt waren, tauchten, flirrend in der Nachmittagshitze, die hohen, alten Mauern und das prachtvolle Steindach der Abbaye de Saint-Cros auf. Als der kleine Wagen sich dem schweren Holztor des Haupteingangs näherte, ertönte zweimal die Hupe. Langsam wurde das Tor aufgezogen und gab den Blick auf einen weiten Innenhof frei, dessen uraltes Pflaster uneben und mit Wildblumen übersät war. Der kleine Wagen holperte unsicher über den Hof und fuhr in den Stall, in dem zwei Traktoren, ein Deux-Chevaux-Lieferwagen und ein alter, viersitziger Panhard unter einem heugefüllten Dachboden standen.

Die Fahrzeuge des Klosters. Keine Besucher. Gut. Er drehte sich um und sah, wie das Tor geschlossen wurde, wie die dicke Eisenstange in die Halterung rutschte. Die Abtei war eine Festung, im vierzehnten Jahrhundert erbaut und wie die Benediktinerabtei in Metz eine der Ursprungsstätten des gregorianischen Chorals. Über solche Dinge wußte er Bescheid. Im Laufe der Jahre war er Gast in so vielen Abteien, Stiften und Pfarrhäusern gewesen, hatte so vielen Berichten über die Triumphe der Religion und die Anfechtungen ihrer Heiligen, über ihre Wunder und heiligen Taten gelauscht. Er fühlte sich geborgen an religiösen Stätten, sei es im Salon eines *curé* oder in der Pracht eines erzbischöflichen Palastes. Doch wirklich heimisch fühlte er sich nur in Klöstern. Gastfreundschaft gegenüber Fremden war hier Gesetz, über Jahrhunderte des Glaubens tradiert, Erinnerung an eine Zeit, als die Kirche eine eigene Macht unabhängig von aller weltlichen Autorität war und es ihr freistand, jenen Fliehenden Asyl zu gewähren, denen sie zu helfen gewillt war. Hinter den Klostermauern hörte die Welt auf. Mönche sahen nicht fern und lasen keine Zeitungen. Das war das Allerwichtigste. Gerade jetzt.

Er schloß den Wagen ab, durchquerte den Kreuzgang und ging den schattigen Weg entlang, der zum kleinen Büro des *père hospitalier* führte. Dort traf er Pater Jérôme, einen gebückten kleinen Mann seines Alters, der auf den blauen Bildschirm eines Computers starrte.

»Aha, Monsieur Pierre«, sagte Pater Jérôme, ohne aufzusehen. »Sie wollten mich sprechen?«

Er schien keineswegs erfreut über diese Störung.

»Ja, Pater. Ich muß fort. Eine Familienangelegenheit.«

In der Abbaye de Saint-Cros fühlte er sich besonders sicher. Der Abt, ein alter Freund, hatte den Gastpater schon vor langem angewiesen, ihm bei Bedarf zu jeder Zeit, ob Tag oder Nacht, ein Zimmer bereitzustellen. Selbst jetzt, nach Jahren regelmäßiger Besuche, kannte Pater Jérôme ihn nur als Monsieur Pierre. Er fragte nicht weiter nach der Familienangelegenheit. Es interessierte ihn nicht.

»Gute Reise dann«, sagte Pater Jérôme. »Werden Sie morgen früh abfahren?«

»Ich muß leider schon heute abend aufbrechen.«

Pater Jérôme nickte und tippte etwas in seinen Computer. Das Gespräch war zu Ende.

Monsieur Pierre ging nach draußen, und als er an der Kapelle vorbeikam, senkte er ehrfurchtsvoll den Kopf. Er ging über den Haupthof, vorbei an der angrenzenden großen Werkstatt, in der die Mönche Töpferwaren herstellten, die an Großhändler in Dijon und Paris geliefert wurden, durchquerte das leere Refektorium und erklomm eine Reihe von Steinstufen, die zu dem runden Türmchen führten, das Besuchern vorbehalten war. Sein Zimmer war oben, direkt unterm Dach, mit niedriger Decke, dicken Steinmauern, einem schmalen Bett, einem Betpult und einem grobgezimmerten Holzsessel. Es gab eine Waschschüssel und das übliche Kruzifix an der Wand neben einem schmalen Fensterschlitz, der den Blick auf einen Teil des Klosterglockenturms freigab. Er reiste stets mit drei Koffern, die seine Kleider, Papiere und einige Erinnerungsstücke enthielten, und da es in diesen mönchischen Zellen keine Möglichkeit gab, die Kleider aufzuhängen, hatte er einen Lederfaltschrank dabei, den er stets unmittelbar hinter der Tür aufstellte. Dieser Kleiderschrank machte es schwierig, sein Zimmer unbemerkt zu betreten. Neben sein Gebetbuch, das von Meßkärtchen und Heiligenbildern überquoll, hatte er das Bild der Jungfrau Maria, die Reproduktion eines Gemäldes aus dem siebzehnten Jahrhundert, auf das Betpult gelegt.

Er setzte sich auf das schmale Bett und maß seinen Puls. Er fühlte sich benommen und außer Atem. Dies war nicht wie zu anderen Gelegenheiten, nicht wie in anderen gefährlichen Situationen. Es ging nicht mehr bloß darum, sich vor der Polizei und den Gerichten zu verstecken. Seine Todfeinde waren ihm nahe gekommen, näher als je zuvor. Sie hatten gewußt, daß er in der Bar Montana sein und auf den Brief warten würde. Wie konnten sie davon wissen? Wer waren sie, wer steckte dahinter, Franzosen oder Amerikaner? Er sah sich den Paß noch einmal an. Kanadisch. Konnte gefälscht sein. ›Ich muß mich einen Augenblick hinlegen. Ganz ruhig. Ganz ruhig.‹

Wieder sah er den Fremden auf sich zukommen, wie er die Aktenmappe anhob, den Revolver herausnahm. ›Und wenn ich nach all diesen Jahren in meiner Wachsamkeit nachgelassen hätte, wenn ich das Gespür dafür verloren hätte, daß man mich verfolgt? Doch Gott sei gedankt, *er* hat mich heute beschützt, wie *er* mich auch in der Vergangenheit immer beschützt hat. Bei der Andacht heute abend muß ich ein Dankgebet sprechen. Geht nicht, ich kann nicht bis zur Andacht bleiben. Irgendwelche Winzer, die an der Schlucht vorbeikommen, könnten das Auto sehen. Und dann kommt die Polizei her, denn die Straße führt nur zur Abtei. Also aufgestanden und die Sachen gepackt.‹

Doch als er den Lederschrank zusammengelegt und seine Kleider wieder gepackt hatte, fühlte er sich erneut benommen und unwohl. Er ging die Wendeltreppe des Türmchens hinunter ins Refektorium. Einige Laienbrüder schälten Kartoffeln. Er bat um Hilfe, und ein Bruder Rafael, ein kräftig aussehender Bursche, begleitete ihn hinauf und half ihm, die Koffer zu tragen. Der dritte Koffer enthielt seine Sammlung, und da das Schloß schon alt war, hielt er es für besser, ihn selbst hinunterzutragen. Wenn der aufspringen sollte, würden die Wimpel und die deutschen Orden herausfallen, ein paar wertvolle Stücke darunter, alles leicht verkäufliche Andenken. Er trieb einen netten Handel mit diesen Dingen.

Kurz nach fünf Uhr war der kleine Peugeot endlich beladen und reisefertig. Die Andacht begann um sechs, und der Abt würde, das wußte er, zwischen halb sechs und sechs in den Kreuzgang hinunterkommen, um sich die Beine zu vertreten und das Brevier zu beten. Also ging er um zwanzig nach fünf zum Studierzimmer des Abtes und klopfte an. Eine Stimme rief: »Ja?«

»Ich bin's, Vater Abt. Pierre. Könnte ich Sie auf ein Wort sprechen? Nur einen Augenblick?«

»Kommen Sie herein. Kommen Sie.«

Das Studierzimmer des Abtes war ein großer, kahler Raum, der von einem wuchtigen Holztisch beherrscht wurde, auf dem zwei Kästen aus Teakholz standen, die vor Briefen überquollen. Hinter dem Tisch saß in einem Sessel mit einer Lehne, hoch wie ein Kirchenstuhl, Dom Wladimir Gorschakow, groß, streng, mit Bart und einem schweren, eisernen Kruzifix, das wie ein Dolch in seinem Gürtel steckte. »Nun, Pierre, was gibt es?«

»Ich bin nur gekommen, um mich bei Ihnen zu bedanken, Vater Abt. Wieder einmal habe ich Ihre Gastfreundschaft über die Maßen in Anspruch genommen, doch heute abend muß ich mich verabschieden. Ich glaube, es ist an der Zeit für mich weiterzuziehen.«

»Heute abend?« Der Abt deutete seine Überraschung mit einem theatralischen Hochziehen der Augenbrauen an. »Ein wenig plötzlich, nicht wahr? Ein besonderer Anlaß?«

Am besten, er sagte nichts. Erfand eine Ausrede.

»Man hat mir gerade mitgeteilt, daß mein Dossier an einen neuen Untersuchungsrichter übergeben wurde, der sich beklagt, daß die Polizei in ihren Nachforschungen nicht sorgfältig genug vorgegangen sei. Ich halte es daher für besser, wenn ich von nun an alle ein, zwei Wochen umziehe.«

»Es hat andere Untersuchungsrichter gegeben«, sagte der Abt. »Und ich bin mir sicher, daß Sie auch diesen überdauern werden. Was Sie sagen, klärt allerdings etwas, mit dem ich Sie eigentlich nicht beunruhigen wollte. Der Kardinal und Primas der Kirche in Lyon hat nämlich seinerseits eine Untersuchung eingeleitet. Er hat eine unabhängige Kommission aus Historikern zusammenstellen lassen, die herausfinden soll, warum Ihr Fall im Laufe der Jahre von so vielen Klerikern unterstützt wurde. Also wird man sich hier bald nach Ihren Besuchen bei uns erkundigen.«

»Dann ist es wohl besser, wenn ich jetzt fahre?«

»Vielleicht. Aber vergessen Sie nicht, daß Sie hier stets willkommen sind.«

»Danke, Vater Abt. Der Primas – Kardinal Delavigne – er ist keiner von uns, oder?«

»Nein, ist er nicht.« Der Abt erhob sich, als wollte er die Unterhaltung mit diesen Worten beenden. »Dann eine gute Reise. Und Gott mit Ihnen.«

»Danke, Vater Abt. Vielen Dank für alles.«

Vor Dunkelheit wollte er einen Großteil der Strecke zurückgelegt haben. Er konnte nachts nicht gut sehen, und Brillen schienen nicht mehr zu helfen. Als junger Mann, vor allem in Uniform, war er zu eitel gewesen, um sie aufzusetzen. Wahrscheinlich mußte er heute den Preis für seine jugendliche Eitelkeit zahlen. Natürlich hatte er damals das Ansehen seines Amtes wahren müssen. Er war ein junger Standartenführer jener *Neuen Ordnung* gewesen, von der der Maréchal gesprochen hatte, einer von den Menschen, die in einem von der eigenen Schwäche überwältigten Frankreich jenen Gipfel sahen, den es zu bezwingen, die Berge, die es zu erstürmen galt. Und für ihn war es normal, eitel zu sein: Frauen fanden ihn attraktiv. Nicole hatte ihm gesagt, seine Augen seien von »stechendem Blau«. Sein Haar war blond, seine Haut weiß und glatt. In den Jahren der Zusammenarbeit mit Gestapokommandant Knab hatte der ihm immer wieder gesagt, er sahe wie ein »reinrassiger Arier« aus – in seinen Augen das höchste Kompliment. Und stets hatte er jünger ausgesehen, als er war. »Ein hübscher Meßdiener«, so hatte ihn eine belgische Schlampe der Pariser Sûreté beschrieben. Das war '53, damals war er vierunddreißig gewesen.

Doch er erinnerte sich, wie nützlich die Brillen in den Pariser Jahren gewesen waren. Jacquot und er hatten jedesmal getönte Brillen getragen, wenn sie einen Job erledigen mußten. Jacquot sagte, sie wirkten wie eine Maske, und die Leute erinnerten sich hinterher nur an die getönten Brillen, wenn sie versuchten, dich zu beschreiben. Und es stimmte. Er hatte immer noch eine Brille mit getönten Gläsern in seinem Wagen, und als sich jetzt das Klostertor weit öffnete und die Abendsonne direkt auf die Windschutzscheibe schien, öffnete er beim Hinausfahren das Handschuhfach, um nach der Brille zu suchen. Sie lag unter den blutbefleckten Gummihandschuhen. Die Handschuhe mußten gewaschen werden: Den Paß und das Blatt Papier würde er dem Commissaire zeigen. Der Commissaire war ein Experte für solche Leute.

Etwa fünfzig Kilometer bis Avignon. Auf der Straße, die vom Kloster die Hügel hinabführte, war niemand zu sehen. Als er an die Kurve und zur Schlucht kam, fuhr er langsam, hielt aber nicht an. Vielleicht waren Polizisten oder Sanitäter dort unten, aber da er nicht stehenblieb, konnte er nicht feststellen, ob das Wrack bereits entdeckt worden war.

Er bog Richtung Avignon in die Hauptstraße ein. Bei der ersten Tankstelle hielt er an und fragte, ob es in der Nähe eine öffentliche Telefonzelle gebe. Er hatte Glück. Während der Peugeot aufgetankt wurde, ging er ans Telefon und wählte die Nummer in Avignon.

Eine Frauenstimme. Madame Vionnet? »Was soll ich ihm sagen, wenn er wissen will, wer ihn sprechen möchte?«

»Sagen Sie einfach: Monsieur Pierre. Danke sehr, Madame.«

Man rechnete nicht mit ihm. Vor langer Zeit war ausgemacht worden, daß er sich nur im Notfall meldete.

Nach einer geraumen Weile hörte er Schritte auf blankem Boden.

»Ja, hallo?«

»Monsieur Pierre. Ich bin gerade in der Gegend und habe mich gefragt, ob ich heute abend vorbeikommen und Ihnen eine Serie Belgisch-Kongo zeigen dürfte? 1875, Freistaat Kongo, mit dem Porträt von König Leopold II. Die Marken sind wunderschön. Hätten Sie Interesse?«

Der Commissaire schien verärgert. »Wo stecken Sie?«

»Ich habe Salon gerade verlassen.«

Eine Pause. Dann: »Ich wollte eben zu Abend essen. Also schön. Ich könnte einige Minuten für Sie erübrigen. Sagen wir um neun?«

»Vielen Dank.«

›Neun Uhr, also muß ich im Dunkeln fahren. Mist! Ich sollte mir ein Zimmer bei ihm in der Nähe suchen, irgendein Touristenmotel. Ich könnte den Ausweis auf den Namen Pouliot zeigen, falls die einen sehen wollen. Wollen sie nicht. Heutzutage wird man nicht mehr so überprüft wie früher. Trotzdem, es ist niemals klug, in einem Hotel abzusteigen.‹

Kurz nach sieben traf er in Avignon ein. Es war noch hell. Als erstes fuhr er in die Avenue Delambre, vorbei an der schlichten, rosafarbenen Stuckvilla des Commissaire, die hinter einem riesigen Leclerc-Supermarkt in einem anonymen Vorort lag, vor den Toren der alten Stadtmauer. Wann war er zuletzt hier gewesen? Vor acht Jahren? Eine Straße weiter fand er, wonach er gesucht hatte, ein Motel an einem Kreisverkehr. Er nahm sich ein Zimmer und brauchte kein Formular auszufüllen. Er ließ einen Koffer im Motel und fuhr dann zurück zur Avenue Delambre. Im Leclerc-Supermarkt gab es eine Snackbar. Er bestellte sich *saucisses, frites* und ein Bier. *Steak mit pommes frites*, das Tagesmenü, wäre ihm lieber gewesen, aber die Brücke saß wieder locker. Endlosen Ärger hatte er mit seinen Zähnen gehabt, nicht bloß wegen der Schmerzen und all der Unannehmlichkeiten, sondern auch, weil er wegen der Karteiblätter der Zahnärzte vorsichtig sein mußte. Wer keine offizielle Identität hat, kann auch keine Gesundheitsfürsorge in Anspruch nehmen. Erst in den letzten Jahren hatte er durch den wohltätigen Einfluß von Dom Adelbert in Montélimar seine Zähne vernünftig behandeln lassen können.

Als er in der Snackbar sein Tablett in die Hand nahm, entschied er sich wie immer dafür, mit dem Rücken zu den Passanten zu sitzen. Er hatte sein Mahl etwa zur Hälfte beendet, als ihm übel wurde und er glaubte, sich übergeben zu müssen. Es war für einen Tag einfach zuviel gewesen. Nicht bloß der Jude und diese ganze Aufregung, auch die anderen schlechten Neuigkeiten. ›Hätte mir der Abt auch dann von der neuen Untersuchungskommission erzählt, wenn ich heute nachmittag nicht zu ihm gegangen wäre? Vielleicht nicht. Denn jetzt bin ich ihnen bestimmt lästig, selbst denen, die Wahres von Falschem unterscheiden können. Wenn die Kommission ihre Arbeit aufnimmt, werden sich weitere Türen vor mir verschließen. Kardinal Delavigne gehört der Nachkriegskirche an, ein Gaullist, Widerstandskämpfer und Reformer. Dem kann niemand einen Riegel vorschieben, er ist Primas der Gallier, der höchste Bischof von ganz Frankreich.‹

Der Commissaire würde erwarten, daß er pünktlich kam, also ließ er seinen Teller halbleer stehen, ging zum Wagen und fuhr in die Avenue Delambre. Er parkte eine Querstraße vor der Nummer 129. Es war schon dunkel. Er wartete, bis seine Uhr neun anzeigte, genau neun, dann stieg er aus, schloß das Auto ab und ging über den kurzen Weg, der zur Haustür führte. Ein Hund begann zu bellen. Er hatte Angst vor Hunden. Er sah sich um und hoffte, daß der Hund im Haus eingesperrt war.

Als er klingelte, rief jemand den Hund. Das Bellen hörte auf. Die Tür wurde von Madame Vionnet geöffnet. Er merkte, daß sie sich nicht an ihn erinnern konnte. Er hätte sie allerdings auch nicht wiedererkannt, diese weißhaarige alte Frau in Turnschuhen und purpurfarbenem Trainingsanzug, sie, die einmal hinter einem Tisch im Büro des Commissaire gesessen, ihre langen Beine übereinandergeschlagen, ihre Strumpfbänder gezeigt und wie eine Hure gelächelt hatte.

»Ich werde erwartet«, sagte er. »Monsieur Pierre.«

Vom Hund keine Spur, offenbar war der im rückwärtigen Teil des Hauses. Als er den Flur betrat, mußte er sich an knapp zwanzig Weinkisten vorbeizwängen, die fast bis an die Decke gestapelt waren. Er las die Etikette auf den Kisten: Caves des Saussaies. Côtes du Ventoux. Was tat ein hoher Pariser *flic* im Ruhestand? Der Commissaire hatte sich ein kleines Weingut bei Vaison la Romaine gekauft. Der Witz lag im Namen: Rue des Saussaies. ›Wo sie mich zu Brei geschlagen haben.‹

Die weißhaarige Frau führte ihn in einen kleinen, nach vorne gelegenen Empfangsraum, der ebenfalls mit Weinkisten zugestellt war. Wieder schlug der Hund an, und er hörte die Stimme des Commissaire. »Balzar!« Das Bellen hörte auf. Der Commissaire kam ins Wohnzimmer, stocherte mit einem hölzernen Zahnstocher in seinen Zähnen herum. Er war alt geworden, seit sie sich vor sieben Jahren zum letzten Mal gesehen hatten. Mit seiner grünen Strickjacke und den blauen Cordhosen, der gegerbten und von der Sonne dunkelrot verbrannten Haut, den Fingernägeln, schwarz wie die eines Bauern, hätte man ihn durchaus für den einfachen Winzer halten können, der er neuerdings zu sein vorgab. Nur seine Augen hatten sich nicht verändert. Sie blinzelten nicht.

»Sie waren in Salon? Haben Sie Ihren Brief erhalten?«

»Ja, danke.«

»Was nicht in Ordnung?«

Der Ton seiner Stimme gab Monsieur Pierre zu verstehen, daß sein Besuch nicht willkommen war.

»Ja«, sagte er. Als er heute abend hergefahren war, hatte er sich im Wagen seine Version der Ereignisse zurechtgelegt, und die erzählte er jetzt kurz und bündig. Anschließend zog er den Paß des Attentäters und das Blatt Papier hervor. Der Commissaire, der bis dahin gestanden hatte, bedeutete ihm, Platz zu nehmen, setzte sich ebenfalls und knipste eine Tischlampe an, um sich den Paß genauer anzusehen.

»Scheint echt zu sein«, sagte er. »Aber ich behalte ihn da und lasse ihn untersuchen. Sie sind ein Glückspilz. Sie hätten heute abend am Grunde dieser Schlucht liegen können.«

»Das war kein Glück. Er ist mir gestern nachmittag bereits aufgefallen, als ich aus der Pâtisserie kam.«

Der Commissaire steckte den Paß in die Gesäßtasche seiner Kordhose. »Was halten Sie also von der ganzen Geschichte, Monsieur Pierre?«

Er wußte, wenn der Commissaire ihn mit Monsieur ansprach, dann nicht aus Höflichkeit. Die Anrede war Teil seines Decknamens. Der Commissaire klang verächtlich.

»Deshalb mache ich mir ja solche Sorgen. Welche Leute auch immer dahinterstecken, sie haben gewußt, daß ich in Salon sein würde. Sie haben gewußt, daß ich im Montana sein würde. Vielleicht haben sie sogar gewußt, daß ich auf den Brief gewartet habe. Und Sie? Was halten Sie davon?«

»Ich weiß nichts über diese Leute«, sagte der Commissaire. »Sie gehören zu keiner der üblichen Gruppen. Vielleicht ein jüdischer Studentenverein, vielleicht auch Verwandte von den Leuten aus Dombey. Ich werde dem nachgehen.«

»Aber wieso wissen die über den Brief Bescheid? Davon weiß keiner etwas, nicht mal meine Freunde in der Kirche.«

Der Commissaire nahm den Zahnstocher aus dem Mund und legte ihn behutsam in einen Aschenbecher. »Sie haben in Saint-Cros gewohnt, richtig?«

»Ja.«

»Und Sie haben heute abend Bescheid gesagt, daß Sie abreisen. Haben Sie auch erzählt, was passiert ist?«

»Nein.«

»Gut. Darüber sollte außerhalb dieses Zimmers auch nicht geredet werden.«

»Jawohl.«

»Und was haben Sie als nächstes vor? Wo wollen Sie bleiben?«

»Ich dachte an Aix.«

»Sie dachten?«

»Entschuldigung. Nur so eine Redensart. Ich bleibe einige Wochen im Prieuré Saint-Christophe außerhalb von Aix.«

»Werden Sie erwartet?«

»Nein, aber ich bin dort stets willkommen. Der Prior ist ein Freund der Chevaliers.«

»Notieren Sie mir die Adresse. Und die Telefonnummer, falls Sie die haben.«

Der Commissaire zog ein liniiertes Heft aus der Schublade eines Beistelltisches. »Die Chevaliers«, sagte er. »Gut. Sie wissen, daß Sie von jetzt an doppelt vorsichtig sein müssen. Sie verlieren Freunde.«

»Ich weiß.«

»Und nach Aix?«

»Fahre ich nach Villefranche. Und dann nach Nizza. Dort wird man mich zweifellos willkommen heißen.«

»Freunde des früheren Erzbischofs von Dakar?«

»Ja.«

In diesem Augenblick steckte Madame Vionnet den Kopf durch die Tür. »Möchtest du einen Kaffee, Henri?«

»Gleich«, sagte der Commissaire. »Mein Gast will sich gerade verabschieden.«

Er stand auf. Monsieur Pierre erhob sich ebenfalls. Der Commissaire führte ihn über den vollgestellten Flur. Monsieur Pierre zeigte auf die Weinkisten.

»Wie war die *vendange*?«

»Gut. Bißchen eng hier im Augenblick. Die Kisten werden morgen verladen.«

»Caves des Saussaies«, sagte Monsieur Pierre und lächelte. »Ich erinnere mich.«

Der Commissaire öffnete die Haustür und richtete seinen starren Blick auf den Besucher. »Natürlich tun Sie das. Sie haben da ganz schön gesungen.«

Monsieur Pierre gab keine Antwort.

»Gute Nacht«, sagte der Commissaire.

»Gute Nacht.«

Als der Commissaire ihn in die Dunkelheit entließ, schaute er zurück und sah, wie Madame Vionnet die Jalousie am Fenster des vorderen Empfangszimmers herunterließ. Er winkte ihr zu. Sie erwiderte seinen Gruß mit einer kleinen höflichen Handbewegung. ›Sie heißt Rosa. Erinnert sie sich an mich? Hat sie deshalb gefragt, ob er einen Kaffee will?‹

Er hatte sie einmal geküßt. In eben jener Rue des Saussaies. Das war an dem Tag gewesen, an dem sie ihm gesagt hatte, daß er gehen könne und daß ihn niemand aufhalten werde. Der Commissaire und seine beiden Assistenten machten Mittag. Ein Wärter hatte ihn aus seiner Zelle geholt und zu weiterem Verhör ins Büro des Commissaire gebracht. Überraschenderweise hatte ihn der Wärter dann in dem Büro mit der sexy aussehenden Sekretärin des Commissaire allein gelassen, mit ihr, der späteren Madame Vionnet. Bei einigen früheren Verhören hatte sie Protokoll geführt. Er hatte gehört, wie die *flics* sie Rosa nannten. Und Rosa war es, die ihm sagte, daß der Commissaire essen sei, die sich hinter ihrem Tisch zurücklehnte, ihre Beine so verführerisch übereinanderschlug, ihn anlächelte und einige Blumen in der Schale auf ihrem Tisch neu arrangierte. Sechs Wochen zuvor hatte man ihn verhaftet. Denis, der einige Tage vor ihm verhaftet worden war, hatte ihn an die Polizei verraten. Sie hatten ihn gesucht und ihn im Zimmer eines Dienstmädchens in der Rue Monge gefunden, wo er damit beschäftigt gewesen war, gefälschte Banknoten zu zerknittern, damit sie wie gebraucht aussahen.

»*In absentia* zum Tode verurteilt als ehemaliger Chef der Zweiten Sektion in Marseille; Sie wissen, was Ihnen droht«, hatte der Commissaire gesagt. »Man bringt Sie zurück nach Marseille, holt Sie in drei Monaten aus Ihrer Zelle und erschießt Sie. Nun, was wollen Sie? So geht das heutzutage.«

Hatte er eine Wahl? Erst schlagen sie dich zu Brei. Dann die Drohung mit Marseille. Und hinterher die Frage: »Sagen Sie, was wissen Sie über die jetzigen politischen Aktivitäten des Klerus?« Er hatte ihnen was erzählen müssen, und es mußte stimmen. Er hatte Namen genannt, auch den einen oder anderen von den Leuten der MAC, die ihn versteckt gehalten hatten. Doch Commissaire Vionnet wollte mehr.

»Abbé Feren, kennen Sie den?«

»Natürlich. Er war der Almosenier der *milice*.«

»Und als er nach Kriegsende in den Untergrund ging, da haben Sie ihn gesehen, nicht? Er hat Sie versteckt?«

Er mußte ja sagen. Es klang, als hätten sie den Abbé verhaftet. Schließlich hatten sie seit seiner Verurteilung *in absentia* unablässig nach dem gefahndet.

Der Commissaire war direkt. »Es wäre für Ihren Fall von großem Nutzen, wenn Sie uns sagen, wo wir ihn finden können.«

Natürlich war es eine Sünde gewesen, daß er es ihm gesagt hatte, eine Sünde, die er sich niemals verzeihen würde. Er wußte nicht genau, wo der Abbé war, er konnte es nur vermuten. Das gefiel dem Commissaire. Und die Vermutung hatte gestimmt. Eine Woche später wurde der Abbé in Sanary verhaftet und zu sieben Jahren verurteilt. Aber was waren schon sieben Jahre. Angeblich lebte er heute in Italien.

Ja, keine Frage: Die Polizei hatte in ihm einen kooperativen Zeugen gefunden. Commissaire Vionnet war zufrieden, mehr als zufrieden. Andere Fragen wurden gestellt. Diskret. Wenn er mit dem Commissaire allein war. Eine Frage über Deportationsbefehle, die von irgendeinem hohen Tier in der *préfecture* in Paris unterschrieben worden waren. Befehle, bei deren Durchführung er geholfen hatte. Er hatte die Wahrheit gesagt. Was hatte er noch zu verlieren?

Der Commissaire sagte nichts. Er machte ihm keine Hoffnung. Doch sein Benehmen änderte sich. Und dann, zwei Tage, ehe er nach Marseille überführt werden sollte, wurde er aus seiner Zelle geholt und zu einer Stunde ins Büro des Commissaire geführt, als alle Welt beim Mittagessen war. Wurde mit der Sekretärin des Commissaire allein gelassen, die ihn einen *beau mec* nannte und ihre Beine auf diese verführerische Weise übereinanderschlug. Lächelnd zeigte sie ihm ihre nackten Schenkel. Sie blinzelte ihm zu. Sie öffnete eine Schublade und nahm einen Gürtel und Schnürsenkel heraus, Sachen, die sie dir abnahmen, wenn sie dich herbrachten. »Bedienen Sie sich, dann sehen Sie nicht mehr wie ein Gefangener aus.« Er verstand. Nachdem er die Schnürsenkel eingefädelt hatte, sagte sie: »Winken Sie den Wachen zu. Sie gehen zum Mittagessen. Und jetzt geben Sie mir einen Abschiedskuß.«

Sie wollte geküßt werden, also hatte er sie geküßt. Er ging aus dem Büro, über den Flur, die Treppe hinunter, in den Hof, am Wachhaus vorbei und achtete sorgsam darauf, der Wache zuzuwinken, wie sie es ihm gesagt hatte. Er trug ein sauberes Hemd, einen Gürtel in der Hose und Schnürbänder in den Schuhen. Er sah wie ein Angestellter aus. Und dann, einen Augenblick später, spazierte er die Avenue Marigny hinunter, ein freier Mann. Und was tat er? Er ging direkt in die nächste Kirche und dankte Gott auf den Knien für seine Rettung. Gott hatte ihm wieder einmal geholfen. Gott, der ihn liebte, der ihn verstand, der ihn vor seinen Feinden beschützt hatte.

Draußen war es dunkel. Die Straßenlampen funktionierten nicht richtig. Nichts funktionierte mehr richtig. Was wollte man auch erwarten? Ein Land voller Ausländer, ignoranten *beurs*, die in den verslumten Elendsquartieren am Rande jeder Stadt hausten, dreckige *noirs*, die von unserer Regierung durchgefüttert und verpflegt werden, während ehrliche Franzosen keine Arbeit finden können.

Er fuhr ins Motel zurück. Und erst als er sich ausgezogen und sich hingekniet hatte, um seine Gebete zu sprechen, fiel es ihm ein. Da ihn seine Feinde in der Bar Montana aufgespürt hatten, konnte er seinen Brief nicht in Salon abholen, wenn die nächste Zahlung fällig war. Er hätte den Commissaire danach fragen sollen. Allerdings kam die nächste Zahlung erst in zwei Monaten. Zeit genug, um mehr herausfinden zu können. Er machte das Kreuzzeichen, schloß die Augen und dankte Gott noch einmal für seinen

Schutz. Gott hatte nicht gewollt, daß er heute starb. Gott hatte ihn gewarnt, hatte ihm die Waffe in die Hände gelegt. Es war Notwehr gewesen, aber trotzdem hatte er – wieder einmal – ein Leben genommen. Ein Jude konnte nicht in den Himmel gelangen. Er erinnerte sich an ein Gespräch mit Monsignor Le Moyne, seinem Beichtvater. Der Monsignore hatte ihn ermahnt, daß es seine Pflicht als Christ sei, Geld für eine Messe zugunsten der toten Juden von Dombey zu spenden. Er hatte den Standpunkt des Monsignore nicht verstanden. Immerhin ... auf seine Kosten war eine Messe gelesen worden. Monsignor Le Moyne war natürlich ein Heiliger. Aber ein praktischer Heiliger. Er hatte auch gesagt: »Ihr Fall ist ein besonderer Fall. Der Staat hat Ihnen das Recht auf ein normales Leben genommen. Er hat Sie gezwungen, auf der Flucht zu leben. Er hat Sie verurteilt, ohne zuvor ein Wort zu Ihrer Verteidigung zu hören. Meiner Meinung nach waren Sie fast immer zu dem gezwungen, was Sie getan haben.«

Das war nach seiner Beichte gewesen, eine Beichte, in der er dem Monsignore, seinem Beichtvater, von den Pariser Jahren erzählt hatte, von den beiden Raubüberfällen auf Autos, die Jacques und er begangen hatten, der eine ein Fiasko, der andere ein Erfolg. Und von dem Handel mit gefälschten Francs, dem Schwarzmarktgeschäft mit Kaffee. Und was noch? Man mußte so vieles tun, um überleben zu können. ›So viele von uns mußten sich damals in den Jahren nach der sogenannten Befreiung verstecken. Nach dem Verrat, wie wir es nannten.‹ Der alte Maréchal, in Deutschland im Exil, hatte sich ins Schloß von Sigmaringen zurückgezogen, während de Gaulle über die Champs-Elysées marschierte und tat, als hätte er und nicht Amerika Frankreich befreit, und was für eine Freiheit war das, eine Zeit der Kommunisten, eine Zeit der Rache, der »Säuberung«, wie sie es nannten, die Kommunisten wollten Blut sehen: Prozesse, Anklagen, Leute, die ins Gefängnis geworfen, Frauen, denen die Köpfe rasiert wurden, Exekutionskommandos. ›Darnand, unser Chef, Gott sei seiner Seele gnädig, der ist nicht nach Deutschland geflohen, der hat sich nicht verstellt.‹ Er stand vor diesen Richtern mit ihren roten Roben im Palais de Justice: »Monsieur le Président, ich bin keiner von denen, die Ihnen erzählen, daß sie ein doppeltes Spiel getrieben haben. Ich stehe zu dem, was ich getan habe. Und ich bin stolz darauf. Ich habe einen Fehler begangen, aber ich habe in gutem Glauben gehandelt.« – ›Ja, Joseph Darnand war der einzige, der sich für das eingesetzt hat, wofür wir gekämpft haben, ein Held, ein Mann mit Mut.‹ In der Nacht, bevor er starb, schrieb er in seiner Gefängniszelle in Châtillon einen Brief an de Gaulle, in dem er um Gnade bat »für meine *miliciens*, für die *anciens combattants* von 1914–18 und für diese vielen jungen Männer, jene Arbeiter, Bauern und Jugendliche aus Intellektuellenkreisen, die ohne zu zögern alles aufgaben, um dem zu dienen, was sie in ihrem innersten Herzen für die wahren Interessen ihres Landes hielten. Sie haben nur den einen Fehler begangen, einem großen Soldaten die Treue zu halten; und sie waren nahezu die einzigen, die sich weigerten, ihren Eid zu brechen und eine verlorene Sache aufzugeben.«

Am nächsten Morgen wurde Darnand nach draußen gebracht und erschossen. ›Ich bin jetzt alt, ich bin vergeßlich, ich muß mir Listen machen, Namen aufschreiben, wenn ich neue Leute treffe, während die Namen alter Freunde aus meinem Gedächtnis verschwinden. Doch jene Worte werde ich nie vergessen. Die Sache war verloren, ja mehr als das, der Krieg war verloren. War es denn schlimmer, mit den Deutschen in des Maréchals Neuer Ordnung zusammenzuarbeiten als den Angelsachsen, diesen dummen Yankees und den doppelzüngigen Engländern, die 1940 zu den kommunistischen Russen übergelaufen waren, dabei zuzusehen, wie sie auf ihrem Weg durch Europa nichts als plünderten, vergewaltigten und töteten? Wie vielen Franzosen war nicht schon damals klar, daß wir die Schlacht nicht gewonnen, sondern verloren hatten? Wer hat es nicht alles geahnt, aber kein Wort zu sagen gewagt? Die Kirche wußte Bescheid: Pius XII. in Rom bat um eine Amnestie für all jene, die dem Maréchal treu geblieben waren. Der Papst kannte den wahren Feind. Er wußte, daß der Maréchal zuallererst ein Sohn des Glaubens war. Selbst den blöden Amerikanern ging bald ein Licht auf, und sie begannen, die klügsten Naziköpfe im Kampf gegen Stalin einzusetzen. Endlich konnten wir unsere Meinung sagen. Rußland war der Feind. Das leibhaftige Mutterland jener, die Frankreich zu Fall gebracht hatten.

Heute abend liege ich auf den Knien, danke Gott ergebenst für die erwiesene Gnade. Ich darf mich nicht wieder in meine Wut hineinsteigern. Ich bin ein Sünder, doch nun bin ich durch Gottes Gnade, Gottes Liebe gesegnet. Er will nicht, daß ich sterbe. Ich werde mich gegen meine Feinde zu wehren wissen, gegen Seine Feinde.‹

Er schlug das Kreuzzeichen, stand auf, öffnete den Koffer mit den Erinnerungsstücken und zog eine Walther aus dem Lederhalfter. ›Wer immer diesen Juden geschickt hat, um mich umbringen zu lassen, der hat gewußt, daß ich heute in dieser Bar in Salon sein würde. Und warum war ich dort? Weil ich meinen Brief abgeholt habe. Wer sind sie, wieso wissen sie über diesen Brief Bescheid, mein größtes Geheimnis, das ich keinem Menschen anvertraut habe, nicht einmal Monsignor Le Moyne? Was wissen die sonst noch? Wer hat es ihnen verraten?‹

Es war lange her, seit er mit einer Pistole unter dem Kopfkissen geschlafen hatte. Vierundvierzig Jahre hatte er im Verborgenen gelebt; ihm war es gelungen, in Frankreich zu bleiben, als andere nach Argentinien oder Peru fliehen mußten. Das war sein Triumph. Er hatte sich von ihnen nicht aus dem eigenen Land vertreiben lassen. Direkt unter ihren Nasen hatte er gelebt. Doch nun würden sie ihn finden. Irgendeiner wußte Bescheid. Und in diesem Moment überfiel ihn die Angst wie ein Schüttelfrost. ›Wenn ich heute nacht sterbe, wird mir dann vergeben werden? Wird Gott das, was ich tat, um Frankreich vor den jüdischen Kommunisten zu retten, gegen meine Sünden aufwägen: Frauengeschichten, Freunde, die ich verriet, die Überfälle, die Betrügereien? Monsignor Le Moyne sagt, Gottes Gnade sei unendlich. Ich habe diese Jahre des Alterns so fromm wie nur irgendein Mensch gelebt: Messe, Gebete, Andachten. Gewiß, ich habe heute getötet, aber doch bloß in Notwehr.‹ Die Angst wollte ihn nicht verlassen. ›Und wenn Monsignore sich irrt? Wenn Gott meine Taten wägt und mich fallenläßt? Ich muß Monsignore beichten. Er wird mich freisprechen. Ich muß meinen Plan ändern. Morgen fahre ich nach Caunes.‹

## 2

Sicherheitsvorkehrungen nannten die das. So was war T. noch nie vorgekommen. Er schaute über die Place de l'Alma auf den in Nebel gehüllten Eiffelturm und betrachtete die Leute auf der anderen Straßenseite, die auf den 63er-Bus warteten. Warum hier? Warum gerade in diesem Touristencafé voller Salat essender, Bier trinkender Ausländer? Vielleicht gerade deshalb. In einem solchen Café gab es keine Stammgäste. Er war zum zweitenmal hier. Gestern, beim ersten Treffen, hatte man ihm mitgeteilt, daß sein Kontaktmann eine englische Zeitung in der Hand halten würde, *The Times*.

Ein 63er-Bus fuhr die Avenue du Président Wilson hinunter und hielt gegenüber. Und plötzlich richtete er sich auf, denn der Kontaktmann stieg aus dem Bus, unverkennbar derselbe Mann, die Zeitung in der Hand. Sicherheitsvorkehrungen nannten die das. Die hatten zu viele Krimis gelesen. ›Warum darf ich nicht wissen, wie dieser Typ heißt? Warum kann ich ihn nicht ohne diese blödsinnigen Spielchen treffen? Wir stehen doch auf derselben Seite, oder nicht?‹

Der Kontaktmann mit der Zeitung betrat das Café, ging an Sitzecken und Tischen vorbei und blieb wie zufällig stehen. »Darf ich?«

T. nickte. »Natürlich.«

Der Kontaktmann war um die Fünfzig; er mochte Arzt oder Anwalt sein, ein angesehener Bürger, mit einem versnobten Akzent, der T. auf die Nerven ging.

»Haben Sie sie bekommen?«

T. zog die kleine Zellophanhülle aus seinem Anorak. Der Kontaktmann schüttelte die drei Bilder aus dem Umschlag und besah sie sich aufmerksam. »Haben Sie das Format überprüft?«

»Natürlich«, sagte T.

»Wie alt sind Sie?«

»Was hat das damit zu tun?« T. haßte diese Fragen nach seinem Alter. Na gut, sah er eben wie ein Kind aus. Aber er war keins.

Der Kontaktmann seufzte. »Für den Paß«, sagte er.

»Tut mir leid. Fünfundzwanzig.«

«Gut«, sagte der Kontaktmann. Er ließ die Fotos in seiner Tasche verschwinden. Ein Kellner kam, und der Kontaktmann bestellte einen Espresso.

»Und für Sie, Monsieur?« fragte der Kellner.

»Dasselbe«, sagte T.

Der Kellner ging, und der Kontaktmann blickte sich um. T. sah ihm an, daß er sich unwohl fühlte. Wahrscheinlich war er tatsächlich Arzt oder Anwalt. Irgend jemandes Onkel.

»Man hat mich gebeten, Ihnen eine Adresse zu nennen«, sagte der Kontaktmann. »Merken Sie sich, was ich sage, und vergessen Sie es nach dem heutigen Abend wieder. Wir gehen ein Risiko ein, ein Sicherheitsrisiko, wenn wir Sie mit dieser Person in Verbindung bringen, aber er will Sie sehen.

Was er Ihnen zu sagen hat, könnte von Nutzen sein. Die Adresse lautet: 6, Rue Saint-Thomas-d'Aquin im siebten Arrondissement. Hinter der Kirche. Die Métrostation ist die Rue du Bac...«

»Ich werde schon hinfinden!« sagte T.

»Appartement 5, im dritten Stock. Wenn Sie um sieben kommen – um Punkt sieben – und klingeln, können Sie direkt hinaufgehen. Ich habe übrigens gehört, daß Sie sofort abreisen. Schon heute abend?«

»Eins noch«, sagte T. »Ich will keine Fragen stellen, das versteht sich. Aber diese Fotos. Heißt das, daß ich Frankreich verlassen muß?«

»Sie werden Ihre Anweisungen heute abend erhalten. Bis dahin ist der Paß fertig. Wir arbeiten am Nachmittag daran. Haben Sie die Adresse?«

»Natürlich.«

»Gut. Ich gehe jetzt. Bezahlen Sie bitte meinen Kaffee? Viel Glück.«

Was hatte das mit Glück zu tun? Man mußte wissen, was man tat. Am besten, man ließ sich Augen im Hinterkopf wachsen, wie Pochon immer gesagt hatte. Pochon war nicht so wie dieser Kontaktmann, der hätte nie »Viel Glück« gesagt. Pochon hätte höchstens gesagt: »Hören Sie, ich bin derjenige, der mit den Leuten von der Organisation zusammenarbeitet, nicht Sie. Je weniger Sie wissen, umso besser. Die sind nicht aus dem Milieu. Das sind Politische. Ich habe denen gesagt, daß Sie diesen Job erledigen können, mehr brauchen die nicht zu wissen. Ich bin Ihr Kontaktmann. Wenn Sie verhaftet werden, bin ich der einzige, den Sie in Schwierigkeiten bringen können.« Pochon war um die

Sechzig, ein ehemaliger *flic*. Im Rang eines Inspektors pensioniert. Er würde einem den Hals umdrehen, wenn man ihn in Schwierigkeiten brachte. »Ich halte zu Ihnen«, sagte er. »Bis zum Schluß. Aber denken Sie dran: Tun Sie, was ich Ihnen sage. Gehorsam rettet Leben.«

Als T. die Place de l'Alma verließ, fuhr er zu Janines Wohnung in der Rue Saint-Joseph. Janine arbeitete bei *Le Printemps* in der Handschuhabteilung. Er fand das blöd. Sie brauchte keinen langweiligen Job zu machen, das hatte sie nicht nötig. Ihre Eltern waren im Modegeschäft, ihnen gehörte eine Firma, die ausgefallene Knöpfe für so große Namen wie Lacroix und Saint Laurent herstellte. Denen würde es nicht schwerfallen, für sie aufzukommen. Aber sie vertrug sich nicht mit ihrer Mutter. Sagte sie jedenfalls. T. wollte von diesem ganzen Mist nichts wissen. Das war ihre Sache, nicht seine. Als er heute in ihre Wohnung ging, dachte er, daß es schön sein mußte, wenn man mit Frauen so umspringen konnte wie Pochon. Keine Vertraulichkeiten, keine Familiengeschichte, keine Fragen. Dabei hatte er Janine natürlich nicht erzählt, was er so trieb. Er sei ein abgehalfterter Medizinstudent, hatte er ihr gesagt. Er hatte ihr auch gesagt, daß er bei seinen Eltern wohne. Er sei nicht stolz, nicht so wie sie. Er bekäme monatlich Geld und gebe es aus. »Was du nicht sagst«, erwiderte Janine. »Deine Eltern müssen ziemlich reich sein.«

In den letzten Wochen hatte er bei Janine gewohnt. Als er jetzt von der Place de l'Alma zu ihrer Wohnung fuhr, schrieb er auf einen Zettel, daß er sie irgendwann nach neun anrufen würde. Dann fuhr er weiter zu dem kleinen

Zimmer, das er sich im Hotel Terminus gemietet hatte, und packte eine Tasche mit dem Nötigsten. Und um die Zeit bis zum nächsten Treffen totzuschlagen, sah er sich einen Film in einem Kino an den Champs-Elysées an. Es war ein amerikanischer Film, Waffen, Waffen und nochmals Waffen, völliger Blödsinn. Aber er mochte amerikanische Filme. Jede Menge Ballerei. Autos, die ineinanderkrachten, Schauspieler, die wie Akrobaten herumsprangen. Hatte nichts mit dem wirklichen Leben zu tun.

Die Dunkelheit brach an, als er die Rue Saint-Thomas-d'Aquin erreichte. Ein wirklich altes Haus mit großem, dunklem Vorhof. Er überquerte den Hof und blickte hinauf. In den oberen Wohnungen brannten nur wenige Lichter. Für Appartement Nummer 5 war kein Name angegeben. Er klingelte, und sofort ertönte der Summer und ließ ihn ein. Kein Fahrstuhl, aber auf der breiten Treppe lag ein prächtiger Läufer. Die Namen an den Türen zu den Appartements im ersten und zweiten Stock waren französische Namen. Keine Ausländer. Keine Büros. Im dritten Stock gab es zwei Wohnungen, beide mit mächtigen Mahagonitüren. Eine dieser Türen stand offen, und ein alter Mann erwartete ihn. Er trug eine braune Strickjacke zu dunklen Hosen und ein Frackhemd mit schwarzem Schlips. Sein Haar war grau, und er hatte einen grauen Schnurrbart. Er sah nicht jüdisch aus, aber eine Menge Juden, dachte T., sahen nicht jüdisch aus, vor allem die nicht, die so wie dieser *bon chic, bon genre* waren.

Der alte Mann stellte sich nicht vor. Er sagte einfach: »Kommen Sie herein.«

Die Wohnung war riesig. T. sah vor sich einen Salon mit zwei Wandnischen, in denen römische Büsten standen, außerdem waren da überkreuzte Schwerter an einer Wand, antike Lampen, herrliche, schwere alte Möbel, Perserteppiche und Läufer, Ölgemälde mit klassischen Motiven und eine Reihe von Fotografien in silbernen Rahmen auf einem Flurtisch. Das größte Foto war ein Bild von einer vornehmen Hochzeit. Braut und Brautjungfern trugen kurze Kleider im Stil der Dreißiger. Und neben dem Hochzeitsfoto stand das Bild eines Offiziers in Galauniform. Es zeigte seinen Gastgeber.

»Hier entlang«, sagte der alte Mann. Er führte T. durch den Salon. In einem angrenzenden Eßzimmer sah T. einen großen, für sechs Personen gedeckten Mahagonitisch mit einem kunstvoll gearbeiteten, mit Blumenmustern bedeckten Tafelaufsatz, Kristallgläser für vier verschiedene Sorten Wein, schwere Silbertabletts. Wo ein derartiger Aufwand getrieben wurde, mußte es Dienstboten geben. Doch es waren keine Dienstboten zu sehen.

»Bitte.«

Der alte Mann öffnete die Tür zu einem Zimmer mit Ledersesseln und einem Sofa, büchergesäumten Wänden, einer Regalleiter, die bis zur Decke reichte, einem mächtigen, mit Papieren übersäten Teakholztisch. ›Alter Geldadel‹, entschied T. ›Wenn er ein Jude ist, dann ist er so jüdisch wie die Rothschilds.‹

»Setzen Sie sich.«

Der alte Mann trat an den mächtigen Tisch und griff nach einem großen Manilaumschlag. Er ging damit zu T., entnahm dem Umschlag einen Paß, einige Flugtickets und einen französischen Führerschein. Auf dem dunkelblauen Paß stand CANADA in goldenen Buchstaben. Er schlug den Paß auf der Seite auf, die T.s Foto zeigte und einen Namen angab: *Michael Leavy*.

»Unterschreiben Sie auf der gegenüberliegenden Seite. Die Unterschrift des Paßinhabers. Michael Leavy. Auf diesen Namen sind auch der Führerschein und Ihre Tickets ausgestellt. Sie wissen Bescheid?«

»Ja.«

Der alte Mann lehnte sich in seinem Sessel zurück. Seine braune Strickjacke gab den Blick auf einen schwarzen Kummerbund über seiner Frackhose frei.

»Sie sind sehr jung. Ich hatte angenommen, daß Sie etwas älter sein würden.«

»Ich bin fünfundzwanzig.«

Der alte Mann besaß eine weiche, einschmeichelnde Stimme und lächelte stets, wenn er sprach. »Wir schicken Sie nach Aix«, sagte er. »Noch heute abend um neun geht eine Maschine von Paris ab. Sobald Sie ankommen, gehen Sie zum Schalter von Eurocar. Dort ist ein Wagen auf den Namen Michael Leavy für Sie reserviert. Brossard finden Sie unter dieser Adresse.« Er reichte T. ein liniiertes Blatt mit einer handgeschriebenen Anschrift. »Er wird morgen dort eintreffen. Er fährt einen Peugeot.«

»Ja, sicher. Baujahr '77. Weiß.«

»Er wird in dem Haus neben der Knabenschule wohnen, die Adresse habe ich Ihnen gerade gegeben. In ein oder zwei Wochen wird er womöglich nach Villefranche oder Nizza weiterfahren. Ich weiß nicht, was man Ihnen gesagt hat. Ich meine, ich kenne Ihren *modus operandi* nicht.«

»Ich wurde instruiert«, sagte T. »Das Wo und Wann entscheide ich.«

»Ich verstehe. Gut, lassen Sie mich Ihnen nur noch eins sagen. Dieser Mann ist alt, aber er ist ein Fuchs, der sehr genau weiß, wie man untertaucht. Wenn er von Ihnen Wind bekommt, wird er verschwinden, und glauben Sie mir, Sie werden seine Fährte nicht wiederfinden. Soweit dürfen wir es nicht kommen lassen.«

»Okay.«

›Warum bin ich hier? Warum wollte er mich sehen? Ist das alles?‹

Doch als hätte er T.s Gedanken erraten, sagte der alte Mann: »Ich nehme an, Sie wundern sich, warum ich Sie sehen wollte. Das ist zwar gegen unsere Regeln, aber ich dachte mir, ich sollte offen mit Ihnen reden. Unsere Freunde haben Ihnen nicht gesagt, daß Sie der zweite Mann sind, der diesen Auftrag annimmt. Stimmt's?«

»Was meinen Sie damit?«

»Vor ein paar Tagen haben wir jemanden vom selben Kommando ausgeschickt, um Brossard zu töten. Wir wußten exakt, wo Brossard zu einer bestimmten Stunde sein würde. Unsere Information war korrekt. Er war dort. In Salon-de-Provence, um genau zu sein. Die von uns ausgeschickte Person war wie Sie, jung, durchtrainiert, und der Mann wußte, was er tat. Was dann geschah, wissen wir nicht. Wir wissen nur, daß er tot ist. Er wurde erschossen, und sein Auto stürzte in eine Schlucht. So wie Ihnen hatten wir ihm einen gefälschten Paß gegeben. Er war nicht bei der Leiche. Der Bekennerbrief – Sie wissen über den Bekennerbrief Bescheid?«

Er zog aus dem Manilaumschlag ein großes, maschinenbeschriebenes Blatt Papier und hielt es in die Höhe. T. nickte.

»Er ist verschwunden. Man hat ihn nicht bei der Leiche gefunden. Wir hatten deshalb eine Auseinandersetzung. Offenbar hat Sie Ihr Freund, der Inspektor, darüber nicht informiert. Deshalb sind Sie heute abend hier. Ich weiß, es ist Ihre Entscheidung, wann und wie Sie es machen. Doch ich fand, daß Sie es wissen sollten – daß Sie alles wissen sollten. Sie müssen ihn beim ersten Versuch töten. Eine zweite Gelegenheit werden Sie kaum bekommen.«

Er stand auf. »Schön, daß Sie sich herbemüht haben. Und vergessen Sie nicht«, er hielt das maschinenbeschriebene Blatt in die Höhe, »das hier muß bei der Leiche gefunden werden. Die Öffentlichkeit soll wissen, warum wir diese Tat begangen haben.«

Er schwieg. T. hörte Stimmen auf dem Flur.

»Das sind meine Gäste zum Abendessen.« Der alte Mann zog seine braune Strickjacke aus und griff nach einer Smokingjacke, die auf dem Ledersofa lag. »Wenn Sie bitte hier entlang kommen wollen. Ich lasse Sie durch den Hintereingang hinaus. Dort gibt es eine Treppe für Dienstboten. Tut mir leid. Meistens kommen die Leute zu spät, aber diesmal sind meine Gäste früh dran.«

Das Treppenhaus war düster und schmal. Der Flug war um neun. Er würde sich ein Taxi zum Hotel Terminus nehmen müssen, seine Tasche abholen und dann direkt weiter nach Orly fahren.

Auf dem Boulevard Saint-Germain regnete es. Er begann zu laufen, suchte den nächsten Taxistand. Er hatte Glück.

Zwei Taxen warteten. Erst als er im Taxi saß und zum rechten Seineufer hinüberfuhr, begann er, über das nachzudenken, was ihm gesagt worden war. Und er dachte an den Inspektor. Warum hatte der Inspektor nicht gewollt, daß er gewarnt wurde? Doch wozu die Frage? *Flics* lügen immer. Pochon hatte gesagt: »Dieser Mann ist siebzig, er versteckt sich seit mehr als vierzig Jahren. Und er rechnet nicht mit Ihnen. Er war nie einer von den schweren Jungs in der *milice*, ein Schreibstubenhengst, Chef der Zweiten Sektion. Er hat die Listen mit den Namen der Leute zusammengestellt, die verhaftet und erschossen werden sollten, aber wenn's ans Schießen ging, hat er anderen die Arbeit überlassen.«

›Keine Warnung. Kein Hinweis darauf, daß er schon mal jemanden losgeschickt hat, den Job zu erledigen. Schickt mich nach Salon, wo mich der alte Papiertiger erledigt. Wieviel zahlen sie dem Monsieur l'Inspecteur, diese Juden? Wieviel knöpft er ihnen für mich ab?‹

Um halb neun kam er in Orly an. Er ging in eine Telefonzelle. Janine hob ab.

»Wo bist du? Ich dachte, wir wollten uns im Pergola treffen?«

»Ich stehe an der Gare Montparnasse«, sagte er. Er hatte nicht einmal daran gedacht, was er ihr sagen wollte: Eine Lüge kam ihm rascher über die Lippen als die Wahrheit. Es war normal, jeder log in diesem Milieu. »Es geht um meinen Vater«, erzählte er ihr. »Er hatte einen Herzinfarkt und liegt im Krankenhaus in Bayeux. Maman hat mich heute nachmittag angerufen.«

»Ich habe es geahnt«, sagte sie. »Ich hatte den ganzen Tag schon so ein ungutes Gefühl. Gerade habe ich dein

Horoskop gelesen. Tut mir leid, das mit deinem Papa. Wann kommst du zurück?«

»Ich weiß nicht.«

»Mist! Nächsten Dienstag ist doch dein Geburtstag. Ich sollte dir eigentlich nichts davon erzählen, aber wir haben eine Überraschungsparty geplant. Was meinst du? Soll ich sie absagen?«

»Was war das mit dem Horoskop?« fragte er. Mit Horoskopen war nicht zu spaßen.

»Bloß das Horoskop in *Elle*. Ist doch blöd. Ich hätte dir nichts davon sagen sollen.«

»Was stand drin?«

»Ich weiß nicht mehr genau.«

*»Was stand drin?«*

»Ach, so was in der Art: ›Sie müssen plötzlich zu einer Reise aufbrechen und ziehen in Sachen Vergnügen den kürzeren.‹ Ich dachte, damit sei die Party gemeint. Klingt doch so, findest du nicht?«

»Einen Moment mal«, sagte er. »Hol es her und lies es mir vor. Beeil dich, ich muß gleich los.«

Er wartete. Es stand etwas Schlechtes im Horoskop. Das wußte er.

»Jetzt hab ich's«, sagte sie. »Jungfrau. Da Saturn im siebten Tierkreis steht und sein Einfluß in Ihrem Sonnenhoroskop von einem Vollmond im Zeichen der Fische verstärkt wird, ist dies für Sie eine gefährliche Zeit. Sie werden überraschend eine Reise unternehmen müssen, so daß Ihnen einige geplante Vergnügungen entgehen. Hüten Sie sich auf Ihrer Reise vor allen Fremden. Denn wenn Mars am neunten des Monats ins Sternbild des Löwen wandert, sehen Sie sich zu einer Tat genötigt, die großes Leid für Sie bedeuten kann. Sie sollten daher möglichst auf keinen Vorschlag eingehen, den andere Ihnen unterbreiten. Dies ist nicht der Augenblick, den Helden zu spielen.«

»Ist das alles?«

»Ja. Lustig, nicht, das mit der überraschenden Reise? Ich hoffe, mit deinem Papa wird alles gut. Und hör mal, ruf mich am Sonntag an. Ich sag die Party nicht ab, ehe ich nichts von dir gehört habe. Paß auf dich auf.«

»Mach ich.«

Im Flugzeug zog er das liniierte Papier heraus und las, was darauf geschrieben stand: *Prieuré Saint-Christophe. 6, Avenue Henri Martin, Aix-en-Provence. Tel.: 42 96 17 36.*

Unter dieser Adresse hatte jemand mit zierlicher Schrift geschrieben: *Sitz der Zisterzienser, grenzt an eine Knabenschule der Zisterzienser. Prior: Dom André Vergnes. Neunundsiebzig. (Steht in Verbindung mit den Chevaliers.) B. soll am 6. Mai eintreffen. Aller Voraussicht nach wird er circa vierzehn Tage bleiben, will dann nach Villefranche, anschließend nach Nizza weiter. Fährt einen weißen Peugeot, Baujahr 1977. In Aix sucht er nachmittags meistens das Café La Mascotte an der Place des Tanneurs auf. Gibt die Adresse dieses Cafés für Nachsendungen an.*

Er holte seine Tasche unter dem Flugzeugsitz hervor und schlug die Mappe auf. Sie enthielt zwei Fotos. Das erste, ein Schwarzweiß-Porträt, zeigte einen jungen Mann in dunklem Anzug, weißem Hemd, dunklem Schlips, mit spitzen Ohren, die eng am Kopf anlagen wie bei einem wütenden Hund, krauses, blondes Haar, helle Augen. Unten, auf dem Fotorand, von Hand geschrieben: BROSSARD. 1946. Er starrte das Gesicht an. ›Französisch. Reinrassig. Nicht so wie ich.‹ Er besah sich das zweite Foto. Auf dem beiliegenden Zettel stand, es sei sieben Jahre alt. Zwei Männer waren darauf zu sehen, ein alter Priester und noch so ein altes Arschloch, weißhaarig, mit Strickjacke. Er musterte das Gesicht von dem alten Arsch. Dieselben enganliegenden Ohren, derselbe blöde Blick. Inzwischen ist er bestimmt siebzig, dabei sollte er längst tot sein, er ist Geschichte. Die *milice*. Waren doch alte Filme, diese Zeiten, sonst nichts, Naziuniformen, Bomber mit Propellerantrieb, Casablanca mit Ingrid Bergman, und – *chez nous* – Rommel in der Wüste mit seinen Panzern, die Landung der Amerikaner in Algiers. ›Als Papa noch ein kleiner Junge im arabischen Viertel von Oran war, hat er Rommels Panzer auf der Flucht gesehen, dann die Sieger, Amerikaner, Franzosen, Engländer, Paraden auf den Straßen, das gefiel ihm, er mochte Uniformen, mein Papa, er wollte Soldat sein, ein französischer Soldat, nicht so wie die in Frankreich, kein Vichy-Soldat, keiner wie dieser Typ hier, sondern einer von de Gaulles Männern. Dabei hätte es keinen Unterschied gemacht. Für welche französische Seite du auch kämpfst, die Franzosen verarschen dich doch, so wie sie Papa verarscht haben, der es nicht erwarten konnte, volljährig zu sein und sich zur französischen Armee zu melden, ja, '55, in Algiers hatte er sich verpflichtet, er war zwanzig, und sie haben ihm das Blaue vom Himmel versprochen, sagten, er würde ein echter *harki* sein, Soldat der französischen Kolonialarmee, Elitekommando, Kamele reiten, neben den Franzosen kampieren, Papa sollte der besten Kommandotruppe angehören, den Georges, Moslems unter französischen Offizieren, für

Salan und die Putschisten und gegen die nationale Befreiungsfront kämpfen, gegen unsere eigenen Brüder. Ich hätte gern gewußt, ob der reiche jüdische Offizier heute abend gewußt hat, daß ich der Sohn eines Harkis bin. Nein, das konnte er nicht wissen. Ich bin nicht so dunkel wie mein Papa. Ich könnte immer als Franzose durchgehen.‹

Wieder sah er auf die Fotos in seinem Schoß. Der alte Mann konnte sich in den sieben Jahren verändert haben. Doch seine Ohren würden dieselben geblieben sein. ›Wenn ich ihn sehe, habe ich vielleicht nur einen Augenblick, um mich zu entscheiden. Ich muß mir also sicher sein.‹

Wieder schaute er auf das Foto von dem jungen Mann, dem *milicien.* ›Sieh dir die Ohren, die Nase, den Mund an. Präg sie dir ein. Präg sie dir ein.‹

Doch das Fotogesicht starrte zurück, als sperrte es sich gegen jede Erinnerung, die Augen des jungen Mannes berechnend und wachsam, als wäre das Bild auf einem Polizeirevier aufgenommen worden. Wenn er so darüber nachdachte, dann war dieser Typ wie Papa. Sie hatten sich beide für die falsche Seite entschieden und teuer dafür bezahlt. Papa, der sich für die Franzosen die Seele aus dem Leib gefochten hatte und sein eigenes Land verlassen mußte, weil die Leute ihn für einen Verräter hielten. Wäre er geblieben, nun, die nationale Befreiungsfront hatte Leute wie ihn in Sand eingegraben und Honig auf ihre Gesichter geschmiert, um sie von Ameisen zerfressen zu lassen. Oder ihnen die Ohren, die Lippen und die Eier abgeschnitten, ihnen Frauenkleider angezogen, einen Benzinkanister über ihnen ausgegossen und sie mit einem Streichholz in Brand gesteckt. Und die Franzosen sahen untätig zu. Sie segelten heim. Wie die Nazis. Denn die Nazis hatten diesen Typen auch im Stich gelassen, der für sie und gegen sein eigenes Volk gekämpft hatte. ›Papa hat Glück gehabt, er ist nicht zurückgeblieben, er hielt sich für einen Franzosen, dachte, er könnte in Frankreich leben, also hat er das miserable Angebot der Franzosen angenommen, ist mit der Armee abgezogen und in ein Land gefahren, das er nicht kannte. In der Schule hatte man ihm erzählt, daß Algerien zu Frankreich gehört, armer Hund, er war kein Franzose, bloß ein *harki*, Kolonialtruppe, ziemlich unbeliebt; die französische Regierung steckte sie in Lager, lieh sie als Hilfsarbeiter aus und versprach ihnen anständige Arbeit, anständige Wohnungen, den ganzen Mist. Aber getan hat sie nichts.

Und jetzt sitze ich hier heute abend, fliege nach Süden, nach Aix, das nicht weit von dem Harkis-Camp bei Sète liegt, in dem ich geboren wurde, dort, wo Papa seinen Hungerlohn fürs Weintraubenpflücken bekam. Ist es da ein Wunder, daß er getan hat, was er tat? Ist es ein Wunder, daß ich tue, was ich zu tun habe?

Aber so ist es eben. Leute, die auf der falschen Seite stehen, verlieren den Krieg. Und verlieren immer wieder. Wie Papa, der nach acht Jahren harter Arbeit im Harkis-Lager wieder zur Waffe griff. Und zwei Jahre später wurde er auf der Straße von französischen *flics* erschossen. Sieh dir doch den Typen an, diesen französischen Nazi, zweimal *in absentia* zum Tode verurteilt, ein Verräter, vierzig Jahre auf der Flucht. Selbst heute ist es für den alten Mann noch nicht vorbei; ich sitze in diesem Flugzeug, ich werde ihn töten. Und er wartet auf mich. Wer immer auch vor mir geschickt wurde, der Alte hat ihn umgebracht.

Mein Horoskop. Was ist heute für ein Datum? Der fünfte. *Am neunten sehen Sie sich zu einer Tat genötigt, die großes Leid für Sie bedeuten kann. Dies ist nicht der Augenblick, den Helden zu spielen.*‹

## 3

Wie alt war sie? Das war die erste Frage, die sich Colonel Roux aufdrängte, als er zu ihr bestellt wurde. Sie war Untersuchungsrichterin, also mußte sie bereits ein gewisses Alter erreicht haben. Doch stets gab es da diese Neugier, wenn man mit einer Frau zusammenarbeitete. Madame Annemarie Livi. Ein italienischer Name. Er hatte sich noch nicht nach ihr erkundigen können. Solange diese Neuigkeit nicht öffentlich bekanntgegeben wurde, konnte er nicht darüber sprechen, nicht einmal mit den übrigen Beamten. General de Bernonville hatte Roux persönlich in sein Büro befohlen und ihm warnend mitgeteilt, daß Politik im Spiel sei. Politik auf höchster Ebene. Das Polizeikommissariat wußte noch nicht einmal, daß ihm die Untersuchung entzogen worden war. Dies würde sicherlich ein Nachspiel haben. Ein politisches Nachspiel.

Gestern abend hatte er mit Claire in einem kleinen Restaurant abseits der Rue du Four gegessen. Claires Schwester Anne-Laure war bereit gewesen, auf das Kind aufzupassen. Und er hatte bis zu diesem Augenblick gewartet, um Claire die Neuigkeit zu erzählen. Und natürlich stürzte sich Claire als erstes darauf, daß er mit einer Frau zusammenarbeiten würde.

»Wie alt ist sie?«

»Ich weiß nicht, aber das habe ich mich auch schon gefragt. Sie ist Untersuchungsrichterin, also wird sie wohl nicht mehr die jüngste sein.«

»Livi«, sagte Claire. »War das nicht Yves Montands richtiger Nachname?«

»Stimmt«, sagte er. »Vielleicht ist sie seine Schwester.«

»Hoffentlich«, sagte Claire. »Dann ist sie nämlich auf jeden Fall zu alt für dich.«

Heute, im Sonnenschein eines Vormittags im Mai, während er auf dem Flur vor einem dieser anonymen Büros bei den Galeries d'Instruction im Palais de Justice wartete, sah er hinter dem Schreibtisch eine hochgewachsene, elegant gekleidete Frau in einem dunkelgrünen *tailleur* und einer weißen Seidenbluse. Ende vierzig, schätzte er. Das dunkle Haar fiel ihr über die Schultern, als sie sich vorbeugte, um die Bänder um zahllose Dokumente aufzuknüpfen, die die Sekretärin ihr auf den Tisch gelegt hatte. Die Sekretärin drehte sich um und winkte Roux herein. Richterin Livi erhob sich, lächelte und streckte ihm grüßend die Hand entgegen. Die Sekretärin schloß die Tür und ließ sie allein.

Er mochte sie auf Anhieb. Sie war direkt.

»Wie Sie wissen, Colonel, bin ich der dritte Untersuchungsrichter, dem dieser Fall anvertraut wird. Bei der Durchsicht dieser Dossiers wurde mir klar, welchen Schwierigkeiten sich meine Vorgänger ausgesetzt sahen. Der Fall ist äußerst verwirrend. Wir müssen einfach eine neue Richtung einschlagen, und zwar sofort. Sagen Sie, hat man Ihnen mitgeteilt, warum ich verlangt habe, daß die Militärpolizei diese Untersuchung an sich nimmt?«

Es war eine direkte Frage. Er gab General de Bernonvilles Antwort. »Man hat mir gesagt, der Grund hierfür seien die einstigen Beziehungen des Polizeikommissariats zum Vichy-Regime. Es gilt als erwiesen, daß die französische Polizei Pétain wohlwollend gesinnt war und daß sie bei der Deportation von Juden in Konzentrationslager mit den deutschen Besatzern zusammengearbeitet hat. Sie handelte außerdem oft aus eigener Initiative, noch ehe die Deutschen eine entsprechende Unterstützung angefordert hatten. Die Militärpolizei dagegen sympathisierte mit der Résistance und den Truppen de Gaulles, die außerhalb Frankreichs fochten. Daher hat die Militärpolizei, also die Gendarmerie, im Gegensatz zum Polizeikommissariat in der Frage der Kollaboration mit den Deutschen eine reine Weste. General de Bernonville, mein Vorgesetzter, meint, Sie hätten sich deshalb entschlossen, die Untersuchung von der Polizei an die Armee zu übergeben.«

»Gut zusammengefaßt, Colonel. Sie hätten Anwalt werden sollen.« Richterin Livi lehnte sich zurück, schüttelte den Kopf und lachte.

›Zweifellos eine attraktive Frau‹, dachte er.

Dann griff sie sich mit jeder Hand einen schweren Packen Papiere, als wollte sie die Dokumente gegeneinander abwägen. »Dies ist nur ein Bruchteil«, sagte sie. »Man würde einen Monat brauchen, wollte man alles lesen. Ich habe es versucht. Gefunden habe ich vierzig Jahre voller Verdunkelungstaktiken und juristischer Ausflüchte, Prozeßberichte, Verzögerungen, erfolgloser polizeilicher Ermittlungen und wiederholter Versuche des katholischen Klerus, eine Begnadigung für diesen Mann zu erwirken. Warum? Brossard ist ein ehemaliges Mitglied der *milice*, als Kriegskollaborateur,

Dieb und Mörder zweimal *in absentia* zum Tode verurteilt. Warum also?«

»Hat es nicht sogar eine Begnadigung gegeben?« fragte er. »1971? Was teilweise den Bemühungen eines gewissen Monsignore zu verdanken ist?«

»›Teilweise‹ sagen Sie, Colonel. Und das ist das richtige Wort. Kein Monsignore, selbst kein Bischof könnte eine solche Begnadigung ohne Hilfe aus dem Elysée-Palast erwirken. Und eben dies ist die Frage, die mich interessiert. Wie wurde der Präsident der Republik dazu gebracht, die Begnadigung eines solchen Schurken zu unterzeichnen? Um ein Haar wäre Brossard ungeschoren davongekommen. Zumindest hätten wir jetzt keinerlei Handhabe mehr gegen ihn, wäre nicht diese neue Anklage gegen ihn erhoben worden.«

»Sie haben recht, Madame. Das hat die Lage verändert. Denn die Anklage wegen Kriegsverbrechen wäre vor fünf Jahren verjährt. Fragt sich bloß, warum er damals nicht aus seinem Versteck hervorgekrochen ist?«

»Ich schätze, er hatte Angst vor Racheakten, etwa seitens der Söhne und Töchter seiner Opfer, derselben Leute, die diese neue Anklage gegen ihn erhoben haben: die Anklage, die ihm wegen Mordes an vierzehn Juden in Dombey im Jahre 1944 ein Verbrechen gegen die Menschlichkeit zur Last legt. Zum Glück gibt es dafür keine Verjährungsfrist.«

»Wenn man von seinem Alter einmal absieht«, sagte Roux. »Er ist siebzig.«

»Ich weiß. Wenn er tot umfällt, bevor wir ihn finden, wird den großen Fischen nie der Prozeß gemacht.«

»Den großen Fischen? Meinen Sie Leute in der Kirche?«

»Nein, ich meine nicht die Kirche, obwohl die Kirche natürlich darin verwickelt ist. Sagen Sie, Colonel, sind Sie Katholik?«

Roux zuckte die Achseln. »Statistisch gesehen: ja, praktisch gesehen: nein.«

»Wie so viele von uns«, sagte Richterin Livi. »Weder gläubig noch praktizierend. Und doch wissen wir, daß es in der Kirche – wie heißt es noch –, daß es in meines Vaters Haus viele Zimmer gibt. Ich denke, das trifft heutzutage mehr denn je zu. Jedermann weiß, daß ein Großteil der französischen Priesterschaft während des Zweiten Weltkrieges auf Seiten des Vichy-Regimes stand. Mag sein, daß es noch viele Dinge gibt, die die Kirche gern vertuschen möchte. Doch wir wissen auch, daß dies nicht die ganze Wahrheit ist. Es gab Prälaten und Priester, die aktiv die Résistance unterstützten, die Juden versteckten und gegen ihre Deportation protestierten.«

»Stimmt. Doch ich glaube, Madame, der Vorwurf der Medien, im Laufe der Jahre hätten Monsignori, Bischöfe, selbst Kardinäle sich bemüht, eine Begnadigung für Brossard zu erwirken, ist nichts anderes als die Wahrheit. Die Kirche ist aufs Äußerste kompromittiert. Und sie weiß es. Gerade deshalb hat Kardinal Delavigne keine Geistlichen mit der Leitung seiner Untersuchung betraut. Übrigens hat man mir gesagt, daß wir dort einen Informanten haben.«

»Sie verschwenden wohl keine Zeit, wie?« sagte Richterin Livi. »Wer ist es?«

»Ein Mitglied der Untersuchungskommission des Kardinals.«

»Das könnte hilfreich sein.«

»Ja, aber es könnte die Sache für uns auch schwierig machen. Falls die Kirche nämlich eine ernstzunehmende Untersuchung durchführt, werden sich Priester gegen Brossard wenden, die ihm in der Vergangenheit geholfen haben. Und das dürfte ihn noch tiefer in sein Versteck treiben.«

»Andererseits, Colonel, werden manche von ihnen vielleicht bereit sein, mit uns zu kooperieren.«

»Ich hoffe es. Aber Sie erwähnten vorhin... Sie sprachen von großen Fischen?«

»Wissen Sie denn nicht, welche Leute ich damit gemeint habe?«

Roux zögerte. ›Jetzt nur keinen Fauxpas. Soll sie es mir sagen.‹ Er schüttelte den Kopf.

»Drei weitere Franzosen waren wie Brossard der Verbrechen gegen die Menschlichkeit angeklagt. Keinem wurde der Prozeß gemacht. Einem dieser Männer, dem höchstrangigen Unterhändler des Vichy-Regimes mit den Nazis, der gleichzeitig 1942 für die erste große Pariser Zusammentreibung von Juden hier im Vélodrome d'Hiver verantwortlich war, gelang es ebenso wie den anderen immer wieder, daß sein Fall auf die lange Bank geschoben wurde. Er führt in dieser Stadt noch heute ein behagliches Leben als freier Mann. So wie auch der zweite, der ehemalige Polizeichef des Vichy-Regimes. Und es ist keineswegs uninteressant, daß eben dieser Polizeichef des Vichy-Regimes sich nach dem Krieg zur Wahl ins Parlament aufstellen ließ und zudem ein enger Freund des Präsidenten der Republik ist.«

»Ich erinnere mich, daß ich ganz ähnlich gedacht habe«, sagte Roux.

»Was nun den letzten der drei Männer betrifft, so ist

er von allen vielleicht der größte Verbrecher. Er lebt auf freiem Fuß in Paris in einem luxuriösen Haus, umgeben von Freunden und Verwandten. Im Gegensatz zu Brossard ist er kein verurteilter Krimineller mit langem Strafregister bei der Polizei, sondern ein Kommandant der Ehrenlegion, ein überaus gewiefter Technokrat, gewohnt, auf höchster Regierungsebene zu agieren. Außerdem ist er ein ehemaliger *sous-préfet* des Departements Gironde, seit Kriegsende ein Freund mehrerer Präsidenten Frankreichs und einstiger Minister in der Regierung Giscard d'Estaings in den sechziger Jahren. Zur Zeit des Vichy-Regimes war er zu wiederholten Malen ebenfalls für die Entsendung jüdischer Todeszüge nach Deutschland verantwortlich.«

»Kaum zu glauben«, sagte Roux.

»Aber wahr. Alle drei hatten ausgezeichnete Anwälte. Sie haben sich nicht wie Brossard versteckt, das hatten sie nicht nötig. Sie haben sich gestellt, bewahrten aber ein diskretes Schweigen, als man ihnen die Anklage vorlas und sie der Verbrechen gegen die Menschlichkeit beschuldigte. Bis zur eigentlichen Verhandlung erlaubte man ihnen dann, auf freiem Fuß zu bleiben. Und ich denke, falls es uns nicht gelingt, Brossard zu fassen und ihm den Prozeß zu machen, wird keiner dieser großen Fische jemals vor Gericht erscheinen müssen. Wenn Brossard aber verurteilt wird, dann läßt sich die öffentliche Meinung auch dahingehend mobilisieren, daß gegen diese drei verhandelt werden muß. Und Brossard muß verurteilt werden! Wahrscheinlich werden wir auch erst dann feststellen, daß im Verlauf der Jahre Präsidenten, Premierminister, Kardinäle, Richter und Polizeipräfekte in diese Konspiration verstrickt waren. Und falls die ganze Wahrheit nicht ans Tageslicht gebracht wird, bleibt dies für alle Zeit ein Makel auf dem Gewissen unseres Landes.« Richterin Livi lehnte sich zurück und seufzte. »Tut mir leid, Colonel. Ich weiß, das klang wie ein Plädoyer vor Gericht, aber daran glaube ich nun mal.«

Roux sah sie an und lächelte. »Ich freue mich, daß Sie dieser Ansicht sind, Madame. Ich bin nämlich derselben Meinung.«

»Also ziehen wir die Sache zusammen durch?«

»Natürlich. Ich habe mit meinen Nachforschungen bereits begonnen. Heute nachmittag fahre ich nach Caunes im Languedoc.«

»Nach Caunes?«

»Dort verlebt Monsignor Maurice Le Moyne seinen Ruhestand. Er ist derjenige, der sich derart mächtig für Brossard ins Zeug gelegt hat, daß nicht zuletzt durch seine Bemühungen die berühmte Begnadigung erwirkt wurde.«

»Le Moyne«, sagte Richterin Livi. »Aber warum sollte der Ihnen helfen? Oder haben Sie noch etwas anderes im Sinn?«

»Der Vorwurf eines Verbrechens gegen die Menschlichkeit wurde von einer jüdischen Gruppe unter Führung von Serge Klarsfeld erhoben, jenem Anwalt, der Klaus Barbie gefunden und vor Gericht gebracht hat. Diese Gruppe ist auf der Suche nach Brossard. Das Simon-Wiesenthal-Zentrum, der, wie Sie wissen, erfolgreichste und weitreichendste Nazijägerverein, intensiviert ebenfalls seine Suche nach ihm. Dies sind legale Organisationen, die auch innerhalb des gesetzlichen Rahmens agieren werden. Doch es scheint noch eine weitere Gruppierung beteiligt zu sein. Die DST, die die terroristischen Aktivitäten überwacht, hat zwei Telefongespräche mitgeschnitten, die vermuten lassen, daß ein offenbar jüdisches Kommando ein Attentat auf Brossard plant, da man davon ausgeht, daß ihm niemals der Prozeß gemacht wird. Falls das stimmt, müssen wir rasch handeln.«

»Interessant«, sagte Richterin Livi. »Warum wurde ich noch nicht darüber informiert?«

»Die DST ist eine Abteilung der Staatspolizei. Sie würden es nicht gern sehen, daß der Militärpolizei Erfolg beschieden ist, wo sie versagt hat.«

»Also hat man Sie auch nicht darüber informiert?«

»Nein. Aber wir haben unsere Quellen. Und wenn es tatsächlich ein jüdisches Kommando gibt, das Brossard töten will, könnte ich mit Hilfe dieser Information seine klerikalen Freunde vielleicht davon überzeugen, daß wir unter all seinen Verfolgern noch die ungefährlichsten sind. Mag sein, daß Brossard sich durch ein solches Argument nicht beirren ließe, aber Monsignore Le Moyne? Ich denke, es wäre einen Versuch wert.«

»Und wann wollen Sie nach Caunes aufbrechen?«

»Mein Flug nach Montpellier geht um drei.«

»Dann könnten wir noch zusammen zu Mittag essen?«

»Es wäre mir ein Vergnügen, Madame.«

## 4

In seinem Alter war Monsignore Le Moyne auf Mitfahrgelegenheiten angewiesen. Jean Marie Bouchard, ein Winzer, hatte ihm angeboten, ihn nach Carcassonne mitzunehmen, da er dort geschäftlich zu tun hatte. Der Monsignore nutzte die Gelegenheit, Roger Dufour wiederzusehen, einen alten Schulfreund, Anwalt *en retraite*. Vier Tage in Carcassonne: Das war eine willkommene Abwechslung zur mittelalterlichen Stille von Caunes. Dabei verlangte es ihn durchaus nicht danach, wieder in einer Stadt zu leben. Manchmal glaubte er, daß seinem Wesen zwei Gestalten innewohnten, die wie Engel auf seinen Schultern hockten. Auf seiner linken Schulter der düstere Engel, ehrgeizig, der den Verlokkungen des Erzbistums Lyon erlag, den angenehmen Mahlzeiten, dem guten Wein, dem Renault 25 vor der Tür, der Aufmerksamkeit, die einem zuteil wurde, wenn man als Privatsekretär des Kardinals angekündigt wurde. Er hatte unter drei Kardinälen gedient, natürlich nicht in wirklich wichtigen Funktionen. Er war kein erster Sekretär, eher ein bescheidener Diener gewesen, der bischöfliche Termine und Verabredungen abstimmte, eine Vorauswahl der Interviews traf und manchmal einem Kammerdiener glich, wenn er sich um die Einzelheiten der Garderobe des Kardinals kümmerte und die ärztlichen Untersuchungen plante. Als Privatsekretär hatte er in Lyon und später in Rom das Prestige des Kardinals auf seinem langen Kreuzzug für eine präsidiale Begnadigung von Pierre Brossard eingesetzt. Er nahm an, daß dieser Kreuzzug seinem düsteren Engel zusagte, obwohl es natürlich um keinerlei unehrenhaftes Tun ging. Doch barg er vielleicht eine Spur von persönlichem Ehrgeiz, den geheimen Wunsch, für einen Retter gehalten zu werden, einen Heiler in einer Frage der nationalen Versöhnung. Für diese Rolle des Retters hatte er schon immer eine Schwäche gehabt. Monsignor Maturin, der Generalvikar der Diözese Lyon, hatte einmal von ihm gesagt, daß er sich als ein »Begrüßungskomitee für jede Form von Ärger« eingesetzt habe. Das hatte jedenfalls für jene Zeit gestimmt, ehe er sich des Falls Pierre Brossard angenommen hatte. Es stimmte auch, was Kardinal Villemorin später von ihm behauptet hatte, daß er sich nämlich Brossards Fall zum »Hauptinhalt seines Lebens« gemacht zu haben schien. Er hatte tatsächlich die letzten beiden Jahrzehnte endlos mit führenden Köpfen aus Religion und Politik korrespondiert, hatte Leute aufgesucht, die mit Empfehlungsschreiben dienen konnten, hatte juristische Dokumente studiert, Appelle an christliche Spendenbereitschaft aufgesetzt und um Vergebung für seinen Protegé gebeten. Er hatte sich derart mit diesen Dingen beschäftigt, daß er sein Seelenleben ganz vergessen und sich so die Mißbilligung des Engels auf seiner rechten Schulter, des weißen Schutzengels seiner Seele, zugezogen hatte.

Der weiße Engel billigte natürlich sein Leben in Caunes. Dieses Heim war wie ein kleines Kloster. Die Schwestern des Enfant-Jésus-Ordens, die dieses Haus für pensionierte Kleriker leiteten, gehörten einem konservativen Orden an: Die Nonnen trugen einen langen Habit, schlossen sich zu Arbeit und Gebet in die Klostermauern ein und waren ihrem Bischof zu blindem Gehorsam verpflichtet. Caunes, ein Dorf, dessen Aussehen sich über die Jahrhunderte kaum geändert hatte, war Tag für Tag eine Erinnerung an das echte Frankreich, *La France profonde*, an Werte, Glauben und Gebräuche, die in diesem Chaos am Ende des Jahrhunderts rasch dahinschwanden. Stundenlang kniete er in Caunes in der Stille der Dorfkirche, ohne auf die Schmerzen in seinen Gelenken zu achten, die Augen auf den Altar gerichtet, und versuchte durch Gebet und Meditation, seine Bemühungen um Pierres Errettung zu vergessen und einen Zustand der Andacht zu erreichen, in dem er, Maurice Le Moyne, keine Wünsche mehr kannte, keinen Ehrgeiz mehr außer dem, Jesus Christus, Unseren Herrn, anzubeten.

In diesen letzten Tagen seines Lebens tauchten Rom und Lyon nur noch selten in den verfallenden Korridoren seiner Erinnerung auf. Was hatte er in seinem Leben als Priester erreicht? Nichts schien ihm so recht geglückt zu sein. Nichts. Im Verlauf der Jahre war es ihm vielleicht gelungen, einigen Sündern das Licht der Gnade Gottes zu zeigen. Es gab welche, die hatten von seinem Rat profitiert, o ja. Doch wer sich darauf etwas zugute halten wollte, daß er Sünder zu Gott zurückgeführt hatte, der beging selbst eine Sünde: die Sünde des Stolzes. Nun, dies war auch nicht die eigentliche Triebfeder seines Strebens gewesen. Sein Traum von nationaler Versöhnung, von einer Begnadigung seines Protegés, die als ein Beispiel dafür gelten mochte, wie wir Franzosen die Fehler unserer Vergangenheit vergeben und vergessen müssen, war letzten Endes gescheitert, völlig gescheitert. Und doch war er geschickt vorgegangen, einfallsreich und unermüdlich. Schließlich war er der Sohn eines ehemaligen Marseiller Gerichtsvorsitzenden. Er hatte selbst Jura studiert, ehe er in den Priesterstand trat, und seine juristischen Kenntnisse hatten ihm auf seinem Kreuzzug gute Dienste geleistet. Wie viele Jahre seines Lebens hatte er für diesen Kreuzzug vergeudet, ja, vergeudet? Man stelle sich vor: Erfolg auf höchster Ebene, eine vom Präsidenten der Republik persönlich unterschriebene Begnadigung, alles, nur um Jahre später zu erleben, wie sie praktisch widerrufen wurde. Die Feinde der nationalen Vergebung hatten wieder einmal triumphiert. Der arme Pierre wurde heute eifriger als zu jeder anderen Zeit seines Lebens gejagt. »Die Juden wollen mir ans Leder«, hatte Pierre immer gesagt. ›Und ach, er hatte recht. Auch wenn ich das nicht mehr sagen darf. Wir müssen unseren Feinden vergeben, besonders den Juden. Heute schäme ich mich für all das, was ich vor langer Zeit über sie gesagt habe. Man kann unmöglich kritisieren, wenn man gesehen hat, was, wie ich weiß, die Wahrheit ist: die Filme über die Massengräber, die nackten, ausgemergelten Leichen, die Nazisoldaten mit ihren Gewehren. Bei der Zahl der Toten wird übertrieben, sicher, aber was ändert das? Sünde ist Sünde, egal, wie viele es waren.‹

Bouchard, der Winzer, hatte ihn kurz nach zwei Uhr in dem Vorort von Carcassone abgeholt. Bouchard, ein Witwer mit zwei Söhnen im Teenageralter, von denen der eine wegen Drogen Ärger mit der Polizei gehabt hatte, schuldete Monsignor Le Moyne Dank, weil er sich für den Charakter seines Sohnes verbürgt hatte, als der Fall vor Gericht verhandelt wurde. Heute, wie an so vielen Tagen zuvor, stürzte sich Bouchard wieder wie besessen auf das Thema Immigranten. Es lastete den Moslems in der Schule seines Sohnes an, daß der Junge Probleme mit Drogen hatte. »Le Pen hat recht«, sagte er. »Schickt sie dahin zurück, wo sie hergekommen sind. Was meinen Sie, Pater? Würden Sie nicht auch für Le Pen stimmen, wenn Sie an meiner Stelle wären?«

Monsignor Le Moyne starrte auf die Straße.

Kurz nach fünf trafen sie in Caunes ein. Bouchard war so freundlich, ihn vor der Tür zum Heim abzusetzen. Es hatte zu regnen begonnen, und während der Monsignore klingelte, stellte er sich unter das Vordach, um trocken zu bleiben. Er war müde. Nach dem Essen würde er gleich ins Bett gehen.

»Herzlich willkommen, Monsignore. Wie war die Fahrt?«

»Angenehm, Schwester. Sehr angenehm.«

»Schön, daß Sie wieder da sind. Ihr Freund, Monsieur Pierre, wartet bereits seit zwei Tagen auf Sie, da wir Ihre Adresse in Carcassonne nicht kannten. Der arme Mann möchte Sie dringend sprechen. Er wohnt in der Pension Médicis. Ach, übrigens hat heute noch jemand angerufen. Ein Colonel Roux. Wir haben ihm gesagt, daß wir Sie heute abend zurückerwarten. Er bat uns, ihn so rasch wie möglich von Ihrer Rückkehr zu unterrichten.«

»Ein Colonel?«

»Ja, Pater.«

»Und wie sollen Sie sich mit ihm in Verbindung setzen? Hat er Ihnen eine Telefonnummer genannt?«

»Ja, Pater. Einen Augenblick. Ich bringe sie Ihnen.«

Er sah ihr nach, als sie über den Flur in das kleine Büro ging. Was für ein Colonel? Und was trieb Pierre Brossard in Caunes?

»Hier ist sie, Pater.«

Er besah sich den Zettel. Eine Nummer hier im Ort.

»Dürfte ich einmal Ihren Apparat benutzen, Schwester?«

Kaum war er allein im Büro, wählte er die Nummer.

»Gendarmerie.«

Sofort legte er wieder auf. Vor einer Woche hatte Dom Adelbert aus Montélimar angerufen und ihm zwei beunruhigende Neuigkeiten mitgeteilt. »Maurice, haben Sie in letzter Zeit vom Erzbischof gehört?«

»Nein. Warum?«

»Man hat mir gesagt, daß Kardinal Delavigne zwei Leute aus seinem Stab mit Fotos von unserem Freund auf eine Rundreise schickt, um uns zu warnen. Sie suchen alle Klöster, Pfarrhäuser und Stifte auf, von denen sie glauben, daß ihm dort in der Vergangenheit Unterschlupf gewährt worden ist. Sie zeigen sein Foto und bitten, man möge ihn abweisen.«

»Was für eine Schande!«

»Nun, die Zeiten haben sich geändert. Delavigne muß sich gegen unangenehme Erkundigungen zur Wehr setzen. Die Medien haben zur Jagd geblasen, aber das wissen Sie wahrscheinlich schon.«

»Trotzdem«, hatte er gesagt. »Wir haben alle Unterstützung verloren, nicht?«

»Das will ich nicht hoffen. Doch die Richtung der Nachforschungen hat sich geändert. Wie ich aus verläßlicher

Quelle weiß, hat ein neuer Untersuchungsrichter, oder vielmehr eine Untersuchungsrichterin, der Polizei die Untersuchung entzogen und sie der Gendarmerie übergeben. Und die Gendarmerie ist dem Maréchal noch nie wohlgesonnen gewesen.«

»Ganz genau.«

»Also werden Sie vielleicht Besuch von der einen oder anderen Seite erhalten, vom Erzbischof oder von der Armee. Ich dachte, ich sollte Sie lieber warnen.«

›Und jetzt das; kaum eine Woche ist seit dem Anruf vergangen, und schon ist er hier, irgendein Colonel, den es nach Beförderung gelüstet, steht da auf meiner Schwelle. Und Pierre ist im selben Dorf zur selben Zeit. Wohnt in einer Pension. Wie merkwürdig. Warum ist er nicht bei Abbé Fessard in Peyriac, gleich die Straße entlang? Hat Fessard ihn wieder fortgeschickt?‹

Er spürte, wie seine Hand zitterte, als er im Telefonbuch nach der Nummer der Pension Médicis suchte.

»Hier spricht Monsignor Le Moyne. Wohnt bei Ihnen ein Monsieur Pouliot?«

»Ja, Monsignore. Ich hole ihn sofort.«

Er wartete. ›Vielleicht läßt die Gendarmerie dieses Haus bewachen, um zu sehen, wann ich zurückkomme.‹

»Monsignore? Hier ist Pierre. Bin ich froh, daß Sie wieder da sind. Es ist schon spät, ich weiß, aber dürfte ich noch vorbeikommen? Wir könnten zusammen essen, was meinen Sie? Es gibt da etwas, das ich Ihnen erzählen muß.«

»Hören Sie mir zu, Pierre. Ich treffe Sie in der Kirche. Knien Sie in einer der letzten Reihen beim Altar Unserer Heiligen Jungfrau. Ich setze mich in die Bank dahinter.

Drehen Sie sich bitte nicht um. Wir werden vielleicht beobachtet.«

Das Gute an Pierre war, und das wußte der Monsignore genau, daß er nie, nicht ein einziges Mal, die nötige Vorsicht vernachlässigte. »Ja, Monsignore«, sagte er. »Ich gehe gleich los.«

Touristen fanden nur selten den Weg nach Caunes, selbst jetzt nicht, zur Hauptsaison im Sommer. Als Monsignor Le Moyne durch die engen Gassen eilte, sah er nur Madame Malet, die ihr Geschäft schloß und Körbe mit Gemüse und Obst vom Stand in den Laden brachte, und den alten Pellerat, einen Rentner, der auf seinem Stammplatz auf der Bank am Brunnen saß. Er war sich ziemlich sicher, daß er nicht verfolgt wurde. Als er sich der Kirche näherte, hallten seine Schritte bedenklich laut über das Kopfsteinpflaster. Seit er plötzlich die Gendarmerie auf den Fersen hatte, konnte er sich immerhin vorstellen, was für ein Leben Pierre in all den Jahren geführt haben mußte, wie er sich ständig umgesehen und gelauscht hatte, ob ihm jemand folgte. Man mußte sich bloß einmal jene Anfangszeit vorstellen, in der er sich nur nachts hervorgewagt hatte. Ein Leben mit gefälschten Papieren, ein Leben, in dem man immerzu von einem Ort zum anderen ziehen mußte, ein Leben allein, abhängig vom Wohlwollen der Ordenshäuser und Klöster, und nie zu wissen, ob der nächste Priester, die nächste Mutter Oberin, die man um Asyl bat, einen im Geiste christlicher Nächstenliebe willkommen hieß oder sich angewidert von einem abwandte.

Und jetzt steckte er in größerer Gefahr als je zuvor. Er, der sich von einem unbekannten Fall in den Jahren vor der

Begnadigung zur heutigen *cause célèbre* entwickelt hatte und seither ständig in der Zeitung stand... ›Ich weiß noch, er hat mir kürzlich geschrieben, wie oft sein Name in *Le Monde* erwähnt worden sei. Über viertausendmal, hatte er geschrieben. Und es hört nie auf. Nie, erst mit seinem Tod. Gott hat ihm seine Sünden vergeben. Da bin ich mir sicher. Doch seine Feinde werden dies nie tun.‹

Vor der Kirche sah er Durand, den Küster, der den Pfad entlang der Friedhofsmauer besprengte.

»Guten Abend, Pater. Ziemlich warm, wie?«

»Ja, das ist es. Nimmt Pater Cadras heute abend die Beichte ab?«

»Ja, Pater.«

Das würde bedeuten, daß die Kirche länger geöffnet blieb.

»Danke, Durand.«

Es saßen fünf Gläubige in der Kirche. Zwei Frauen knieten vor dem Seitenaltar, vor brennenden Votivkerzen. Vor Pater Cadras' Beichtstuhl kniete ein Mann und wartete, bis er an die Reihe kam. Pierre saß, von einer Säule halb verborgen, vor dem Marienaltar im Seitenschiff.

Monsignor Le Moyne ging zu ihm, machte eine Kniebeuge und setzte sich in die Bank hinter ihm. Flüsternd fragte er: »Pierre?«

»Pater. Werden wir beobachtet?«

»Ich bin mir nicht sicher. Ich erzähle Ihnen später davon. Warum sind Sie hergekommen? Ich dachte, wir hätten beschlossen, daß wir uns eine Weile nicht sehen sollten.«

»Ich mußte einfach kommen. Seltsam, daß ich hier in einer Kirche knie, denn ich muß eine Beichte ablegen. Es ist dringend. Und ich kann es nur Ihnen beichten.«

»Das stimmt nicht. Jeder Priester kann Ihre Beichte abnehmen. Deswegen herzukommen ist einfach dumm.«

»Ich habe einen Mann getötet. Sie sind der einzige, dem ich das sagen kann.«

»Wen haben Sie getötet?«

»Einen Juden. Einen Juden, den man ausgeschickt hat, um mich zu töten. Es war Notwehr, aber trotzdem...«

›Er hat einen Juden getötet. Und ein Colonel der Gendarmerie ist in Caunes und will mich sehen.‹

»Was ist passiert?«

Die vertraute Stimme begann zu flüstern. Als sie verstummte, fragte er: »Aber was hatten Sie in Salon verloren? Woher wußten diese Leute, daß Sie dort sein würden?«

»Ich habe keine Ahnung, Pater. Ich habe in der Abbaye de Saint-Cros außerhalb der Stadt gewohnt. Ich wohne oft dort. Ein sehr sicherer Ort. Am Tag vor der Tat spürte ich, daß ich verfolgt wurde. Aber ich war mir nicht sicher. Sie wissen ja, man wird in diesen Dingen so leicht nervös. Vor allem in letzter Zeit.«

Also trug er eine Waffe. Er war bereit, sich zu verteidigen, sogar, jemanden zu töten. ›Das ist gegen sein Versprechen, nie wieder ein Leben zu nehmen. Sollte es möglich sein, daß er mich anlügt, so wie er gezwungen ist, andere anzulügen? Wenn es stimmt, was er sagt, und der Jude ihn wirklich umbringen wollte, hat er kein Verbrechen begangen, als er sich verteidigte. Aber das Auto und den Leichnam in die Schlucht stürzen lassen?‹

»Wir haben schon oft darüber geredet, Pierre. Ich weiß, Sie halten nichts davon, sich zu stellen, und ich habe Ihre Wünsche stets respektiert, aber diesmal... Hören Sie zu:

Den Paß und dieses Papier, von dem Sie sprachen, die haben Sie doch natürlich noch, nicht wahr? Begreifen Sie nicht, wenn Sie sich jetzt stellen und diese Dokumente der Polizei zeigen, werden da nicht die meisten Menschen begreifen, daß man Sie verfolgt? Daß die Juden Sie umbringen wollen und daß die sich wie gemeine Mörder benehmen? Dies könnte endlich der richtige Augenblick sein, um sich zu stellen.«

Während er redete, betrachtete er Pierre in der Bank vor sich, der stumm auf die Statue der Madonna starrte, die von einem Heiligenkranz aus Glühbirnen angestrahlt wurde. Pierre war alt geworden, sein Haar war weiß, Nacken und Gesicht waren von tiefen Furchen durchzogen, seine Kleider schäbig: eine geflickte grüne Strickjacke, eine verschossene Kordhose, schwere Arbeitsschuhe. In den Händen hielt er, wie immer, wenn er in der Kirche war, einen Rosenkranz. ›Ich weiß, daß er gläubig ist, ich weiß, er zeigt echte Reue, und ich weiß auch, daß er in den letzten vierzig Jahren ein makelloses Leben geführt hat. Wie hätte ich ihm helfen können, wäre ich von seiner Reue nicht überzeugt gewesen? Und doch hat er gestern jemanden getötet und bittet jetzt um Gottes Vergebung.‹

»Nun, Pierre? Antworten Sie mir.«

»Pater, wenn ich Ihrem Willen folge, wird man mir den Prozeß machen und mich verdammen. Ich werde den Rest meines Lebens wie Klaus Barbie in einer Zelle verbringen.«

»Hat die Polizei den Leichnam schon gefunden?«

»Ich weiß es nicht. Darüber mache ich mir keine Sorgen. Ich bin nicht gekommen, weil ich Ihre Hilfe brauche. Ich kam, um Ihnen zu beichten und Sie um die Absolution zu bitten. Man wird wieder versuchen, mich umzubringen. Und wenn ich heute sterbe, möchte ich im Stand der Gnade sterben. Sie haben mir gesagt, daß mir mein Leid der letzten Jahre Gottes Vergebung eingebracht hat. Alles andere ist unwichtig. Ich wollte nicht wieder töten. Ich wurde dazu gezwungen. Habe ich gesündigt, als ich diesem Juden das Leben nahm?«

»Das kann ich nicht beantworten, Pierre. Doch Gott wird Ihnen auf jeden Fall vergeben, und ich erteile Ihnen die Absolution.«

Er sagte die Worte der Lossprechung.

»Gott segne Sie, Pater. Und machen Sie sich keine Sorgen, ich werde noch heute abend wieder abfahren.«

»Ich habe schlechte Neuigkeiten, Pierre. Ein Colonel der Militärpolizei ist hier in Caunes. Er kam heute morgen und wollte mich sehen. Sie wissen doch, daß Ihr Fall ans Militär übergeben wurde, oder nicht?«

In diesem Augenblick hörte er, wie auf der gegenüberliegenden Seite des Hauptschiffes die Tür zum Beichtstuhl geschlossen wurde. Pater Cadras, der ortsansässige *curé*, kam heraus; die Beichtzeit war vorüber. Er sah direkt hinüber ins Seitenschiff, winkte und kam herüber.

Pater Cadras kannte Pierre nicht, würde ihn aber vielleicht durch die Fotos in der Zeitung wiedererkennen. Rasch erhob sich Monsignor Le Moyne, durchquerte das Seitenschiff und gab dem *curé* die Hand.

»Sie waren in Carcassonne, Monsignore?«

»Ja, das war ich. Sehr angenehme Tage.«

»Waren Sie dort während der Demonstrationen gegen Maastricht?«

»Ja, aber ich habe sie leider verpaßt.«

Während er mit dem *curé* sprach, sah er, wie Pierre sich erhob, eine Kniebeuge Richtung Hauptaltar machte und rasch das Seitenschiff hinunter zum Nebenausgang ging. Der *curé* schenkte ihm keine weitere Beachtung.

»Die Stimmung hier ist ziemlich erregt«, sagte der *curé*. »Und man kann es den Bauern nicht verdenken.«

»Die Leute haben Angst vor all diesen Veränderungen. Verständlicherweise.«

»Diese Europaverträge«, sagte der *curé*. »Wissen Sie, was ich glaube? Damit will man nur die Deutschen wieder in den Sattel hieven.«

»Da könnten Sie recht haben«, sagte Monsignor Le Moyne. Er hörte, wie die Tür im Seitenschiff zuschlug. Wann würde er Pierre wiedersehen? Würde er ihn jemals wiedersehen?

# 5

Das Rouletterad drehte sich nicht mehr, die Stahlkugel seines Glücks war aufs falsche Feld gerollt. Alles kehrte sich gegen ihn. Als er hier eintraf, war er wie stets zu Abbé Fessard ins vier Kilometer entfernte Peyriac gefahren. Doch der Abbé speiste ihn mit irgendeiner Ausrede ab, sagte, sein Gästezimmer sei belegt. Ging er wie die anderen auf Distanz? Und dann mußte er auch noch feststellen, daß Monsignor Le Moyne in Carcassonne war und erst zwei Tage später zurückkommen würde. ›Und jetzt dieser Colonel der Gendarmerie. Hier. Wollte mit dem Monsignore reden. Hier. In diesem kleinen Ort, wo ich ihm direkt in die Arme laufen kann, wenn ich um die nächste Straßenecke biege. Falls man mich mit Monsignore in der Kirche gesehen hat, werde ich jetzt verfolgt.‹

Doch die Straßen von Caunes waren leer. Die Leute aßen zu Abend. Auf dem kleinen Platz in der Nähe der Pension Médicis parkten keine Autos.

Er nickte einem alten Mann zu, der auf einer Steinbank vor dem Rathaus saß. Dann sah er einen Dorfpolizisten aus dem Rathaus kommen und den Mann im blauen Overall grüßen, der die Trikolore einholte, ein allabendliches Ritual.

Der Polizist folgte ihm in der engen Gasse mit einigen

Schritten Abstand. Er zwang sich, langsam weiterzugehen. Der Polizist holte ihn ein, ging an ihm vorüber und bog nach rechts in eine Straße ein. Die Pension Médicis lag zwei Querstraßen weiter. Sein Peugeot stand im Hof hinter der *pension*. Es würde nur einige Minuten dauern, dann würde er seine Sachen gepackt, die Rechnung bezahlt haben und unterwegs sein. Der Colonel hatte keinen Grund anzunehmen, daß er irgendwo in der Nähe von Caunes war. Überhaupt keinen Grund.

Wie jedesmal, wenn er den Dolch der Angst verspürte, sorgte er sich um sein Herz. Und wie jedesmal versuchte er, an etwas anderes zu denken. Er dachte an seine Lossprechung. *Ego te absolvo:* diese Worte, die glückseligsten der Religion. Er erinnerte sich, wie er vor langer Zeit, er war noch ein Kind in Sanary, aus der Beichte kam und ein Gefühl des Triumphes empfand. Die Beichte war das größte Sakrament der Kirche, ein Passierschein, der aus den Flammen der Hölle herausführte. Manchmal dachte er, daß er kein derart gläubiger Katholik sein und seine Pflichten nicht so aufmerksam erfüllen würde, besäße er nicht die erleichternde Gewißheit, daß ihm seine Sünden vergeben würden. Deshalb war er nach Caunes gekommen. Dieses Risiko war es wert gewesen, Colonel hin oder her. *Ego te absolvo*.

Doch diese Gedanken konnten seine Angst nicht lindern. Er spürte sein Herz noch immer flattern, gefangen in seiner Brust. Und während er den Weg hinaufging, der zu der kleinen *pension* führte, fühlte er sich den Puls. Unregelmäßig. ›Ich habe doch heute morgen meine Pille genommen. Oder nicht?‹

Als er die kleine Eingangshalle der *pension* betrat, saß die

Besitzerin an ihrem Tisch vor einem Plakat, das ein Musikfestival in Montpellier ankündigte, und blickte mit dem falschen Lächeln aller Hoteliers auf.

»Wird Monsieur zum Essen bleiben?«

»Leider nein, Madame. Dürfte ich Sie bitten, mir meine Rechnung auszustellen?«

»Sie haben also den Monsignore angetroffen?«

»Ja, danke, das habe ich.«

Sein Zimmer lag im ersten Stock. Es ging nach hinten hinaus, auf den Hof, wo sein Wagen stand. Während er seine Sachen in den Koffer packte, sah er neben seinem Peugeot einen schwarzen Renault mit behördlichem Kennzeichen stehen. Plötzlich sprang der Motor des Renaults an, und der Wagen fuhr vom Hof. Als er sein Fenster passierte, wandte der Fahrer den Kopf und sah zu ihm hinauf.

Er wich zurück und stolperte in der Eile über sein Bett. Ein Offizier in der Galauniform der Gendarmerie. Er lauschte. Das Motorengeräusch verklang. ›In Caunes gibt es keine so hochrangigen Offiziere. Nicht auszudenken. Er hätte unten in die Halle kommen können, als ich mich mit Madame unterhielt.‹

Er schloß den Koffer, sah nach, ob er seinen Rasierer aus dem Badezimmer eingepackt hatte, und ging dann die geschwungene Treppe hinunter. Sie hatte die Rechnung auf die Theke gelegt. Er bezahlte.

»Ich habe gerade einen Wagen fortfahren sehen, Madame. War das nicht ein besonderes Kennzeichen?«

»Das kann ich Ihnen nicht sagen, Monsieur. Ich habe den Wagen nicht gesehen.«

»Es war ein Offizier. Gendarmerie, glaube ich.«

»Ach ja – lassen Sie mich mal sehen.« Sie beugte sich über das Gästebuch. »Ja, aus Paris. Sie haben recht.«

»Ein Hobby von mir«, sagte er. »Kennzeichen. Also, haben Sie vielen Dank, Madame.«

Er faltete die Rechnung und steckte sie in seine Tasche.

»Bon voyage, Monsieur.«

# 6

Roux hatte die Dossiers durchgearbeitet. Sie waren erstaunlich umfassend, vor allem wenn man bedachte, daß sie über eine Person ohne jegliche Vorstrafen angelegt worden waren. Jahrelang hatten Polizei und Geheimdienste Berichte geliefert, selbst eine vertrauliche Notiz von einer Quelle innerhalb des Elysée-Palastes lag vor. Doch das faszinierendste Dossier über Monsignor Maurice Le Moyne war von einem jungen Historiker zusammengestellt worden, einem Mitglied von Kardinal Delavignes Kommission, die der Verstrickung der Kirche in dieser Angelegenheit nachging. Und obwohl er das Dossier vor Augen hatte, konnte sich Roux immer noch nicht vorstellen, wie es in die Hände der Richterin Livi gelangt war. Doch da lag es, eine Sammlung von Interviews, Kommentaren, ein Lebenslauf: das psychologische Profil eines Klerikers von unbedeutendem Einfluß, der von seinen kirchlichen Vorgesetzten für politisch naiv gehalten und vom Kardinal, für den er arbeitete, als »Trottel« abgetan wurde und der es dennoch irgendwie geschafft hatte, Leute in allerhöchsten Machtpositionen zu manipulieren und zu beeinflussen. Einmal war er der barmherzige Samariter, der Schreiber zahlloser Briefe, die die Empfänger mahnten, die Worte Christi nicht zu vergessen: »Wer verzeiht, dem wird verziehen.« Und dann war er der hartnäckige Bettler, der Empfehlungsschreiben für seinen zweifelhaften Protegé erflehte, selbst ehemalige Opfer der *milice* aufsuchte, sie um ihre Unterstützung bat und unverfroren behauptete, daß »ich als Christ und Priester es wage, um Gnade für diesen Mann zu bitten.« Da gab es einen Brief an General de Gaulle, in dem er schrieb: »Einzig im Namen christlicher Nächstenliebe und aus keinem anderen Grund, weder aus Eigennutz, noch aus Ehrgeiz, Zwang oder politischem Kalkül bin ich in diesem Fall tätig.« Doch natürlich entsprach dies, wie das Dossier bewies, nicht der Wahrheit. Im selben Brief an de Gaulle tat er so, als habe Brossard jene Verbrechen überhaupt nicht zu verantworten, die er, wie Monsignor Le Moyne doch bestimmt wußte, sehr wohl begangen hatte. Und in anderen Briefen an andere einflußreiche Personen hatte der Monsignore sich ähnlicher Irreführungen schuldig gemacht. Als er in den sechziger Jahren in Rom weilte und kaum mehr als die Stelle eines untergeordneten Bediensteten bekleidete, der das Hauspersonal eines französischen Kardinals am Heiligen Stuhl beaufsichtigte, hatte er Briefe an Regierungshäupter verschickt und als »Privatsekretär Seiner Eminenz« unterschrieben, womit er fälschlicherweise den Eindruck erweckt hatte, als wäre der Brief mit Zustimmung des Kardinals verfaßt worden, so daß in den höchsten Kreisen der französischen Regierung der Verdacht geschürt wurde, Rom selbst habe ein ureigenes Interesse am Schutze Brossards.

Und mit diesen Dokumenten in einem Hefter auf dem Beifahrersitz fuhr Roux jetzt durch eine enge Straße in Caunes, *en route* zum Heim in der Rue Danton. Er hatte um sechs Uhr noch einmal angerufen, und man hatte ihm gesagt, daß der Monsignore dort wie gewöhnlich zu Abend esse. Aufgetragen wurde um sieben. Er wollte gegen halb acht eintreffen und den Mann bei Tisch überraschen. Das hatte etwas Theatralisches. Er trug seine Galauniform samt Handschuhen und Käppi und wollte als Militär auftreten, nicht als Polizist.

»Monsignore wird gleich zu Ihnen kommen.«

Das Besucherzimmer im Heim war klein und dunkel, beherrscht von einer lebensgroßen Gipsstatue der Jungfrau Maria, die strategisch geschickt dem einzigen Fenster gegenüberstand, so daß das Abendlicht wie ein Heiligenschein um das Haupt der Madonna spielte. Er legte Handschuhe und Käppi auf den glänzend polierten Tisch und stellte sich mit dem Gesicht zur Tür auf. Der Mann, der eintrat, war alt genug, um Roux' Vater sein zu können, klein und zerbrechlich, in schwarzer Soutane und mit bequemen Pantoffeln, die Gesichtszüge erstarrt in einer Maske des Alters, die das Geschlecht ihres Trägers neutralisierte.

»Guten Abend«, sagte der Monsignore. »Tut mir leid, daß ich heute morgen nicht da war, als Sie angerufen haben.«

Roux stellte sich als Leiter der neuen Untersuchungskommission im Fall Brossard vor. Er wurde gebeten, Platz zu nehmen.

»Und deshalb kommen Sie natürlich auch zu mir. Das tun sie alle. Und jedesmal muß ich dieselbe Antwort geben. Ich stehe in keinerlei Verbindung mehr mit Pierre Brossard. Ich denke, er hat wie so viele junge Männer seiner Generation einen schweren Fehler begangen, als er der *milice* beitrat. Aber ich glaube auch, daß er in gutem Glauben gehandelt hat. Daher würde ich Ihnen nicht helfen, selbst wenn ich es könnte.«

»Aber Monsignore, dahinter steckt doch noch mehr, meinen Sie nicht? Ich weiß, Sie sind überzeugt, daß er an der Ermordung der Juden von Dombey unschuldig ist, aber zu behaupten, daß er in gutem Glauben gehandelt hat, ist nun wirklich naiv. Außerdem sind andere Anklagen gegen ihn erhoben worden. Was ist mit den Besitztümern, die er diversen jüdischen Familien gestohlen hat? Das ist dokumentiert. Es ist bewiesen.«

»Im Vichy-Regime war die Beschlagnahmung jüdischen Besitzes ein Routinevorgang. Pierre Brossard hat nur Befehle ausgeführt.«

»Außerdem ist erwiesen, daß er Schmuck, Mobiliar und sonstiges Eigentum dieser Juden verkauft und das Geld in seine eigene Tasche gesteckt hat. So benehmen sich Diebe.«

»Lassen Sie mich Ihnen sagen, Colonel, daß ich keineswegs von der Korrektheit Ihrer Information überzeugt bin. Doch wie dem auch sei, Brossard wurde 1971 vom damaligen Präsidenten der Republik begnadigt. Gäbe es diese neue Anklage nicht, die ihm etwas vorwirft, was keineswegs bewiesen ist, wäre er heute ein freier Mann. Aber diese neue Anklage ist wieder einmal beispielhaft für die Art und Weise, wie Brossard in den letzten vierzig Jahren verfolgt wurde. Sie sind zu jung, falls Sie mir meine Direktheit verzeihen wollen, um sich daran erinnern zu können, daß die Résistance in der Besatzungszeit von Kommunisten angeführt wurde, deren einziges Ziel es war, unser Land Stalin in die Hände zu spielen. Es kann daher nicht überraschen, daß die meisten Franzosen dem Regime des Maréchal Pétain treu blieben. Ich will aber die Tatsache gar nicht entschuldigen, daß sich die *milice* letztlich als abscheuliche Organisation mit engen Verbindungen zu den deutschen Besatzern entpuppte. Doch ich wehre mich – und das habe ich stets getan – gegen den Vorwurf, Pierre Brossard habe den Tod der Juden von Dombey befohlen und sei für die Folter und Hinrichtung anderer Juden und Résistancekämpfer verantwortlich. Ich weiß zudem, und Sie können meinen Worten glauben, daß er ein gläubiger und praktizierender Christ ist, der seither ein unbescholtenes Leben geführt hat. Außerdem glaube ich wie Präsident Mitterrand und die meisten Männer unserer Generation, daß wir voranschreiten und diese Rufe nach Vergeltung und die alten Feindseligkeiten hinter uns lassen müssen.«

Monsignor Le Moyne schwieg einen Augenblick und breitete seine Hände zu einer entschuldigenden Geste aus. »Tut mir leid. Ich habe die schlechte Angewohnheit, Predigten zu halten. Vergeben Sie mir. Doch ich wollte sichergehen, daß Sie meine Position verstehen.«

»Natürlich. Und da ich mit Ihrer Haltung gerechnet habe, kam ich nicht in der Erwartung her, daß Sie mir sagen, wo ich Brossard finden kann. Doch es gibt in diesem Fall eine neue Entwicklung, eine, die Sie bitte bedenken möchten. Wir haben erst kürzlich herausgefunden, daß ein jüdisches Kommando aufgestellt wurde, das es sich zum Ziel gesetzt hat, Brossard zu ermorden. Die Existenz dieses Kommandos wurde von der Direction de la Surveillance du Territoire aufgedeckt, einer Sonderabteilung der Staatspolizei. Aus den von der DST mitgeschnittenen Telefongesprächen geht hervor, daß diese Gruppe interne Kenntnis über Brossards Aufenthaltsorte besitzt. Sein Leben ist so gefährdet wie nie zuvor. Falls er sich jetzt der Gendarmerie stellt, wäre er immerhin vor diesen Attentätern geschützt. Und falls, wie Sie sagen, diese neuerlich erhobenen Anschuldigungen auf ihn nicht zutreffen, könnte er vielleicht sogar seinen Namen reinwaschen. Deshalb bin ich hergekommen. Vielleicht kennen Sie doch eine Möglichkeit, mit ihm in Kontakt zu treten?«

Es war still im Zimmer. Monsignor Le Moyne saß da und hielt den Kopf gesenkt, als würde er meditieren. Schließlich blickte er auf, sah aber nicht Roux, sondern die Madonna an, die ihm gegenüberstand. »Und wer steckt hinter diesem Kommando? Wissen Sie das?«

»Nein. Doch wir wissen, daß diese Leute davon überzeugt sind, daß man Brossard niemals den Prozeß machen wird. Also haben sie beschlossen, ihn umzubringen.«

»Sie sagen, diese Leute wissen, wo er sich aufhält. Wie können die das wissen? Und Sie behaupten, die besitzen ›interne Kenntnis‹. Was meinen Sie damit?«

›Er hat begriffen, worauf ich hinauswill‹, dachte Roux. ›Er stochert herum. Sag ihm die Wahrheit.‹ – »Ich weiß es nicht, Pater. Ich gebe Ihnen nur weiter, was wir von der DST erfahren haben.«

»Ich verstehe.« Monsignor Le Moyne stand auf und trat ans Fenster. Er starrte wortlos hinaus, drehte sich dann um und erklärte: »Wie gesagt, Colonel, ich weiß nicht, wo er ist. Aber ich denke, Sie haben recht. Wenn überhaupt, dann ist jetzt der Zeitpunkt für ihn gekommen, sich zu ergeben. In vergangenen Tagen habe ich mich oft mit ihm darüber gestritten. Ich habe ihn angefleht, hervorzukommen und sich zu verteidigen. Doch in den Jahren des Lebens im Verborgenen hat er eine Art Verfolgungswahn entwickelt. Er ist fest davon überzeugt, daß er keinen fairen Prozeß bekommen wird, und es dürfte schwerfallen, ihn vom Gegenteil zu überzeugen.«

»Wenn ihn jemand überzeugen kann, Monsignore, dann Sie.«

»Das bezweifle ich. Und, wie gesagt, ich wüßte nicht, wo ich ihn suchen sollte.«

»Tut mir leid, das zu hören. Ich hatte gehofft, Sie wüßten eine Möglichkeit, mit ihm Verbindung aufzunehmen. Er ist tatsächlich in großer Gefahr. Ich bin überzeugt, daß jemand, der sein Vertrauen genießt, ihn an dieses Kommando verrät.«

»Doch warum sollte derjenige das tun?«

»Vielleicht geht es um Geld.«

»Von den Juden? Stimmt, das wäre eine Möglichkeit.«

Roux erhob sich ebenfalls und nahm Handschuhe und Käppi vom Tisch. »Jedenfalls bedanke ich mich dafür, daß Sie mich empfangen konnten. Tut mir leid, wenn ich Sie beim Abendessen gestört habe.«

»Aber ganz und gar nicht. Sagen Sie, könnten Sie mir Ihre Karte geben für den Fall, daß sich Pierre Brossard zufällig mit mir in Verbindung setzt? Und vielleicht schreiben Sie mir eine Telefonnummer auf – eine, unter der Sie jederzeit erreichbar sind?«

»Natürlich.« Roux knöpfte die Brusttasche seiner Uniform auf. »Hier, bitte. Und die Telefonnummer mit meiner Durchwahl.«

»Danke. Haben Sie übrigens vor, direkt nach Paris zurückzukehren?«

»Ich fahre heute abend noch nach Montpellier und kann dann hoffentlich morgen früh nach Paris zurückfliegen.«

»Nun, dann will ich Sie nicht länger aufhalten.«

An der Tür gaben sie sich die Hand. Als er den Gang einlegte, schaute Roux zurück und sah, wie Monsignore die rechte Hand hob, um ihm zum Abschied zuzuwinken. ›Ich glaube, es hat geklappt. Er ist ein Antisemit der alten Schule, stets bereit, das Schlimmste anzunehmen. Auf die Neuigkeit von der DST ist er richtig angesprungen. Die hat ihm zu schaffen gemacht.‹

Monsignor Le Moyne sah dem Wagen nach, bis er verschwunden war. Dann ging er ans Telefon.

»Monsignor Le Moyne. Ist Monsieur Pouliot da?«

»Nein, Pater. Monsieur Pouliot ist abgereist.«

»Wann?«

»Oh, etwa vor einer halben Stunde.«

»Danke, Madame.«

Er blickte durch die Eingangshalle auf die übrigen Gäste im Speiseraum auf der anderen Seite, wie sie ihren Nachtisch beendeten. Sein Teller stand unberührt da. Er zitterte, war angespannt, sein Mund trocken. Er ging durch die Halle und setzte sich auf eine Bank im Flur neben den Toiletten.

Der Colonel hatte gesagt: *Ich bin überzeugt, daß jemand, der sein Vertrauen genießt, ihn an dieses Kommando verrät.* ›Wer konnte ihn an die jüdischen Mörder verraten? Wo ist er hin? Wo wird er heute nacht schlafen?‹

Einige Minuten später stand Monsignor Le Moyne auf

und ging in das kleine Büro. Schwester Gonzaga schloß einen Aktenschrank ab. »Tut mir leid, wenn ich Sie störe, Schwester, aber ich muß noch einmal telefonieren.«

»Ist schon in Ordnung, Monsignore. Ich gehe gerade.«

Kaum war sie hinausgegangen, zog er die Bürotür zu und schloß ab. Bei diesem Gespräch durfte ihm niemand hereinplatzen. Er wählte die Nummer. Eine Durchwahl. ›Bitte, lieber Gott, laß ihn da sein.‹

»Ja?«

Diese ärgerliche, gebieterische Stimme.

»Ich bin's, Maurice.«

»Und?«

»Ich muß unseren Freund sprechen. Ein jüdisches Kommando versucht, ihn umzubringen.«

»Ja?«

Es herrschte Stille an beiden Enden der Leitung.

Dann: »Woher wissen Sie das?«

»Ich hatte gerade eine Unterredung mit einem Colonel der Gendarmerie, der diesen Fall jetzt übernommen hat. Er erzählte mir, daß die Juden zu wissen scheinen, wo sie ihn finden können. Dieser Colonel glaubt außerdem, daß unser Freund von jemandem verraten wird, der sein Vertrauen genießt.«

»Warum sollte man so etwas tun wollen?«

»Die Juden haben Geld.«

»Und? Was wollen Sie von mir?«

»Sie haben Verbindungen. Der Bericht über dieses Kommando kam von der DST. Ich dachte, Sie könnten vielleicht herausfinden, wer dieser Informant ist.«

»Lassen Sie mich Ihnen einen Rat geben, Monsignore.

Ihre Bemühungen um Ihren Freund waren bewundernswert. Doch meiner Meinung nach ist er jetzt zu weit gegangen. Er wird wegen Mordes gesucht, nicht wegen eines Mordes, der vierzig Jahre zurückliegt, sondern wegen eines Mordes, den er letzte Woche begangen hat. Wenn man ihn verhaftet, wird man ihm deshalb den Prozeß machen. Und angesichts der momentanen Stimmung in der Öffentlichkeit bezweifle ich, daß man ihm seine Berufung auf Notwehr abnimmt. Er ist jetzt auf der Flucht, wahrscheinlich hat er Angst wie nie zuvor. Ich denke, Sie sollten sich da im Augenblick heraushalten. Beten Sie für ihn, mehr können Sie für ihn nicht tun. Und noch etwas, mein Freund. Vergessen Sie nicht, daß Sie mir versprochen haben, meinen Namen niemals im Zusammenhang mit diesen Ereignissen zu erwähnen.«

»Natürlich nicht. Versteht sich von selbst. Und ich bin Ihnen sehr dankbar für die Hilfe, die Sie uns in der Vergangenheit gewährt haben.«

»Ich bat Sie, diese Hilfe niemals zu erwähnen. Nicht einmal mir selbst gegenüber.«

»Verzeihung.«

»Denken Sie daran, Monsignore. Sie sind ein Ehrenmann. Ich erwarte, daß Sie sich daran halten.«

»Das werde ich.«

»Dann also gute Nacht.«

»Gute Nacht.«

# 7

Verdammt! Ein großer Lastwagen zog neben den kleinen Peugeot, rammte ihn fast, jagte dann weiter und bog in die Spur vor ihm ein. Nachts fahren, das schaffte er einfach nicht mehr, er hatte gehofft, bis Montpellier zu kommen, aber jetzt sah er ein Schild: Béziers. Also auf nach Béziers. Die roten Rücklichter des Lasters verschwanden hinter einer Kurve. Er ging auf neunzig Kilometer herunter. Keine Panik. Keine Panik!

Konnte es möglich sein, daß man einem Priester in der Beichte alles sagte und doch Lügen erzählte? ›Wenn Gott selbst mich fragte, was ich damals gefühlt habe, was ich an der Friedhofsmauer in Dombey fühlte, was ich fühlte, als wir die Granate in die Synagoge in der Rue Daumier warfen, würde ich dann sogar Gott anlügen? Würde ich ihm sagen, daß ich es für meine Pflicht hielt? Und was habe ich gefühlt? Was habe ich gefühlt, als ich ins Zimmer 410 ging und sah, wie Le Grange ihre Köpfe ins Wasser der Badewanne tauchte? Wir brauchten Informationen. Er sagte, so würden wir sie bekommen. Was habe ich gefühlt, als ich die Zuganweisungen bekam, im Bahnhof stand und das Verladen beaufsichtigte? Diese Gesichter, die mich aus den offenen Güterwaggons anstarrten. Ich habe fortgesehen. Sie würden sterben. Ich hatte Angst vor ihnen. Sie hatten mich gesehen, sie wußten Bescheid. Eines Tages, in einem Leben nach dem Tod, würden sie auf mich zeigen. Das ist er. Brossard. Er hat es getan. Er hat uns umgebracht.‹

Auf dem Schild vor ihm stand: BÉZIERS. 10 kilomètres.

›*Ego te absolvo*. Bin ich wirklich losgesprochen, bin ich gereinigt, bereit, in den Himmel einzugehen? Ich weiß nicht. Mein ganzes Leben war ein Schwindel. Ich lüge, selbst wenn ich glaube, die Wahrheit zu sagen. Doch in diesen letzten Jahren *möchte* ich die Wahrheit sagen. Wenn ich sie in der Beichte einem Priester erzählen kann, fühle ich mich besser, spüre ich Hoffnung, wenn nicht für diese, dann doch für die Welt danach. Die Beichte ist meine Versicherung. Mein Herz ist schwach. Morgen könnte ich tot umfallen. Ich brauche die Absolution. Wenn Gott mir vergibt, schert mich diese Welt einen Dreck. Ich bin fertig mit dieser Welt. Der Beweis ist doch, daß ich den ganzen Weg nach Caunes gefahren bin, um diese Worte von einem Priester zu hören. Ich hätte direkt nach Aix fahren und heute abend sicher in meinem Bett liegen können, statt hier mit schmerzenden Knochen auf der Straße zu sein, halbblind und mit einer Angst, wie ich sie nie empfunden habe in jenen Tagen, als ich bloß ein kleiner Fisch war, einer von Hunderten *collabos*, zum Tode verurteilt *in absentia*. Heute bin ich eine *cause célèbre*, mein Name steht in den Zeitungen, Leute haben dieses Foto von mir als Sechsundzwanzigjährigem gesehen, und vielleicht kommt irgendeinem auf der Straße die Erleuchtung, und er ruft: Heureka, er ist es, Brossard! Und jetzt auch noch diese neue Richterin, Livi, ein italienischer Name sagen sie, aber das stimmt nicht. Lévy muß es heißen. Egal, sie hat meinen Fall an die Gendarmerie übergeben. Die ist nicht wie die Polizei. Darnand hat immer gesagt, vertrau den Gendarmen nicht, die hassen uns, sie haben dem Maréchal vom ersten Tag an den Rücken zugekehrt.

Das muß man sich mal vorstellen! Damals, in jenen Tagen, hätte ich vom Vatikan persönlich gefälschte Ausreisepapiere erhalten können, dieser jugoslawische Bischof am Heiligen Stuhl hat Monsignor Le Moyne erzählt, das wäre überhaupt kein Problem. Aber ich habe abgelehnt. Ich wollte nicht wie Barbie in irgendeiner südamerikanischen Provinz leben, meinen Arsch als Geheimpolizist für so einen billigen kleinen südamerikanischen Diktator riskieren, spanisch reden und dieses fettige Kanaken-Zeugs essen. Ich liebe Frankreich, das ist mein Land, die treiben mich nicht aus meinem eigenen Land. Ich bin Franzose, ich werde in Frankreich sterben!

Béziers. Kein Mensch auf der Welt weiß, daß ich heute nacht hier bin. Morgen werde ich in Aix sein. Vielleicht wissen sie das. Vielleicht schicken sie noch einen Juden, der mich umbringen soll. Und woher wußten die, daß ich in Salon war? Wer hat es ihnen verraten? Hilfst du mir, Gott? Hilf mir!‹

BÉZIERS. Prochaine sortie.

# 8

César sprang die steile Treppe hinauf, zog sie hinter sich her und zerrte an der Leine, während sie nach dem Schlüssel kramte. Als sie die Wohnung betrat, kam ihre Haushälterin, Madame Deferre, aus der Küche und flüsterte: »Sie haben Besuch, Madame.«

Sie übergab ihr César an der Leine und ging ins Wohnzimmer. Ein junger Mann sprang auf, deutete eine scheue Verbeugung an.

»Ich bin Annemarie Livi. Wie geht es Ihnen? Sehr freundlich von Ihnen, daß Sie hergekommen sind.«

Sie gaben sich die Hand. »Tut mir leid, ich bin spät dran«, fuhr sie fort. »Ich mußte meinen Sohn noch zur Schule nach Neuilly bringen, und die Métro hatte Verspätung.«

»Ist schon in Ordnung, Madame. Ich bin gerade erst gekommen.«

Er war jünger, als sie erwartet hatte, groß, mit rötlichem Haar und einem kleinen, ziemlich dumm aussehenden Schnurrbart. Sie mochte ihn auf Anhieb.

»Vielen Dank, daß Sie sich die Mühe gemacht haben, mich aufzusuchen, Herr Professor. Ich habe Ihr Dossier über Monsignor Le Moyne gelesen, und ich glaube, es könnte uns eine große Hilfe sein. Möchten Sie einen Kaffee?«

»Nein, danke.«

Sie schauten sich an und setzten sich. Plötzlich spürte sie, daß weitere höfliche Floskeln unnötig waren. »Lassen Sie mich Ihnen zuerst versichern, Professor Valentin, daß ich weiß, wie ungewöhnlich meine Bitte ist, mich hier aufzusuchen. Sagen Sie, die Mitglieder Ihrer Kommission sind alle Historiker?«

»Ja, wir sind zu acht.«

»Es ist kein Kleriker unter Ihnen?«

»Doch, einer. Monsignor Flandin. Er ist Sekretär des Episkopalkomitees für die Beziehungen zum Judentum. Er vertritt den Erzbischof.«

»Und was glauben Sie, wann Ihre Untersuchung beendet sein wird?«

»Eine gute Frage, Madame. Sie kann ein Jahr oder länger dauern.«

»Warum so lange?«

»Wir versuchen, vierzig Jahre der Hinhaltetaktiken und Verheimlichungen aufzuarbeiten. Wir gehen Brossards Verbindungen mit den verschiedensten Leuten in der Kirche nach. Und obwohl wir zu acht sind, kommen wir nur langsam voran. Das ist schade. Denn inzwischen ist die Öffentlichkeit längst davon überzeugt, daß alle Schuld der Kirche zukommt, weil sie ihm so lange Unterschlupf gewährt hat.«

Sie merkte, wie aufgeregt sie plötzlich war. Aber dennoch, er gehörte einer Kirchenkommission an. Wenn er für den Kardinal arbeitete, würde er versuchen, die Kirche von allen Vorwürfen zu befreien.

»Sie glauben also, daß Brossard noch andere Beschützer hat?«

»Ganz gewiß, Madame, und zwar sehr mächtige.«

»In der Regierung?«

»Ich bin auf Vermutungen angewiesen, da ich keine stichhaltigen Beweise habe. Aber ich würde mal sagen, daß diese Beschützer in der Polizei bis hinauf zur Ebene des Präfekten zu suchen sind. Und selbst der Elysée-Palast scheint unter zwei verschiedenen Präsidenten darin verwickelt gewesen zu sein.«

»Und was ist mit Ihren Kollegen in der Kommission? Sind die mit Ihnen einer Meinung?«

»Soweit ich weiß, ja. Wir arbeiten in dieser Untersuchung zwar jeder auf einem eigenen Feld, waren uns aber beim ersten Treffen überwiegend darin einig, daß es Protektion auch von anderer Seite gegeben haben muß. Das Problem ist nur, daß unsere Kommission die Verwicklung der Kirche in diesen Fall untersuchen soll und nichts sonst. Meine Kollegen haben kein Interesse daran, irgendwelche anderen Verbindungen aufzudecken.«

»Ganz im Gegensatz zu Ihnen?«

»Ich möchte, daß *Sie* diesen Verbindungen nachgehen, Madame. Ich habe weder die Möglichkeiten noch die Befugnisse, in diese Richtung etwas zu unternehmen.«

»Darf ich ganz offen sein, Professor Valentin? Es liegt doch gewiß im Interesse der Kirche, all jene Kleriker zu entlasten, die Brossard im Laufe der Jahre geholfen haben. Und welcher Weg wäre dazu besser geeignet, als einen Teil der Schuld auf die staatlichen Behörden abzuwälzen?«

Sie sah, wie er auf seinem Stuhl zusammenzuckte. Doch dann lächelte er überraschenderweise. »Natürlich. Aber lassen Sie mich Ihnen etwas sagen, Madame. Die Mitglieder unserer Kommission sind Historiker, keine Kirchenapologeten. Gelehrte wie Professor Proulx oder Dr. Multon hätten wohl kaum die Berufung in diese Kommission angenommen, wenn sie nur als Vertuschungsmanöver gemeint wäre. Außerdem nehme ich Kardinal Delavigne ernst, Madame, wenn er sagt, daß er die Untersuchung veranlaßt hat, weil er der Meinung ist, daß ein zutage gefördertes Unrecht allemal besser als eine Unschuldsbeteuerung ist, die angezweifelt wird.«

»Dem kann ich nur zustimmen. Das Verhalten des Kardinals in der Besatzungszeit und danach beweist, daß er ein überzeugter Gegner der Nazis war und auf Seiten der Résistance stand. Aber er ist ein Sohn der Kirche. Und Sie wissen selbst, welch traurigen Ruf der Vatikan in dieser Hinsicht hat. Ich meine: Roms Haltung gegenüber den Deutschen während des Kriegs und unmittelbar danach.«

»Die nach dem Krieg vom Vatikan ausgestellten Pässe, die den Nazis die Flucht nach Südamerika ermöglicht haben?«

»Ja.«

»Nur zu wahr. Aber denken Sie daran, daß die Kirche kein monolithischer Block ist, erst recht nicht hier in Frankreich. Religiöse Orden wie etwa die Jesuiten, die Dominikaner oder die Zisterzienser unterstehen eigenen Gesetzen. Äbte und Priore verfügen über eine keineswegs unbeträchtliche Autonomie in ihren Klöstern. Sie können beschließen, jemandem wie Brossard zu helfen, ihn zu verköstigen, zu beherbergen und mit Geld zu versehen, ohne ihren Bischof oder die kirchlichen Oberen um Erlaubnis zu fragen oder auch nur zu informieren. Darüber hinaus gibt es die mittelalterliche Tradition der kirchlichen Amtsgewalt, die über den Gesetzen der Menschen zu stehen meint. Ich bin mir sicher, daß viele Priester ihre Gewissen beruhigt haben, indem sie sich diese Verfügungsgewalt anmaßten, als sie Brossard halfen und das Gesetz mißachteten. Bislang bin ich in meinen Nachforschungen auf keine übergeordnete Anweisung gestoßen, Brossard zu verstecken. Ich meine, eine Anweisung, die aus dem französischen Klerus oder gar aus dem Vatikan kommt.«

»Aber irgendwo gibt es diese Anweisung. Und die interessiert mich.«

Er beugte sich mit überzeugter Miene in seinem Sessel vor.

»Eben das müssen Sie herausfinden, Madame. Überlegen Sie doch mal. Wie konnte Brossard damals, 1945, in der Rue des Saussaies, die Flucht aus den Händen der Polizei gelingen, als er verhaftet und als Kriegsverbrecher angeklagt worden war? Wieso konnte er vom Ende der vierziger Jahre bis heute unbehelligt untertauchen? Da kann man doch zumindest davon ausgehen, daß die Polizei nicht sonderlich sorgfältig gesucht hat. Und wie konnte er sich in den sechziger Jahren unter Angabe der Adresse des erzbischöflichen Ordinariats in Lyon einen gefälschten Ausweis auf den Namen Pouliot verschaffen?«

»Stimmt das?«

»Ja. Als man herausfand, daß die falsche Adresse die Adresse des erzbischöflichen Ordinariats war, erhielt der Präfekt in Savoyen sogar aus Paris den Befehl, die Angelegenheit auf sich beruhen zu lassen.«

»Das könnte auf Druck der Kirche geschehen sein.«

»Möglich. Doch kommen wir zur erstaunlichen Begnadigung durch den Präsidenten im Jahre 1971. Wenn *Le Monde* davon keinen Wind bekommen und die Story ans Licht gebracht hätte, wäre Brossard heute ein freier Mann, ein längst vergessener, kleiner Fisch. Und vielleicht wäre es dann auch nie zu dieser neuen Anklage eines Verbrechens gegen die Menschlichkeit gekommen. Erst diese Anklage, die sich zum ersten Mal gegen einen Franzosen und nicht gegen einen Deutschen richtet, hat gewisse Leute nervös gemacht. Sie wissen, von wem ich rede. Gegen drei weitere Franzosen wurden ähnliche Anklagen erhoben, aber man hat ihnen niemals den Prozeß gemacht. Sollte man Brossard fassen und verurteilen, wird man diese Prozesse nicht länger aufschieben können. Zusammenfassend gesagt, Madame, glaube ich nicht, daß die Kirche allein die Macht hatte, Brossard vierzig Jahre lang vor der Polizei und den Gerichten zu bewahren.«

»Die Öffentlichkeit ist aber davon überzeugt.«

»Ja. Und falls wir Brossard nicht finden, wird sie auch weiterhin davon überzeugt sein. Diese Vereinfachung der Ereignisse, diese Verfälschung der Wahrheit würde Bestandteil der französischen Geschichte werden.«

»Wäre das denn so schlimm, Herr Professor? Für diejenigen unter uns, meine ich, die keine Historiker sind.«

»Das Studium der Geschichte unterscheidet sich gar nicht so sehr von der Rechtspraxis, Madame. In beiden Fällen ist es doch das vorrangige Ziel, die Wahrheit herauszufinden, nicht wahr?«

»Sie haben recht, eine dumme Bemerkung«, sagte sie. »Entschuldigen Sie. Natürlich stimme ich Ihnen zu. Und erst jetzt, 1989, begreifen Richter wie meine Wenigkeit, daß sie das Establishment verklagen können. Doch eins verstehe ich nicht ganz. Wenn Sie glauben, daß die Kirche nicht der alleinige Beschützer von Brossard ist, warum haben Sie mir dann das Dossier über Le Moyne gesandt?«

»Weil die Kirche Brossard noch immer versteckt hält. Sie müssen ihn also in diesem Netzwerk der Verstecke ausfindig machen. Ich habe es Ihnen geschickt, weil ich darin auf etwas gestoßen bin, das den entscheidenden Hinweis für die Suche nach Brossard bedeuten könnte. Die Chevaliers.«

»Wie bitte?«

»In manchen Briefen, die Monsignor Le Moyne schrieb, wird eine Gruppe katholischer Rechtsaktivisten erwähnt, die sich die Chevaliers de Sainte-Marie nennen. In einem Brief, den ich für Sie gekennzeichnet habe, schreibt Le Moyne, daß man Brossard zum Chevalier dieses Ordens ernannt hat und daß er von ihm finanziell unterstützt wird.«

»Ich verstehe. Kennen Sie Colonel Roux?«

»Nein.«

»Er leitet diese Untersuchung. Ich werde mich sofort mit ihm in Verbindung setzen.«

»Gut.«

Im Flur klingelte das Telefon. Sie hörte, wie Madame Deferre den Hörer abnahm. Sogleich stand der junge Mann auf. »Ich muß jetzt gehen, Madame.«

»Nein, bitte.« Sie erhob sich ebenfalls. »Es dauert nur einen Augenblick.«

Er hielt ihr die Hand hin. »Ich muß wirklich los.«

»Telefon, Madame.«

»Eine Sekunde.« Sie brachte ihn zur Tür. César stürmte

schwanzwedelnd aus der Küche. Der junge Mann tätschelte dem Hund den Kopf und sagte: »Die Chevaliers sind keine schismatische Gruppe, aber sie stehen mit jenen traditionalistischen Priestern in Verbindung, die vor kurzem mit Rom gebrochen haben, ich meine den ehemaligen Erzbischof von Dakar.«

César. Sie mußte nach unten langen und den Hund am Halsband festhalten, damit er dem jungen Mann nicht nach draußen hinterherlief. »Dakar?« fragte sie. »Monsignor Lefèbvre?«

Er nickte. »Auf Wiedersehen, Madame.«

# 9

Eine enge Gasse trennte das Ordenshaus von der Schule. Die Obdachlosen, meist Alkoholiker, trieb es kurz nach Mittag in diese Gasse, zu einer Zeit, in der die Jungen auf dem angrenzenden Schulhof lauthals lärmten. Um halb eins wurde an die Männer Suppe ausgegeben. Pater Blaise, der *père hospitalier*, schloß gewöhnlich selbst die Tür auf und überwachte die Suppenverteilung, die von zwei Laienbrüdern durchgeführt wurde. An diesem Morgen hatten die Brüder in der Küche bei all dem Lärm auf dem Schulhof das wiederholte Läuten der Glocke zuerst nicht wahrgenommen. Doch als Pater Blaise aus seinem Büro kam, hörte er sie.

»Wer läutet die Glocke? Einer von den *clochards*?«

»Da lungert schon seit ein paar Tagen so ein junger Kerl herum«, sagte Bruder André. »Der ist nicht bei Trost. Bestimmt ist er das.«

Pater Blaise holte seine Schlüssel und ging durch die Spülküche zur Hintertür. Dort stand ein Tisch mit Suppenschüsseln, Löffeln und einem gefüllten Brotkorb. Er schloß die Tür auf in der Annahme, es mit einem betrunkenen Penner zu tun zu haben, doch statt dessen stand ein ältlicher Mann in grüner Strickjacke und Kordhose vor ihm, ein respektabler Herr, durchaus keine jener typischen Gestalten, wie sie zur Suppenküche aufkreuzten. Die *clochards* hockten auf dem Mäuerchen entlang der Gasse, sprangen aber auf, als sie sahen, daß die Tür geöffnet wurde.

»Haben Sie geläutet?« fragte Pater Blaise den alten Mann.

»Ja, Pater. Guten Morgen. Ist Pater Dominique zu sprechen?«

»Tut mir leid, Pater Dominique ist von uns gegangen.«

»Oh, mein Beileid. Gott sei seiner Seele gnädig. Sind Sie der neue *père hospitalier*?«

»Ja, das bin ich.«

»Ich heiße Pierre Pouliot. Ich bin ein Freund des Abtes. Ist er da?«

Pater Blaise besah sich den alten Mann genauer. Es war wie ein Schock. Er mußte es sein. ›Das Foto ist in meinem Büro.‹

»Der Abt ist gerade drüben in der Schule«, sagte er. »Ich erwarte ihn jeden Augenblick zurück. Wenn Sie bitte hereinkommen und auf ihn warten wollen, sehe ich nach, ob ich ihn finden kann.«

Die Obdachlosen drängten jetzt zur offenen Tür. Zwei Laienbrüder trugen einen riesigen, mit Suppe gefüllten Eisenkessel aus der Küche. Pater Blaise schob den Tisch zur Seite, damit der alte Mann eintreten konnte. Als die Brüder mit dem Verteilen der Suppe begannen, führte Pater Blaise den alten Mann durch das Haus und brachte ihn ins vordere Empfangszimmer.

»Es kann eine Weile dauern«, sagte er. »Wenn Sie bitte warten wollen...«

»Ich habe Zeit«, sagte der alte Mann und machte es sich in einem Sessel am Fenster bequem. »Vielen Dank auch, Pater.«

Blaise ging in sein Büro. In einer Schublade, in der die Korrespondenz aufbewahrt wurde, fand er ein Foto, das man ihm vor einer Woche gegeben hatte, und er sah es sich aufmerksam an. Als der Abt sich eines Morgens nicht im Haus aufhielt, waren zwei Priester vom Büro der Diözese aufgetaucht. Sie seien gekommen, hatten sie gesagt, um Anweisungen vom Bischof zu überbringen, der diese Anweisungen wiederum von Kardinal Delavigne, dem Primas in Lyon, erhalten hatte. Sie hatten ihm dieses Foto gezeigt und ihn gefragt, ob er den Mann kannte. Er kannte ihn nicht.

»Nun, er ist ein regelmäßiger Besucher dieses Hauses. Das wissen wir. Er kommt seit einer Reihe von Jahren her.«

»Ich bin neu hier. Ich wurde vorletzten Monat aus Saint-Sauveur hierherversetzt.«

»Deshalb also«, hatte einer der Priester gesagt. »Ich lasse Ihnen dieses Foto hier. Es wurde erst vor sieben Jahren aufgenommen, Sie sollten ihn also wiedererkennen können. Wir verteilen es überall dort, wo er in der Vergangenheit aufgenommen wurde oder untergekommen sein könnte.«

Er besah sich das Foto. Zwei alte Männer standen in einem Garten. Der eine von ihnen war ein Priester, der andere jener alte Mann, der nun im Empfangszimmer saß.

»Der Mann dort rechts heißt Pierre Brossard. Dürfen Sie in diesem Haus Zeitungen lesen oder fernsehen?«

»Nein, in diesem Haus nicht. Der Abt erlaubt weder Fernsehen noch irgendwelche Zeitungen. Doch in Saint-Sauveur war das anders gewesen. Ich weiß also, wer er ist. Der *milicien.*«

»Ganz recht. Wissen Sie, daß die Kirche kritisiert worden ist, weil sie diesen Mann versteckt hält?«

»Ja. Das hat man uns erzählt, als ich noch in Saint-Sauveur war.«

»Gut. Wir sind hier, weil Kardinal Delavigne die strikte Anweisung erteilt hat, daß Brossard von nun an von jedem Kirchengrundstück gewiesen werden soll, wenn er um Asyl nachfragt. Das gilt ohne Ausnahme. Wir wissen, daß seine Identität an einigen Zufluchtsorten nur dem Abt und dem *père hospitalier* bekannt war. Würde das hier ebenso gehandhabt werden?«

»Ich nehme es an. In unserem Orden kennt allein der Gastpater den Namen eines Besuchers. Den Abt selbst natürlich ausgenommen.«

»Da der Abt heute nicht hier ist, überlassen wir es in diesem Fall Ihnen, ihm davon zu berichten. Falls er noch Fragen hat, richten Sie ihm bitte aus, daß er sich direkt an den Kardinal wenden möchte.«

Als der Abt an jenem Abend zurückkehrte, zeigte Blaise ihm das Foto.

»Das ist Maurice Le Moyne«, sagte der Abt.

»Entschuldigen Sie, wer ist das?«

»Der Priester an seiner Seite ist Monsignor Le Moyne. Er hat sich im Fall Pierre Brossard stark engagiert. Die ganze Sache ist einfach widerwärtig.«

»Tut mir leid, Vater Abt. Ich glaube, ich verstehe nicht.«

»Pierre ist einer von uns. Schrecklich, ihn jetzt so im Stich zu lassen. Delavigne ist natürlich ein Linker, der Angst vor der Presse und der jüdischen Lobby hat. Dem fehlt einfach der Mumm, sich gegen die zu behaupten.«

»Aber Brossard ist doch ein Kriegsverbrecher, nicht? Daran gibt es doch wohl keinen Zweifel, oder?«

Den Abt schüttelte ein Hustenanfall, eine Nachwirkung der Malaria aus seiner Zeit in Südafrika. Als der Husten nachließ, legte er Blaise eine Hand auf die Schulter und sagte mit freundlicher Stimme: »Ich kenne Sie noch nicht sehr gut, Pater, aber ich bin sicher, Sie haben das Herz auf dem rechten Fleck. Ich bin längst ein alter Mann, und mir fällt es schwer, etwas zu verleugnen, woran ich immer geglaubt habe. Und ich werde wohl immer daran glauben, daß wir den Krieg nicht 1940, sondern 1945 verloren haben.«

»Sagten Sie '45, Vater Abt?«

»Ja. Lassen Sie es mich erklären. 1940 wurde Frankreich unter Maréchal Pétain Gelegenheit gegeben, gegen die Fehler der Dritten Republik, gegen ihre Schwäche und Selbstsucht anzugehen, gegen jenes Regime, das dafür gesorgt hatte, daß wir den Krieg gegen die Deutschen verloren haben. Natürlich war dies eine traurige Zeit, das kann ich nicht bestreiten. Ein Teil des Landes war besetzt, aber Sie dürfen nicht vergessen, daß es auch eine große freie Zone gab, die Zone der Vichy-Regierung, der Regierung des Maréchals, die uns Hoffnung auf eine neue Form der Zusammenarbeit zwischen unserem Land und Deutschland gegeben hat. Der Maréchal führte uns fort vom selbstsüchtigen Materialismus und jenen demokratischen Parlamenten, die eine falsche Gleichheit statt jener katholischen Werte predigten, mit denen wir großgeworden waren: die Familie, die Nation, die Kirche. Doch als die Deutschen den Krieg verloren, war all das vorbei. Stalins kommunistische Armeen überrannten Europa. Die Feinde der Religion kehrten mit Macht zurück. Ich glaube, der arme Pierre Brossard unterschied sich gar nicht so sehr von mir und vielen anderen. Er wuchs auf in dem Glauben an die Dinge, an die auch wir glaubten, er focht für diese Dinge, und wie die meisten Franzosen hielt er nicht zu de Gaulle, der fernab in London bei den Engländern weilte, die uns 1940 im Stich gelassen haben, sondern zum Maréchal, der nicht fortlief, sondern bei uns blieb, um uns zu einen. Unglücklicherweise entschied sich Brossard schließlich, der *milice* beizutreten, die, und da stimme ich zu, gegen Ende recht brutal vorging. Doch ich glaube an Vergebung, Pater. Ich glaube an Reue. Ich glaube, daß Pierre Brossard zu einem Fehler verleitet wurde, daß er aber seither für seine Sünden gebüßt hat und daß er wie viele hundert andere, die jene Zeiten erlebt haben, zum Opfer wurde, weil er für Ideen gekämpft und an sie geglaubt hat, die den tonangebenden Kommunisten in der Résistance ein Greuel waren. Und deshalb halte ich es für eine Schande, wenn so viele in der Kirche in der Stunde seiner Not keine Gnade walten lassen und Priester mit dem Befehl ausgesandt werden, die Pforten vor ihm zu verschließen.«

»Aber die Ansichten der *milice*, Vater Abt, das waren die Ansichten der Nazis. Und die Nazis sind wohl kaum Katholiken zu nennen. Außerdem war Brossard nicht auf die Befehle der Nazis angewiesen. Er war ihnen stets einen Schritt voraus. Nach all dem, was ich gelesen habe, gilt als sicher, daß er die Ermordung der vierzehn Juden in Dombey verübt hat. Er hat jüdischen Besitz gestohlen, und so weiter, und so weiter. Wenn aber immer noch gilt, was mir im Priesterseminar beigebracht wurde, Pater, dann hilft die Kirche jenen, die verfolgt werden, aber sie schützt keine Verbrecher, die vor ihrer gerechten Strafe fliehen.«

»Für die Kirche gilt nicht das Gesetz der Menschen, sondern das Gesetz Gottes«, sagte der Abt. »Und vom Staat erlassene Urteile entbinden uns als Christen nicht notwendig von der Pflicht, Unglückseligen beizustehen, die unsere Hilfe suchen.«

»Heißt das, daß ich Brossard einlassen soll, wenn er vor unserer Tür auftaucht?«

»Er wird nicht auftauchen«, sagte der Abt. »Er besucht uns nur sehr unregelmäßig. Doch wenn er kommt, ja, dann nehmen wir ihn auf. Ich werde mit ihm sprechen. Und wenn ich mit ihm gesprochen habe, werde ich allein meinem Gewissen gehorchen.«

Und jetzt, eine Woche später, saß Brossard im Empfangszimmer. Blaise legte das Foto zurück in die Schublade, ging hinaus, durchquerte die Gasse und eilte durch das Haupttor der Schule. Der Abt saß im Schulbüro und aß einen Teller eben jener Suppe, die auch an die *clochards* in der Gasse ausgeteilt wurde.

»Brossard? Sind Sie sicher, daß es Brossard ist?«

»Ich kann mir nicht sicher sein, Vater Abt. Doch er sieht wie der Mann auf dem Foto aus. Er sagt, sein Name sei Pouliot.«

»Dann ist er's. Wo ist er jetzt?«

»Ich habe ihn ins Empfangszimmer gebracht. Was soll ich tun? Soll ich ihn aufnehmen?«

Der Abt erhob sich und kam hinter seinem Tisch hervor. »Hat er nach einem Zimmer gefragt?«

»Nein, Pater.«

»Gut. Ich muß mit ihm reden. Ich sage Ihnen Bescheid.«

›Er sagt mir Bescheid? Will er ihn doch abweisen? Wohl kaum. Nur, wie lautet die Regel des Gehorsams? Soll ich dem Oberen meines Ordens gehorchen? Ja, natürlich. Oder gibt es eine höhere Regel, eine, die verlangt, daß ich dem Kardinal gehorche, dem Haupt der Kirche in Frankreich? Wenn der Abt diesen Scheißkerl von Nazi beherbergt, wäre es dann nicht meine Pflicht, dies zu melden?‹

# 10

Solange er sich erinnern konnte, hatten ihm alte Männer Respekt eingeflößt. Das lag an seinem Vater Henri Brossard, einem alten Soldaten, stets der Spieß, der Befehle bellte, ein Lineal verschluckt hatte, im Paradeschritt ging. Sein Vater wiederum hatte zum größten aller alten Männer aufgeblickt, zum Maréchal. Im Ersten Weltkrieg hatte sein Vater unter dem Maréchal gedient. Der Maréchal war Frankreich. Auch die Religion sprach mit der Stimme des Alters. Sie war uralt und mächtig. Ihr mußte gehorcht werden. Der Papst war der Heilige Vater. Doch nun, da er selbst alt war, verklärte er ältere Männer nicht länger mit achtungsvollem Blick. Jetzt suchte er an ihnen die Zeichen des Versagens: der stockende Schritt auf der Treppe, das Zögern in der Stimme vor einem vergessenen Nachnamen, der Blick stummen Vertuschens, wenn das dumpfe Gehör nicht verstanden hatte, was gesagt worden war. Heute verglich er sie und ihre Schwächen mit den eigenen – und hielt sich für überlegen.

Er kannte Dom André Vergnes seit zwanzig Jahren. Anfangs hatten ihn die Art des Abtes und seine Stimme eingeschüchtert: die Stimme der großen Universitäten von Paris, der Akzent, den er snobistisch fand und fürchtete. Doch wie stets bei Klerikern merkte Pierre sofort, ob man ihm Glauben schenkte und was bei seinem Hörer Anklang fand. Aus einer Kleinigkeit wie etwa einem Nicken oder einem Lächeln konnte er die politische Gesinnung eines Priesters herauslesen. Das Zaudern des Judenfreundes, wenn man die Itzigs ins Spiel brachte. Das plötzliche Aufblicken, wenn man die *milice* erwähnte. Er wußte sofort, ob ein Mönch oder Priester Zeitungen gelesen und Fälle wie den seinen verfolgt hatte. Er wußte, ob ihm ein einfacher *curé* Herberge für eine Nacht aus christlicher Nächstenliebe anbot, ohne sich darum zu scheren, wer oder was er war. Er erkannte jene, denen er einen Teil seiner Geschichte erzählen konnte, die seine Vergangenheit und seine Taten vielleicht verurteilten, sich aber durch seine Bußfertigkeit gewinnen ließen und die ihn aufgrund des Beichtgeheimnisses verläßlich vor den Gesetzen der Menschen beschützen würden. Er erkannte auch jene, denen er die Wahrheit erzählen durfte, zumindest doch einen großen Teil davon, und die, zwar nicht gerade von seiner völligen Unschuld überzeugt, ihm dennoch wohlwollend gesinnt waren und das linke, gottlose Frankreich verabscheuten. Und dann gab es schließlich noch jene, die er die wahren Gläubigen nannte: eine kleine Gruppe, die ständig kleiner wurde, jene, die standhaft geblieben waren, als der Wind sich drehte, die es in den langen Jahren für ihre Pflicht gehalten hatten, ihn zu beschützen, als lebender Beweis dafür, daß sie, als sie Vichy unterstützten, die rechte Wahl getroffen hatten.

Dom André war neunundsiebzig, fast ein Jahrzehnt älter als er. Wie er sehr wohl wußte, wurden die Menschen im achten Lebensjahrzehnt störrisch und halsstarrig und gestanden nun, da der Tag des jüngsten Gerichtes nahte, nur ungern einen Fehler ein. Daher rechnete er nicht damit, daß Dom André sich durch die Anweisung von Kardinal Delavigne beirren lassen würde. Aber man konnte nie wissen. Als Dom André ins Empfangszimmer kam, stand Pierre auf, um ihn zu begrüßen, blieb aber ehrerbietig, vorsichtig und wartete ab, um zu sehen, aus welcher Richtung der Wind wehte.

»Pierre. Wie geht es Ihnen?«

Ein Händeschütteln. Es verriet nichts.

»Ich kann mich nicht beklagen. Und selbst, Vater Abt? Wie ist es Ihnen ergangen?«

Der Abt saß steif in seinem Sessel am Tisch des Empfangszimmers, stützte die Ellbogen auf, den Kopf leicht gesenkt. Ein Zeichen für Schwindelgefühle?

»Mir geht es gut«, sagte der Abt. »Wie ich höre, kommen Sie zur Zeit ziemlich herum?«

Was wollte er damit sagen?

»Ja. Wie üblich. Man kann nicht vorsichtig genug sein, vor allem heutzutage nicht.«

»Sie waren in Salon«, sagte der Abt. »Ich weiß Bescheid, weil ich vorgestern abend einen Anruf von meinem alten Freund Dom Wladimir bekam. Er fragte, ob ich Sie gesehen oder von Ihnen gehört hätte.«

»Warum mag er das nur getan haben, Vater Abt?«

»Nun, er sagte, früher seien Sie oft hergekommen, wenn Sie einige Wochen in Saint-Cros verbracht hatten.«

»Das stimmt.«

»Er wirkte ziemlich besorgt. Und er hat mich gewarnt. Er meinte, Sie könnten in ernsthaften Schwierigkeiten stekken.«

»In Schwierigkeiten, Vater Abt? Das ist doch wirklich nichts Neues, nicht wahr?«

»Ich fürchte, *diesmal* ist es tatsächlich etwas Neues, Pierre. Offenbar bekam Dom Wladimir einen Tag, nachdem Sie Saint-Cros verlassen hatten, Besuch von der Polizei. Nur wenige Kilometer vom Kloster entfernt hat man in einer Schlucht einen Wagen und eine Leiche gefunden. Sie wissen ja, diese Straße führt nur zur Abtei und zu einigen Bauernhäusern. Also wollte die Polizei wissen, ob Dom Wladimir die getötete Person kannte. Man hatte bei der Leiche keine Papiere gefunden, aber sie wurde durch das Personal der Autovermietung in Marseille identifiziert. Der Fahrer war ein Kanadier namens Tanenbaum. Dom Wladimir hatte noch nie von ihm gehört.«

»Aber warum sollte er ihn auch kennen? Wahrscheinlich war es ein ganz gewöhnlicher Unfall.«

Er sah, wie der Abt zögerte.

›Das war gut gekontert. Genau das, was ich gesagt haben würde, wenn ich von nichts etwas wüßte.‹

»Nicht ganz. Der Mann hatte eine Kugel in der Brust. Es könnte sich um einen gewöhnlichen Raubmord handeln, doch Dom Wladimir fand es seltsam, daß Sie ihn offenbar nur wenige Stunden nach der Tatzeit wissen ließen, Sie hätten Saint-Cros noch am selben Abend zu verlassen.«

»Reiner Zufall, Vater Abt. Zur Zeit kann ich es mir nicht leisten, lange an einem Ort zu bleiben. Doch ich finde es recht erstaunlich, daß Dom Wladimir auf die Idee kommt, ich könnte etwas mit dem Tod dieses Mannes zu tun haben.«

»Ich kann nicht für ihn sprechen, Pierre. Er wies allerdings darauf hin, daß Tanenbaum ein jüdischer Name ist.«

»Tanenbaum? Wer? Ach ja, der Mann, der erschossen wurde.«

»Wir wissen doch alle, Pierre, daß es die Juden sind, die Rache suchen. Sehen Sie, ich bezichtige Sie doch nicht des Mordes an diesem Mann. Aber wie Dom Wladimir bereits andeutete, könnte es ja sein, daß Sie in Notwehr handeln mußten.«

»Pater, ich habe größten Respekt vor Dom Wladimir. Ich schätze ihn. Doch ich fürchte – wenn ich das einmal so sagen darf –, er hat in letzter Zeit zu viele Kriminalromane gelesen.« Er behielt bei diesen Worten sein Lächeln bei und sah gleichzeitig dem Abt unverwandt in die Augen. ›Er wird mir glauben. Die Folgen wären für ihn zu schrecklich, wenn er mir nicht glauben wollte.‹

Doch der Abt tat etwas ziemlich Beunruhigendes. Er stand auf und ging ans Fenster, um zur Schule auf der anderen Straßenseite hinüberzustarren. Die Mittagspause war zu Ende. Eine elektrische Glocke schrillte über den Platz und rief die Jungen zurück zum Unterricht. Der Abt wandte sich nicht um. Er sprach mit leiser, bedachtsamer Stimme.

»Dies ist für uns alle eine schwierige Zeit, Pierre. Sie wissen über die Kommission des Kardinals Bescheid?«

»Ja, Vater Abt.«

»Wußten Sie auch, daß unser Bischof zwei Priester mit Abzügen Ihres Fotos umherschickt und der Anweisung, daß wir Sie nicht aufnehmen sollen, wenn Sie um Asyl bitten?«

»Nein, das wußte ich nicht, Vater Abt. Ich hätte Sie natürlich nicht in Verlegenheit gebracht, wenn ich davon etwas geahnt hätte.«

»Warten Sie. So habe ich es nicht gemeint. Wäre ich nicht von Dom Wladimir angerufen worden, hätte ich die Anweisung des Kardinals ignoriert. Ich bin ein unabhängiger Prälat und dem Erzbischof keinen Gehorsam schuldig. Doch jetzt weiß ich nicht, was ich von der Sache halten soll. Vielleicht wollten Sie Dom Wladimir jede Verwicklung in diese Angelegenheit ersparen, wie Sie vielleicht auch mich schonen wollen. Doch um unserer aller willen sollte ich die Wahrheit wissen. Sie wird natürlich niemals über diese vier Wände hinausdringen. Darauf haben Sie mein Wort.«

»Und Sie haben mein Wort, Pater, daß ich noch nie von einem Monsieur Tanenbaum gehört habe. Er ist mir niemals unter die Augen gekommen.«

»Na, das *sind* doch gute Neuigkeiten«, sagte der Abt, starrte aber weiterhin aus dem Fenster.

›Er glaubt mir nicht.‹

Und dann sagte der Abt: »Es fällt mir nicht leicht, Pierre, aber ich muß an die Schule denken, an die Eltern und an unsere Pflicht, jeden Skandal zu diesem Zeitpunkt zu vermeiden. Ich habe Sie immer unterstützt, das wissen Sie, und ich würde Sie nur zu gern in diesem Haus unterbringen, so wie in alten Tagen. Aber ich mache mir Sorgen. Manch einer unserer Mönche könnte anderer Meinung sein als ich. Und angesichts der Publicity, die Ihrem Fall zuteil wurde, kann ich nicht länger davon ausgehen, daß Ihre Identität geheim bleibt. Deshalb glaube ich nicht, daß ich Ihnen ein Bett anbieten kann, nicht einmal für heute nacht. Doch finanziell helfe ich Ihnen gerne, falls Sie eine *pension* oder dergleichen fänden, wo Sie so lange bleiben könnten, wie Sie bei uns geblieben wären.«

Jetzt drehte sich der Abt endlich zu ihm um. Es war heraus. Man wußte es stets, wenn sich das Blatt gewendet hatte, wenn jedes Wort, jede Tat, wodurch man verriet, daß man über ihren Seitenwechsel Bescheid wußte, gefährlich wurde.

Er stand sofort auf. »Vielen Dank, Vater Abt. Gott segne Sie. Ich bitte Sie nur noch um einen Gefallen, beten Sie für mich. Ich brauche Ihre Gebete nun dringender als je zuvor.«

»Natürlich werde ich für Sie beten«, sagte der Abt. »Und wie steht es mit dem Geld?«

»Nein, danke, ich komme zurecht.«

»Werden Sie etwas in Aix finden, wo Sie bleiben können?«

»Ich glaube, ich fahre besser weiter. Und bitte, Pater, falls Sie mit Dom Wladimir sprechen, wäre ich Ihnen dankbar, wenn Sie ihn hinsichtlich der Ermordung dieses Mannes beruhigen könnten.«

»Ja, natürlich.«

Sie verließen das Empfangszimmer und gingen über den Flur in die Eingangshalle. Dabei kamen sie an dem engen Büro des *père hospitalier* vorbei. Er sah, wie Pater Blaise, der neue Gastpater, vom Tisch aufblickte.

›Er weiß, wer ich bin.‹

Der Abt öffnete die schwere Eingangstür und umarmte ihn zum Abschied kurz, wie er es in der Vergangenheit so oft getan hatte. »Gute Reise, Pierre.«

Der Judaskuß.

Dom André sah Pierre Brossard nach, der mit forschem Schritt und erhobenen Hauptes die Avenue Henri-Martin hinunterging. Er sah, wie er um die Straßenecke bog und verschwand. ›Werde ich ihn jemals wiedersehen? Wird man ihn schließlich doch noch schnappen, ihn ans Tageslicht und vor die Kameras, die Reporter, Anwälte, Richter und die Redakteure von *Le Monde* zerren? Oder wird er bis zur Stunde seines Todes in der Dunkelheit leben?‹

Diese Gedanken strömten wie Sätze in einem Gespräch durch sein Hirn, versickerten dann, wie er befürchtet hatte, und ließen nur die Scham über das Wissen zurück, Brossard nicht aus Prinzip, sondern aus Feigheit abgewiesen zu haben. In den letzten Jahren war es nicht weiter schwierig gewesen, einem Mann Zuflucht zu gewähren, der in seiner Jugend Gewalttaten begangen und aller Wahrscheinlichkeit nach seine Feinde getötet hatte. Denn all das war im Krieg gewesen, während der Besatzung, einer Zeit, die viele vergessen hatten und die den Jüngeren unbekannt war. Selbst für ihn, der die Jahre miterlebt hatte, war die Erinnerung nur noch blaß und undeutlich, wie an ein halb vergessenes, vor langer Zeit gelesenes Buch.

Doch vorgestern abend hatte Wladimir aus Salon angerufen. ›Was, wenn all unser Tun, unsere Gebete um Gottes Gnade für diesen Mann, die Briefe, die wir zur Unterstützung der Appelle von Maurice Le Moyne geschrieben haben, das Geld, das ich aus unserer Ordenskasse nahm, um Brossard in jenen frühen Tagen der Verschwiegenheit zu helfen, was, wenn wir mit unserer Hilfe nicht das Werk christlicher Nächstenliebe verrichtet hätten, sondern einfach nur einen Mann schützten, dessen Ansichten in den Jahren der Besatzung unseren Auffassungen so nahegestanden hatten? Ich selbst habe ihm geglaubt, habe in unserer Kapelle neben ihm gekniet und für seine Rettung gebetet.

Ich spürte die Glut des Eiferers, den Wunsch, einem Sünder den Weg zu Gottes Gnade zu weisen, als Mentor für einen Mann zu handeln, der zum gläubigen Katholiken wurde und zu einem Opfer jenes Wahnsinns, den wir durchlebten, als der Krieg vorüber war und das französische Volk sich voller Haß von seiner Schuld zu reinigen suchte, indem es einige wenige zu Sündenböcken machte. Ich hatte an den Maréchal geglaubt, an diesen prächtigen alten Soldaten, der von de Gaulle gestürzt wurde, jenem gelackten Egoisten, den der Maréchal einst wie einen Sohn behandelt hatte. Ich war verbittert, und heute weiß ich, daß in Wahrheit diese Verbitterung mein Handeln bestimmt hat, ja vielleicht unser aller Handeln in jenen Jahren bestimmte, in denen wir Brossard Unterschlupf gewährten.

Vor einer halben Stunde sah ich aus dem Fenster, seine Stimme in meinem Rücken, vertraut, fromm, ernst. Und plötzlich war mir zum erstenmal klar, daß er log. Weiß der Himmel, wie er uns an der Nase herumgeführt hat. Er ist ein Schuft. Ganz bestimmt. Er ist der Vater der Lüge. Wenn er diesen Juden in Notwehr getötet hat und mir ehrlich gestanden hätte, daß er der Täter war, dann wäre mir schlecht gewesen, ich hätte Angst davor gehabt, ihn unter meinem Dach zu wissen, aber ich hätte ihn aufgenommen.

Oder nicht?

Ich weiß nicht. Ich habe den Glauben an mich selbst verloren. Ich nenne Brossard einen Schuft und Lügner, aber bin ich denn nicht selbst ein Lügner? Kennen wir wirklich die verborgenen Motive hinter unseren Taten? Wir, die wir allabendlich zu Gott um Vergebung unserer Sünden beten und uns dennoch rühmen, besser als die anderen zu sein, weder

Lumpen noch Ehebrecher, Kriminelle oder Männer der Verstellung in unserem alltäglichen Leben? Daran ist leicht zu glauben, solange Gott uns nicht auf die Probe stellt. So wie ich heute von Brossard auf die Probe gestellt wurde. Einmal ehrlich. Hätte er mir die Wahrheit erzählt, hätte ich ihn dann nicht auch abgewiesen?

Natürlich hätte ich das. Wie kann ich etwas anderes glauben? Ich will nichts mehr mit ihm zu tun haben. Er verdient es, daß man ihn schnappt.‹

Dom André schloß die Tür zum Ordenshaus und ging zurück über den Flur. Pater Blaise kam aus seinem Büro, begierig auf Neuigkeiten. »Hochwürden, wird unser Freund wiederkehren?«

»Nein, ich habe ihn fortgesandt.«

Dom André ging weiter, die Treppe hinauf in die Abgeschiedenheit seines Büros. Er wählte die Nummer von Saint-Cros.

»Er kam heute morgen, Wladimir. Ich habe ihm erzählt, was Sie mir gesagt haben, und er hat behauptet, noch nie von diesem Mann gehört zu haben. Er wollte, daß ich Sie in dieser Hinsicht beruhige. Aber ich muß Ihnen leider sagen, Wladimir, daß ich ihm nicht geglaubt habe.«

»Wo steckt er jetzt?«

»Ich habe ihn fortgeschickt.«

»Das war sehr klug von Ihnen, André, ich habe Ihnen nämlich noch nicht das Neueste erzählt. Zuerst haben die Zeitungen nur über einen ausländischen Touristen geschrieben, der ermordet und ausgeraubt wurde. Aber heute steht im *Nice-Matin* etwas ganz anderes. Offenbar haben die kanadischen Behörden den Führerschein des Toten überprüft und festgestellt, daß er gefälscht wurde. Gestern kam die Polizei wieder und fragte, ob ich einen Besucher mit falschem Namen erwartet hätte. Natürlich habe ich das bestritten. Aber hören Sie, André. Ich habe in dieser Sache kein gutes Gefühl. Und daß der Führerschein auf den Namen Tanenbaum ausgestellt war, habe ich Ihnen ja schon gesagt. Ein jüdischer Name.«

»Warten Sie einen Augenblick. Wenn der Führerschein gefälscht war, dann könnte doch auch der Name falsch gewesen sein?«

»Stimmt. Doch das konnte Pierre nicht wissen, oder? Wenn er den Mann für einen Juden hielt, der ihn töten wollte, was hätte Ihrer Meinung nach ein ehemaliger *milicien* dann wohl getan? Ihn umgebracht. Das Geld genommen. Die Papiere versteckt. Er hätte es wie einen Raubmord aussehen lassen.«

»O mein Gott, ich glaube, das wäre möglich.«

»Es ist mehr als möglich. Ich habe meine Meinung in dieser Sache geändert, André. Ich finde, wir sollten dem Erzbischof berichten, daß Brossard bei mir in Saint-Cros gewohnt hat und heute in Ihrem Ordenshaus unterkommen wollte.«

»Nein, das können wir nicht.«

»Warum nicht?«

»Was ist, wenn der Kardinal sich mit der Polizei in Verbindung setzt? Dann kommt sie zu uns. Die Presse wird von der Geschichte Wind bekommen. Uns und unsere Orden wird man als seine Komplizen anprangern.«

Die Leitung nach Saint-Cros blieb stumm.

»Wladimir?«

»André, ich glaube nicht, daß sich der Kardinal an die Polizei wendet. Er hat in aller Öffentlichkeit gesagt, daß es Aufgabe der Kommissionsmitglieder sei, die Verwicklung der Kirche in diesen Fall zu untersuchen und nicht, wie Polizisten Jagd auf Brossard zu machen.«

»Aber vielleicht sieht er sich dazu gezwungen?«

»Das ist seine Entscheidung. Nicht unsere.«

»Wenn die Polizei Pierre aufspürt, tragen *wir* dafür die Verantwortung, Wladimir. Wollen wir es auf unser Gewissen nehmen, daß er für den Rest seines Lebens ins Gefängnis gesperrt wird?«

Wieder blieb die Leitung nach Saint-Cros stumm.

»Wladimir?«

»Können wir verantworten, daß ein Mann ermordet wurde, daß wir vielleicht sogar einem Mörder bei der Flucht geholfen haben, der womöglich schon in der nächsten Woche einen weiteren Mord begeht? Wenn Sie wollen, halte ich Sie da raus, André, aber ich muß mit Delavigne reden.«

»Nein. Sie haben recht. Es ist an der Zeit, die Wahrheit zu sagen.«

Am Abend des 5. Mai traf T. aus Paris ein und buchte ein Zimmer in einem Novotel am Flughafen. Am nächsten Morgen fuhr er rechtzeitig vor der Hauptverkehrszeit in die Randgebiete von Aix. Brossard sollte am 6. Mai in Aix ankommen. Um halb neun morgens stellte T. seinen Mietwagen in der Nähe der Kreuzung Avenue Henri-Martin und Avenue Paul-Valéry ab, eine Querstraße vor dem Lycée Saint-Christophe und dem Priorat, das gegenüber der Schule auf der anderen Straßenseite lag. Jungen mit ihren

Schultaschen wurden von ihren Eltern aus dem Wagen gelassen. Als um Viertel vor neun die Glocke läutete, stieg T. aus seinem Mietwagen und ging zum Schultor, während letzte Nachzügler an ihm vorbeirannten, um noch ins Gebäude zu gelangen, ehe die Glocke zu läuten aufhörte.

Auf dem Schulhof parkten keine Autos. Er überquerte die Straße und schaute durch das Eisengitter zum Priorat hinüber. Beim Haupteingang standen drei Wagen. Kein weißer Peugeot. T. ging die Straße hinunter und stellte fest, daß in der Avenue Henri-Martin ebenso wie in der Avenue Paul-Valéry Halteverbot war. Vielleicht hatten die Mönche eine Garage auf der Rückseite des Priorats? T. sah nach. Eine Gasse, die für Autos zu schmal war, verband den Hintereingang des Priorats mit der Straße. Die Gasse selbst war eine Sackgasse.

Nirgendwo ein weißer Peugeot. T. ging zurück zur Avenue Henri Martin. Am Ende der Avenue entdeckte er einen kleinen Platz. Das Café an der Ecke hieß Café La Mascotte. Er sah nach, wie der Platz hieß. Place des Tanneurs. Die Namen stimmten mit den Namen auf dem Zettel überein, den man ihm gegeben hatte. Also ging der alte Drecksack nachmittags nicht in die Stadt, sondern trieb sich in diesem Eckcafé herum. Das konnte die Sache vereinfachen.

Warten gehörte zum Job. Stunde um Stunde sich den Arsch wundsitzen, die Augen offenhalten. Manchmal schob er eine Kassette ein, amerikanischer Rock. Französischer Rock war Mist. Pochon hatte den Juden erklärt, der Mietwagen müsse groß genug sein, daß man ihn für eine Limousine halten konnte. T. trug einen dunklen Anzug und hatte eine Chauffeursmütze auf. So würden es die Leute nicht merkwürdig finden, wenn er stundenlang herumhockte. Das gehörte zum Job.

Die Schulglocke läutete alle vierzig Minuten zum Ende der Unterrichtstunden. Das Geräusch ging ihm auf die Nerven. Kurz nach elf zockelten vier *clochards* über die Avenue. Sie blieben stehen, stärkten sich aus einer Flasche *gros rouge*, wollten dann vor seinem Wagen über die Straße und brabbelten irgendwelchen besoffenen Mist über Kapitalisten. Einer von ihnen trat gegen einen Vorderreifen des Wagens. T. kurbelte das Fenster herunter, lächelte sie an und sagte: »Was soll ich machen? Job ist Job.« Es klappte. Ein *clochard* wischte den Flaschenhals ab und bot ihm einen Schluck an. Er tat, als würde er trinken, und gab die Flasche zurück. Sie taumelten weiter, bogen in die Gasse ein. Er sah, wie sie sich beim Hintereingang zum Priorat auf das Kopfsteinpflaster setzten. Gegen Mittag hatten sich acht weitere *clochards* zu ihnen gesellt, darunter zwei Frauen. Er sah dem Grüppchen nach, wie es in die Gasse bog, und stieg dann, nur um sicherzugehen, aus dem Wagen, steckte sich eine Zigarette an und schlenderte durch die Gasse am Hintereingang des Priorats vorbei. Die Tür stand jetzt auf, und zwei Mönche verteilten von einem Tisch quer vor dem Eingang Suppe an die *clochards*, die sich in einer Reihe aufstellten wie Gäste, die auf einen Sitzplatz in einem edlen Restaurant warteten. Sie schienen Stammgäste zu sein. Man kannte sich. Keine Spur vom Verdächtigen. T. ging zurück zu seinem Auto.

Um ein Uhr mittags ging T. ins Café an der Ecke und aß ein Sandwich. Er setzte sich so hin, daß er den Vordereingang beim Essen beobachten konnte. Außerdem behielt er den Eingang zur hinteren Gasse im Blick. Keine Spur von seinem Mann.

Um vier stieg er mit schmerzendem Hintern wieder aus dem Wagen und ging zurück ins Café. Er fand eine Telefonzelle, rief Janine an, erreichte aber nur ihren Anrufbeantworter und hinterließ ihr die Nachricht, daß es seinem Vater ein bißchen besser gehe und er später noch einmal anrufen würde. Er sagte, es schütte wie aus Eimern hier in Bayeux.

Als der Nachmittag in den Abend überging, spazierte er einige Male die Straße auf und ab. Jetzt wußte er sicher, daß es heute nicht soweit kommen würde. Trotzdem wartete er, bis die meisten Lichter im Priorat ausgegangen waren, ehe er zurück ins Novotel fuhr. Er aß in einem McDonald's, stellte den Wecker auf sieben und versuchte zu schlafen. Irgendwas stimmte nicht. Sie hatten gesagt, Brossard würde am sechsten in Aix ankommen. ›Und wenn er morgen oder übermorgen auch nicht kommt? Dann haben wir den neunten.‹ Im Horoskop hieß es: »Am neunten des Monats sehen Sie sich zu einer Tat genötigt, die großes Leid für Sie bedeuten kann.« Scheiße, er wußte, daß das Horoskop von irgendeiner Fotze in irgendeinem Büro zusammengeschmiert wurde, aber das half nichts. Er hatte Angst vor Horoskopen. Bisher hatten sie immer recht behalten.

Am Morgen des siebten Mai fuhr er wieder um halb neun in die Avenue Henri Martin, sah, wie die Schüler um Viertel vor neun in die Schule gingen, und überprüfte beide Höfe. Kein weißer Peugeot. Um elf Uhr waren die ersten *clochards* aufgetaucht und saßen diesmal in der Gasse auf dem Pflaster. Beim Observieren war der zweite Tag immer langweiliger als der erste. In einem Vorort wie diesem war ein Tag wie jeder andere. Man sah dieselben Leute auf den Straßen. Mittags läutete die Glocke zur Pause, und er hörte das Geschrei der Jungen, die auf dem Hof herumtobten. Zwei Mönche trugen einen großen Suppenkessel und einen Korb Brot aus dem Priorat. Sie eilten über die Straße und betraten die Schule. T. mußte pinkeln. Er stieg aus und ging in die Gasse, als die Mönche die Hintertür öffneten, um die Suppe an die *clochards* auszuteilen. Er zog gerade den Reißverschluß seiner Hose zu, als er sah, wie einer der Mönche den Tisch vor dem Hintereingang zur Seite zog. Ein alter, weißhaariger *clochard* mit grüner Strickjacke wurde in die Küche vorgelassen, dann schoben die Mönche den Tisch wieder zurück und machten sich erneut ans Verteilen der Suppe. T. wartete zehn Minuten. Der alte Mann kam nicht wieder heraus. Er hatte das Gesicht des Alten nicht gesehen.

T. ging zu seinem Auto. Er sah, wie ein Mönch das Priorat verließ und über die Straße zur Schule ging. Nach wenigen Minuten kam derselbe Mönch wieder aus der Schule, begleitet von einem zweiten Mönch, einem hochgewachsenen alten Graubart mit einem Kruzifix an einer Kette um den Hals. Der Obermönch? Sie überquerten die Straße und gingen ins Priorat. Warum hatten sie den Alten in die Küche gelassen? T. holte die zwei Fotos heraus und sah sie nachdenklich an. Er überprüfte seine Waffe und ließ sie ins Schulterhalfter gleiten. Er hatte keinen Plan. Noch nicht. Wenn der alte Mann aus einer der beiden Türen kam, würde er zu seinem abgestellten Wagen gehen. Oder zu einem Taxistand. Der nächste Taxistand war auf der Place des Tanneurs. T. hielt nichts von Improvisation, aber man mußte mit allem rechnen. Wenn er seinen Mann erst im Visier hätte, dann würde er sich auch zu gedulden wissen. Falls dies sein Mann war.

Zehn Minuten später ging die Tür zum Priorat wieder auf, und er sah den weißhaarigen alten Mann auf die Stufen vor dem Haus treten. Der große, graubärtige Mönch war bei ihm, umarmte ihn und sah dem Alten nach, als der über den Hof ging, das Tor öffnete und auf die Avenue Henri-Martin hinaustrat. T. legte den Gang ein. Der alte Mann lief in Richtung Place des Tanneurs. Langsam überholte ihn T. und musterte ihn im Rückspiegel. Brossard? Er war sich nicht sicher.

## 11

›Gute Reise, Pierre, sagt der zu mir, gibt mir den Judaskuß und legt auf den Stufen des Priorats Saint-Christophe die Arme um mich. Saint-Christophe, Schutzpatron der Reisenden. Hat er gemerkt, welche Ironie es ist, daß er mich auf den Stufen des Saint-Christophe abweist? Er bietet mir Geld an, versagt mir aber die Unterkunft. Und ich weiß, er sieht mir jetzt nach, will sehen, wie ich seinen Verrat aufnehme. Marschiert wie ein Soldat. Links, rechts, links, rechts! Wenn es vorbei ist, ist es vorbei. Vielen Dank, Dom André.

Und vielen Dank auch Dom Wladimir in Salon, der anruft und dafür sorgt, daß ich nicht willkommen bin. Wird er in Villefranche anrufen? Könnte sein. Wenn dich einmal das Glück verläßt, dann dreht sich das Rouletterad, und die Kugel fällt ins falsche Feld. Was soll ich jetzt tun, soll ich gleich nach Villefranche fahren?‹

Er ging zur Place des Tanneurs. Sein altes Café La Mascotte war noch an der Ecke. Seinen Wagen hatte er drei Straßen weiter auf dem städtischen Parkplatz abgestellt. Im La Mascotte konnte er anrufen. Und etwas essen. Ihm fiel ein, daß im La Mascotte *salade niçoise* gut war. Er war hungrig. Er hatte seine Ankunft in dem Priorat so gelegt, daß sie auf die Mittagsstunde fiel, damit er durch den Hintereingang kommen konnte, wenn der *père hospitalier* das Austeilen der Suppe an die *clochards* beaufsichtigte. Meistens fragte ihn Dominique dann, ob er schon gegessen hatte. Aber Dominique war tot, hatte der neue Mann gesagt.

Ein Auto, eine große Limousine mit Chauffeur, fuhr langsam an ihm vorbei zur Place des Tanneurs. Er sah auf den Rücksitz. Niemand. Der Renault kroch mit zwanzig Kilometern in der Stunde die Straße entlang, als würde der Fahrer nach einem bestimmten Haus Ausschau halten. Aber dann fiel ihm auf, daß der Fahrer nicht nach den Nummern an den Gebäuden suchte, sondern in den Rückspiegel starrte. Die Roulettekugel fiel ins falsche Feld. ›Er starrt *mich* an.‹

Wenn man wußte, daß man beschattet wurde, durfte man sich vor allem nichts anmerken lassen. Er behielt seinen Schritt bei und ignorierte den Renault, der jetzt beschleunigte und vor ihm auf den Platz einbog. Im La Mascotte war viel los. Es gab keinen freien Tisch. Monsieur Pierre ging an die Bar, bestellte *bière pression*, setzte sich auf einen Barhocker und schaute auf den Platz. Er sah, wie der Renault den Platz umfuhr und auf dem Rückweg langsam am Café vorbeikam. Er nahm nicht an, daß der Fahrer ihn sehen konnte. Er sah zu, wie der Renault noch einmal den Platz umkreiste und dann zwei Querstraßen weiter abgestellt wurde. Der Fahrer stieg aus, steckte sich eine Zigarette an und ging langsam zum La Mascotte. Diesmal sah ihn der Fahrer am Tresen sitzen. Er drehte sich um und ging zurück zu seinem Auto.

Sofort legte Monsieur Pierre das Geld für sein Bier auf

die Theke und ging an den Toiletten vorbei durch die Küche. Niemand beachtete ihn. Hinter dem Café führte eine Gasse vorbei; er wußte nicht, wo er war. Die Gasse war lang. An ihrem Ende lag eine Durchgangsstraße, die Rue Renaud. Er fand einen Taxistand und ließ sich zum städtischen *parking* in der Avenue Goncourt bringen, wo sein kleiner Peugeot stand. Er war außer Atem, als er über den Parkplatz eilte und sich auf den Fahrersitz warf. Er maß seinen Puls, schloß die Augen und versuchte, an nichts zu denken. Ein alter Trick, den er vor langer Zeit gelernt hatte, als er der Jäger und nicht der Gejagte war, eine Art inhaltsleere Meditation, bei der er wieder und wieder die ersten unsinnigen Worte vor sich hin sprach, die ihm in den Sinn kamen. Heute hießen sie:

Kleiner Papillon!
Kleiner Papillon!
Kleiner Papillon!
Kleiner Papillon!

Flüsternd bewegte er seine Lippen wie ein Kind, das sprechen lernt. Er spürte, wie sich sein Geist leerte. Er saß in dem kleinen Auto, senkte den Kopf. ›Denk nach. Versetz dich in seine Lage. Diese Itzigs, wer sie auch waren, sie hatten gewußt, wann ich in Salon sein würde und wo sie mich finden konnten. Ich glaube nicht, daß sie mir nach Caunes gefolgt sind. Nein, aber sie haben mich hier in Aix erwartet. Sie wußten, daß ich zum Priorat gehen würde. Sie haben mir aufgelauert. Wenn sie das wissen, wissen sie auch, daß meine übliche Route von Aix nach Villefranche führt.

Jemand verrät mich. Jemand, der meine Pläne kennt. Versteck dich. Ändere die Route. Nicole? Keiner kennt sie. Keiner.‹

Nicole. – Er ließ den Motor an.

## 12

Er sah den alten Mann an der Theke mit einem Glas in der Hand. Vielleicht aß er etwas an der Theke. Würde er hinterher ins Priorat zurückkehren? T. ging zu seinem Wagen zurück und parkte ihn näher am Café La Mascotte. Er steckte sich noch eine Zigarette an. Das Horoskop, er konnte sich dieses verdammte Horoskop nicht aus dem Kopf schlagen. »Am neunten des Monats ...« ›Okay, das ist bald. Dann sollte ich es lieber heute machen. Weißer Peugeot. Er parkt hier irgendwo. Nichts wie ihm nach, wenn er aus dem Café kommt. Ich könnte es auf dem Parkplatz hinter mich bringen, ihn erledigen, wenn er in seinen Wagen steigt. Wenn er zwischen die parkenden Autos fällt, bleibt er vielleicht eine ganze Weile unentdeckt. Egal, nur die Ruhe. Er ist dir sicher. Bleib im Wagen. Der alte Schreibstubenhengst ist ein Profi. Wenn du noch mal am Café vorbeigehst, könnte er was merken.‹

Doch zwanzig Minuten später sagte ihm sein Instinkt, daß er lieber mal nachschauen sollte. Er stieg aus und ging am Café vorbei. Er konnte den Verdächtigen nirgends entdecken. Er ging ins Café. Keine Spur von dem alten Mann. Er ging auf die Toilette, ein riskantes Manöver. Keine Spur. Hintereingang, eine lange Gasse, die zu einer Hauptstraße führte. ›Verschwunden. Er hat mich gesehen.

Oder nicht? Falls ja, geht er nicht zum Priorat zurück; er setzt sich in seinen Wagen und haut ab. Verläßt Aix.‹ Was hatte Pochon gesagt: »Wenn Sie ihn aus irgendeinem Grund verlieren, rufen Sie mich sofort an. Sofort, verstanden!«

T. fuhr noch einmal die Avenue Henri Martin hinauf und parkte am selben Platz wie zuvor, eine Querstraße weit von der Schule und dem Ordenshaus entfernt. Den ganzen Nachmittag saß er dort. Saß da, weil ihm nichts anderes übrig blieb als zu hoffen, daß der alte Mann zu seinem Wagen ging und hierher zurückfuhr, um die Nacht im Priorat zu verbringen. Aber er wußte es. Er wußte Bescheid. ›Wenn er mich nicht gesehen hat, wieso ist er dann hinten raus? Und der hochgewachsene Mönch. Als sie sich umarmten, haben sie sich verabschiedet. Er kommt nicht zurück.‹

»Wenn Sie ihn aus irgendeinem Grund verlieren, rufen Sie mich sofort an, verstanden?«

Um sieben fuhr er zurück ins Novotel am Flughafen, ging auf sein Zimmer und griff zum Telefon. – Scheiße! Dabei war heute noch nicht einmal der neunte.

## 13

»Weißt du, was der glaubt? Der glaubt, wenn er uns dazu bringen kann, daß wir ein Zimmer in zwölf Minuten schaffen, dann kann er zu seinem großen amerikanischen Boß gehen und ihm sagen, daß er statt zweiundzwanzig nur sechzehn Zimmermädchen braucht. Das hat Yvette gesagt. Und recht hat sie.«

»Yvette ist eine Kommunistin«, sagte Madame Maranne. »Ich schaff ein Zimmer in zwölf Minuten, muß ich schaffen. Wenn nicht, besorgen die sich Ausländerinnen.«

»Betten abziehen, Laken wechseln, Toilette und Waschbecken im Bad putzen, den Boden im Bad naß aufwischen, frische Handtücher und neue Seife bereitlegen, Lampen und Tische abstauben, Teppiche saugen. Zwölf Minuten! Ein Zimmer nach dem anderen. In unserem Alter ist das keine Arbeit mehr, das ist das reinste Gulag!«

Sie saßen im Stadtbus, fuhren nach der Arbeit im Majestic Hotel in La Napoule heim nach Cannes. Das Majestic, vor sechs Monaten von einem amerikanischen Konzern übernommen, hatte sich in ein Casino-Hotel mit Roulette, Black Jack und einarmigen Banditen im Foyer verwandelt. Einen Swimmingpool hatte man angelegt. Die Zimmer waren neu möbliert. Madame Maranne, die siebzehn Jahre als Zimmermädchen im alten Majestic gearbeitet hatte, erhielt eine Woche nach der Übernahme durch die Amerikaner eine kleine Lohnerhöhung. Ihrer Meinung nach redete Madame Dufy zuviel daher. Wenn die Amerikaner die Zimmer in zwölf Minuten gemacht haben wollten, dann wurde eben nur jeden zweiten Tag Staub gesaugt. Mußte doch keiner wissen. Hauptsache, man paßte auf, daß kein Dreck auf dem Boden lag. Doch sie hielt den Mund. Madame Dufy war eine Klatschbase. Genau wie Yvette. Den Amerikanern war es egal, wer die Arbeit machte. Wenn du dich bei den Amerikanern beschwerst, kriegen die *noirs* und die *beurs* deinen Job.

Der Bus erreichte Cannes. Madame Marannes Haltestelle war der Quai Saint-Pierre. Als sie von ihrem Platz aufstand, fiel ein kleines Päckchen Hackfleisch, das sie für Bobi gekauft hatte, aus ihrer Einkaufstasche unter den Sitz. Sie hatte nichts bemerkt, aber Madame Dufy war es nicht entgangen. Die Dufy, die zwanzig Jahre jünger war, kniete sich hin und fischte das Päckchen wieder hervor. Der Busfahrer hielt ihr die Tür auf. Wie immer gab sie Madame Dufy die Hand. »Bis morgen dann. Und vielen Dank auch.«

Eigentlich keine schlechte Seele, diese Madame Dufy, alles in allem. Madame Maranne ging die Rue Louis-le-Blanc entlang und mußte daran denken, wie sehr sie sich geärgert hätte, wenn sie nach Hause gekommen wäre und kein Leckerchen für Bobi gehabt hätte. Fast unheimlich, das mit Bobi. Dieser Hund wußte so gut wie jeder Mensch, daß Wochenende war, der Tag für sein Leckerchen. »Was wissen wir schon über Tiere? Sie sind Gottes Geschöpfe, so wie wir«, habe ich zu Mutter Annunciata gesagt. »Sie können mir nicht erzählen«, habe ich gesagt, »daß Bobi einfach nur stirbt, aber daß ich sterbe und in den Himmel komme.« – »Tiere haben keine Seele«, hat sie gesagt. »Sind Sie anderer Ansicht, stellen Sie sich gegen die Lehre Ihrer Religion.« – Nonnen hatten von nichts eine Ahnung, jedenfalls bestimmt nicht vom wahren Leben, vielleicht nicht mal von Religion. Bloß weil Mutter Annunciata Oberin über knapp dreißig Nonnen war, hieß das noch lange nicht, daß die so über Bobi reden durfte. Hatte Gott Mutter Annunciata vielleicht ein besonderes Wissen mitgegeben? Nonnen und ihre Ideen! Dabei wollte sie selbst vor langer Zeit mal den Schleier nehmen, Nonne werden, sich von der Welt abkehren. Nicht, daß die Welt sie besonders gut behandelte. Ganz bestimmt nicht. ›Aber Bobi, ich mußte an Bobi denken. Kein Mensch kann mich so lieben, wie Bobi mich liebt. Keiner.‹

Am Ende der Rue Louis-le-Blanc wartete sie auf den 86er-Bus. Ihre Wohnung in der Rue Cochet lag im Parterre und war ziemlich dunkel, aber seit Bobis Erblindung war es ein Segen, im Parterre zu wohnen. Bobi war ein Schäferhund, und da er keine Stufen mehr erkennen konnte, hätte sie ihn die Treppe hinauf- und heruntertragen müssen. Denn seinen Spaziergang liebte er noch immer über alles. Nicht bloß um sein Geschäft zu erledigen, sondern weil er aufgeregt wie ein Welpe wurde, sobald er die frische Luft witterte. Und sie? Sie vergaß offen gestanden ihr Alter und fühlte sich nur in jenen Augenblicken wieder jung, in denen Bobi an der Leine zerrte, sobald sie den Park an der Place de Gaulle betraten.

Als Madame Maranne ihren Schlüssel hervorkramte und

ihn ins Schloß steckte, wartete sie auf das vertraute Bellen. Statt dessen fragte eine Männerstimme: »Wer ist da?«

Einen Moment lang überkam sie Panik, aber dann dachte sie an die Concierge. »Sind Sie das, Monsieur Delisle?« Delisle war der Mann von Madame Delisle, der Concierge. Er hatte die Spülung an der Toilette repariert.

Sie hörte, wie die Tür aufgeschlossen wurde. Die Tür ging auf. Es war nicht Monsieur Delisle. *Er* war es. Sie drängte sich an ihm vorbei. »Bobi? Wo bist du, Bobi?«

»Ich habe ihn in die Küche gesperrt«, sagte er.

»Verdammt!« Sie drehte sich zu ihm um, als ob sie ihn schlagen wollte, ging dann aber zur Küche und öffnete die Tür. Der arme Bobi sprang an ihrem Rock hoch und leckte ihre Hand. »Guter Bobi, braver Bobi«, sagte sie. »Ich hab dir auch was Schönes mitgebracht, keine Angst.«

Er kam ihr in die Küche nach, als sie Bobis Schüssel aus dem Schrank nahm und das Hackfleisch mit einer Gabel zerdrückte.

»Ich habe was Schönes für *dich*«, sagte er.

Sie achtete nicht auf ihn. Was tat er hier? Was wollte er; er wollte was, darauf konnte sie wetten, war doch immer dasselbe mit ihm. Es war über ein Jahr her, seit er ihr das letztemal zugesetzt hatte. Früher kam er, weil er Sex haben wollte, aber dafür war er heute zu alt, sie beide waren das. Sie hockte sich hin und sah zu, wie Bobi sein Leckerchen verschlang. »Guter Bobi, liebes Baby. Das gefällt dir, stimmt's?«

›Dieser Hund, ich muß schon sagen, ein solches Tier gibt's kein zweites Mal. Man stelle sich das nur vor, hungrig wie der ist, hört er auf zu fressen, sieht sie mit seinen alten, vom Star getrübten Augen an, streckt den Kopf vor, beschnüffelt ihren Arm und leckt ihn ab, ehe er sich wieder über sein Leckerchen hermacht.‹ Pierre ging um Bobi herum und fächerte in seiner Hand wie ein Päckchen Karten eine Faustvoll Fünfhundertfrancscheine auf.

»Wo hast du die denn her?« fragte sie.

»Von einem toten Itzig. Ich bin abergläubisch. Es bringt kein Glück, wenn ich gerade jetzt jüdisches Geld ausgebe. Also habe ich gedacht, ich mach dir ein schönes Geschenk.«

Sie schaute auf das Geld in seiner Hand, dann wandte sie den Blick ab. Das mußten an die fünftausend Francs sein, vielleicht mehr. ›Vor langer Zeit habe ich gesagt, daß ich von dem keinen Sou mehr annehme, obwohl es dafür keinen Grund gibt, hat er mich doch damals sitzengelassen, mich abserviert, mir Lügen erzählt, fünftausend Francs, wenn er mir das anbietet, will er was Besonderes, natürlich will er das.‹ – »Ich will dein Geld nicht«, sagte sie. »Verschwinde. Ich habe dir doch gesagt, daß ich dich nie wiedersehen will. Letztesmal hast du dir wohl einen Schlüssel nachmachen lassen, wie? Gib ihn her.«

»Komm schon, Nicole«, sagte er. »Sechstausend Francs. Nimm sie. Ich würde gern ein paar Tage hierbleiben, und ich brauche den Schlüssel, damit ich kommen und gehen kann.«

»Du bleibst nicht hier«, sagte sie. »Das habe ich dir doch schon gesagt. Gib mir den Schlüssel.«

»Tut mir leid. Nein.«

»Ich laß das Schloß auswechseln.«

»Das wirst du nicht. Du bist meine Frau. Wenn ich hierbleiben will, ist das mein gutes Recht.«

»Du hast überhaupt kein Recht. Das haben wir doch alles schon durchgekaut.«

Er setzte sich an den Küchentisch, als würde er ihm gehören. »Ist ja nur für ein paar Tage«, sagte er. »Ich muß mich mit jemandem absprechen, um den nächsten Schritt vorzubereiten. Kein Mensch auf der ganzen Welt wird erfahren, daß ich hier bin. Im Moment ist das hier für mich der ideale Platz.«

»Für dich gibt es keine idealen Plätze mehr«, sagte sie. »Dein Foto soll letzten Monat im *Provençal* gewesen sein.«

»Ach das? Das ist ein uraltes Polizeifoto. Auf dem hättest selbst du mich nicht erkannt.«

Er rollte die Fünfhundertfrancscheine zusammen, streifte ein Gummiband drüber und warf sie auf den Tisch. »Da, meine Liebe«, sagte er. »Warum kaufst du uns nicht was Nettes zum Abendessen. Und hol noch ein bißchen Fleisch für unseren Hund. Na, Bobi? Komm her, mein Junge.«

Der arme, blinde Bobi hörte seinen Namen, erhob sich und folgte schwanzwedelnd dem Klang der Stimme. Der andere kraulte den Hund hinter den Ohren. »Wie wär's mit einem Steak, Bobi? Sollen wir dir ein schönes Pferdesteak kaufen? Warum nicht? Für unseren Hund ist uns nichts gut genug.«

›Der Lügner. *Unser Hund.*‹ – »Bobi?« rief sie. »Komm her.«

Bobi entzog seinen Kopf diesen falschen, kraulenden Fingern, kam zu ihr und preßte seine Nase in ihren Rock. Sie drehte sich um und ging aus der Küche; Bobi folgte ihr. Sie ging ins Schlafzimmer, zog die Tür hinter sich zu, schloß ab und legte sich hin. Bobi hievte sich auf das Fußende des Bettes und machte es sich dort bequem. Der arme Bobi, wie er da lag und, die Schnauze zwischen den Pfoten, einschlief.

›Was träumt er, wenn er schläft? Erinnert er sich an die Zeit, als er noch ein kleiner Welpe war? Als Pierre ihn in Hyères zu mir gebracht hat, damals, vor sechzehn Jahren, da konnte man ihn mit einer Hand aufheben. Ob er sich an die Zeit erinnert? An die Wohnung in Hyères? Ich werde nie vergessen, wie ich ihn das erste Mal gesehen habe. Pierre kam ins Zimmer und sagte: Ich hab was für dich. Und ich sagte: Was es auch ist, ich will es nicht haben.‹

»Wart's ab«, hat er gesagt. »Es ist im Auto.«

›Ich weiß noch, wie ich ans Küchenfenster gegangen bin, hinausgesehen habe und dachte: Kaum hat er mich verlassen, kauft er sich einen Wagen. Er, der tagsüber nicht ausgehen wollte vor Angst, jemand könnte ihn erkennen, und jetzt fährt er in einem Auto herum. Ich hatte recht, stand doch ein 2CV im Hof. Ich sah Pierre, wie er sich ins Auto beugte, um das Geschenk herauszuholen, was es auch sein mochte. Ich dachte, er würde mir Blumen oder Schokolade bringen und wartete nur darauf, ihm sein Geschenk an den Kopf werfen zu können, aber er kam über den Hof, die Treppe hoch und hatte diesen lieben kleinen Welpen im Arm. Dieser Dreckskerl! Damals hatte ich immer wieder gesagt, daß ich einen Hund haben wollte, und er hat es mir immer wieder abgeschlagen, weil wir schnell umziehen können mußten und in der nächsten Wohnung vielleicht kein Hund geduldet wurde.‹

»Wo hast du ihn her?« habe ich gefragt. So wie ich ihn kannte, hätte er ihn gestohlen haben können.

Er drückte mir den Welpen in die Hand. Ich weiß noch, wie ich dachte, daß er so schöne, sanfte Augen hatte. Ich hätte den Kleinen abküssen können.

»Ein Schäferhund«, sagte er. »Als ich in der *milice* war, hatte ich sechs davon. Das sind Polizeihunde. Wir könnten ihn abrichten.«

»Ihn abrichten? Was ist los, sucht die Polizei nicht mehr nach dir, ja?«

Er schüttelte den Kopf. »Ich meine, wenn ich auf Besuch komme.«

»Du kommst mich nicht besuchen, hast du gehört? Mit dir bin ich fertig.«

»Wie soll er heißen?« fragte er. »Es ist ein Männchen. Wie wär's mit Putzi? Einer von den Hunden, die ich in der *milice* hatte, hieß Putzi, ein großer Hund, reinrassig, hat Kommandant Knab persönlich gehört, du weißt doch, ich habe dir von Knab erzählt. Er ist der, der gesagt hat, ich sähe wie der ideale Nordmensch aus.«

»Du bist ein vollkommenes Stück Scheiße, das bist du. Du und dein Putzi! Außerdem will ich ihn nicht haben.«

Ich setzte den Welpen auf den Boden.

»Gut, dann setz ich ihn in irgendeiner Gasse aus«, sagte er. »Was soll ich damit? Ich habe ihn für dich gekauft. Willst du ihn wirklich verhungern lassen?«

»Mir gehört er nicht.«

»Jetzt schon. Hör zu, Nicole, ich konnte einfach nicht länger wegbleiben. Ich weiß, es ist riskant für mich, aber ich habe dich so vermißt. Es war schrecklich. Jede Nacht habe ich von dir geträumt. Komm schon. Laß mich eine Weile hier wohnen.«

»Nein.«

»Nur für eine Woche, ja?«

»Ich weiß, warum du zurückgekommen bist. Und wenn du mich ein paarmal gevögelt hast, bist du wieder weg. Wo hast du den Wagen her? Hast du ihn geklaut?«

»Freunde haben ihn mir geliehen«, sagte er. »Priester. Ich bin bei ihnen untergekommen. Sie helfen mir. Sie bringen mir das Tippen bei und wollen mir eine langfristige Stellung besorgen, Schreibarbeiten für das Collège Saint-Christophe in Aix. Ist zwar nicht viel, hilft aber ein bißchen.«

»Wem soll das helfen?«

»Ich schick dir was, sobald ich was verdient habe.«

»Ich habe dich nicht um Geld gebeten«, sagte ich. »Mit dir bin ich fertig. Ich brauche dich nicht. Ich habe einen neuen Job.«

»Arbeitest du nicht mehr für die Nonnen?«

»Bei denen habe ich aufgehört. Ich bin jetzt Zimmermädchen im Hotel Majestic. Ob du es glaubst oder nicht, aber die zahlen besser als die Nonnen.«

»Ein Zimmermädchen? Meine Frau ist ein Zimmermädchen. Ein Zimmermädchen! Mein Gott, sonst noch was?«

»Ich bin nicht deine Frau. Du hast den Namen an der Tür gesehen. Maranne. Das ist mein Name und nicht der falsche, den du benutzt. Pou-Pou-Pou... Pouliot!«

»Trotzdem nennst du dich Madame, oder nicht?«

»Muß ich. Aber ich bin keine Madame. Ich bin nichts.«

»In den Augen Gottes bist du meine Frau. Wir wurden

in einer Kirche getraut. Das ist die einzige Hochzeit, die zählt.«

»Sag das der *mairie*. Die Polizei sucht dich. Du würdest nie einen Trauschein kriegen.«

»Schon gut, schon gut. Abbé Feren kümmert sich darum.«

»Ach nein? Hältst du mich für blöd? Wenn Abbé Feren heute in die *mairie* spaziert und erzählt, daß er uns ohne Genehmigung getraut hat, kommt er dafür in den Knast, das weiß ich zufällig genau.«

»Wer hat dir das gesagt?«

›Es war Jacquot gewesen, aber ich habe es ihm nicht verraten. Der Welpe kam mit wedelndem Schwanz über den Küchenboden auf mich zu und rieb seinen kleinen Kopf an meinem Knöchel. Der Welpe. Bobi. Das war sein cleverer Trick. Er wußte, daß ich diesen lieben kleinen Welpen behalten würde. Ich mußte einfach. Er sagte, er würde ihn in der nächstbesten Gasse aussetzen. Das hätte er getan. Und ich hatte recht, er war zurückgekommen, weil er Sex wollte, nur Sex. Damals war ich jung, und ich war hübsch. Zwei Stunden später zog er mir das Höschen herunter und zeigte mir seinen Steifen, hart wie eine Eisenstange. Eine Woche später war er verschwunden. In jenen Tagen wurde Sex bei ihm groß geschrieben, auch wenn er tat, als wollte er mich vögeln, weil es unsere Pflicht vor Gott sei, ein Kind zu bekommen. O ja, er wollte ein Kind, aber nicht aus den üblichen Gründen. Mit einem Kind hätte er mich an sich binden können, hätte er seinen Freunden, den Priestern, beweisen können, daß er ein guter, von den Juden verfolgter Familienvater war und so weiter…‹

»Du bist nicht religiös«, habe ich ihm einmal gesagt. »Bei dir ist das alles Angabe.«

»Ach ja? Gott vergebe dir deine Worte. Du kennst mich nicht, du hast keine Ahnung, wieviel mir mein Glaube bedeutet. Du weißt nicht, wie schwer es mir fällt, aus lauter Angst, daß mich jemand erkennt, nicht wie jedermann zur Messe gehen zu können.«

»Was redest du da? Du gehst doch bloß nicht mehr zur Messe, weil du es nicht erträgst, daß Schwarze neben dir in der Kirche knien; du erträgst es nicht, daß der Priester dich ansieht und auf französisch betet, statt dir den Rücken zuzukehren und in Latein vor sich hinzubrummeln so wie früher, als du noch Meßdiener warst.«

»Na ja, stimmt schon«, sagte er. »Diese linken Priester haben der Messe ihre Schönheit genommen, unsere Religion ruiniert. Aber dir ist das doch egal, Nicole. Du hast nie begriffen, was diese Dinge für mich bedeuten. Nie hast du auch nur einen Funken Glauben in dir gehabt.«

»Das stimmt nicht«, habe ich gesagt. »Du bist ein Lügner. Du bist der größte Lügner, den ich kenne. All dieses Gerede, daß du ein anderer Mensch geworden bist, seit du Monsignor Le Moyne getroffen hast, ich sag dir, was das ist, das ist ein Haufen Scheiße. Monsignor Le Moyne ist bloß der vorläufig letzte Tölpel, der auf deinen Bockmist reingefallen ist. ›Vergeben Sie mir, Pater, hören Sie meine Beichte. Nur Sie können mich retten. Nur Sie können mich wieder zu Gott führen.‹ Du weißt doch so gut wie ich, daß du diesen Priestern was vorschwindelst. Erinnerst du dich an Abbé Feren?«

Und es stimmte. ›Als ich ihn kennenlernte, hatte er einen

Priester bei sich, Abbé Feren, einen alten Trottel, Kaplan der *milice*. Apropos Drama! Platzte er da in jener Nacht in Marseille in mein Zimmer, ich war gerade beim Abendessen, und dieser alte Priester hielt ihn an einem, Jacquot am anderen Arm, und geblutet hat er, es tropfte nur so auf den Boden, dieser große blonde Kerl, erst habe ich ihn für einen deutschen Deserteur gehalten. Er sah überhaupt nicht wie ein Franzose aus. Sie haben ihn auf das Sofa gelegt, ich dachte, er würde jeden Augenblick ohnmächtig.‹

Jacquot hat gesagt: »Nicole, das ist Pierre Brossard, er war mein Vorgesetzter in der *milice*, die Widerstandsleute der FFI sind hinter ihm her. Einer von denen hat ihn gerade auf der Canebière erkannt und einen Schuß auf ihn abgegeben. Das hier ist Abbé Feren. Wir sind zuerst zu ihm gegangen, und er will uns helfen, aber in seiner Wohnung können wir nicht bleiben.«

»Guten Abend, Mademoiselle«, sagte dieser alte Priester. »Sie sind Jacquots Schwester, nicht wahr?«

»Das bin ich, Pater.«

»Der Abbé kennt einen Arzt, der herkommt und die Kugel herausholt«, sagte Jacquot. »Wir brauchen deine Hilfe, Nicole. Pierre könnte auf deinem Sofa schlafen.«

›Es war Jacquot, der mir diese Wohnung überhaupt erst verschafft hatte, das war 1943, als die Familie Rosenthal nach Deutschland verfrachtet und ihre Wohnung von der *milice* beschlagnahmt wurde: 171, Rue Paradis, Marseille; so lautete die Anschrift, die einzig schöne Wohnung, die ich je gehabt habe.‹

Jacquot, Gott sei seiner Seele gnädig, hat immer gesagt: »Ich bin dein großer Bruder, und es gibt nur uns beide, also muß ich mich doch um dich kümmern«, und das hat er getan. Wenn er mich also um einen Gefallen bat, konnte ich ihm den nicht abschlagen. Ich mußte diesen Kerl bei mir aufnehmen.

›Der Arzt kam spät in der Nacht und nahm die Kugel raus, und dann ließen mich Abbé Feren und Jacquot mit Pierre allein, und als ich das Sofa im Wohnzimmer bezogen und ihm etwas Suppe gegeben hatte, dankte er mir und weinte, er konnte immer wie auf Kommando weinen, und als ich später nach ihm sah, war er aus seinem Bett gekrochen, kniete davor und sagte seine Gebete auf. Und ich kannte die *miliciens*, aber der da benahm sich anders als alle *miliciens*, die mir je begegnet waren. Jacquot nicht ausgenommen. Schlug das Kreuzzeichen. Betete. Und er sah auf diese blonde Naziart richtig gut aus. Ehrlich gesagt, auf sein Aussehen, auf sein ganzes Theater bin ich reingefallen. Drei Wochen habe ich ihn gepflegt, und er war gewitzt, er hat nicht versucht, die kleine Schwester seines Freundes zu vögeln, er gab sich respektvoll und dankbar, und dann hat er mir gesagt, er hätte sich in mich verliebt, und in dieser Zeit direkt nach dem Krieg, als alles schieflief und mein eigener Bruder *in absentia* zum Tode verurteilt wurde und ich wie ein Nigger im *Fabrice Mounier* gearbeitet habe, da wollte ich einen Mann, ich wollte ein Kind, ich wollte glücklich sein, normal, so wie all die anderen.

Denkste. Wie hätte ich wie all die anderen sein können, wenn ich mit Pierre zusammen war? Hat er mich je geliebt? Würde man mich bitten, Pierre mit einem Wort zu beschreiben, würde ich ihn einen Lügner nennen. Alles waren Lügen. Selbst die Geschichte von der Schießerei mit den

Leuten von der FFI war eine Lüge.‹ Ein paar Jahre später saß ich einmal auf der Toilette, wir wohnten da schon in Hyères, als Jacquot kam, um ihn zu besuchen, und sie wußten nicht, daß ich zu Hause war. Ich hörte, wie Jacquot sagte: »Ich weiß nicht. Ich habe die Nase voll. Wir haben immer noch die Waffen. Wir könnten es noch mal probieren.«

»Ist zu riskant«, sagte Pierre. »Denk dran, was letztesmal passiert ist.«

»Das war deine Schuld. Du bist nervös geworden.«

»Ich war noch nie nervös. Das weißt du auch. Hier ist es nicht wie in Paris. Marseille ist anders. Es wimmelt nur so von *flics*.«

»Damals hat es nicht von *flics* gewimmelt«, sagte Jacquot. »Da war nur ein *flic*, und er hat uns bloß zufällig gesehen. Wenn du nicht weggelaufen wärst, hätte er nicht geschossen.«

»Woher willst du das wissen?« fragte Pierre. »Überleg doch, was wir jetzt machen, ist einfach. Klar, es ist auch langweilig, Tag für Tag mit einem Bügeleisen in der Hand herumzusitzen, aber es ist längst nicht so riskant wie das, was wir in Paris gemacht haben. Ich fang da jedenfalls nicht wieder mit an.«

»Also hast du kein Interesse?« fragte Jacquot.

»Nein.«

Ich habe Pierre nicht gefragt. Er hätte nur gelogen. Ich habe Jacquot gefragt. »Ich habe gehört, was ihr heute nachmittag geredet habt. Du hast mir gesagt, damals hätte die FFI auf Pierre geschossen. Habt ihr beide mich damals angelogen?«

»Nur zu deinem Schutz.«

»Und was sollte das Gerede über Bügeleisen? Was hat das zu bedeuten? Ich dachte, ihr beide seid Fabrikarbeiter bei Renault.«

Jacquot lachte. »Hat er dir das erzählt? Wie denn? Wir haben doch gar keine Papiere.«

»Und was *hat* das zu bedeuten?«

»Es ist ein Job. Es geht um Blüten. Sie sehen zu neu aus. Wir müssen sie so lange bügeln und wieder zerknittern, bis sie wie echt aussehen.«

»Und seit wann macht ihr das?«

»Seit wir nach Hyères gezogen sind. Hör mal, was sollen wir denn sonst machen? Die Itzigs und die Bolschewiken wollen uns ans Leder. Die Gerichte sitzen voller kommunistischer Richter. Die *flics* kriegen sogar eine Medaille, wenn sie uns einbuchten. Deshalb ist Pierre hierher. Es gibt keine legalen Jobs für uns. Weißt du, wie langweilig es ist, Tag für Tag da zu hocken und Banknoten zu bügeln, die du nicht mal ausgeben kannst, weil die Typen, für die wir arbeiten, dir den Hals umdrehen würden, wenn wir einen von den gefälschten Scheinen mitgehen ließen? Ich habe jedenfalls die Nase voll. Ich fahre zurück nach Paris.«

Der arme Jacquot. Er fuhr zurück. Und zwei Jahre später: Krebs.

Sie hörte ihn aus der Küche rufen.

»Nicole?«

Sie gab keine Antwort.

Er klopfte an die Schlafzimmertür. »Bist du da drin, Nicole?«

Bobi bedeckte den Kopf mit seinen Pfoten und wimmerte. Sie stand auf, beugte sich über Bobi und tröstete ihn. »Hör auf zu klopfen«, sagte sie. »Du machst Bobi angst.«

»Wenn du nicht aufschließt«, sagte er, »mache ich noch was ganz anderes.«

Das würde er. Sie schloß auf.

»Hör zu«, sagte er. »Es ist nur für ein paar Tage. Am Montag bin ich hier wieder verschwunden. Wenn du bis dahin deinen Frieden und deine Ruhe haben willst, tu genau das, was ich dir sage. Ich werde diese Wohnung nicht verlassen. Du wirst hier mein Essen kochen, und du machst mir was Anständiges. Kauf einen guten Wein. Hältst du dich an das, was ich dir sage, dann verspreche ich dir, daß Bobi ein zufriedener Hund bleibt. Nicht wahr, Bobi?«

Er ging zu Bobi und streckte die Hand aus, um ihn zu tätscheln. Aber Bobi wußte Bescheid. Bobi konnte ihn nicht sehen, aber er wußte Bescheid. Einfach unheimlich, dieser Hund. Er schnappte nach der Hand, Bobi, der keiner Fliege was zuleide tun würde, der in all den sechzehn Jahren noch nie nach einer Hand geschnappt hatte.

»Laß Bobi in Ruhe«, sagte sie. »Hörst du, laß ihn in Ruhe!«

»Es hängt allein von dir ab, ob ich ihn in Ruhe lasse oder nicht.«

Kein Mensch konnte sie jemals so lieben, wie Bobi sie liebte. Das wußte sie.

»Also gut«, sagte sie. »Komm schon, Bobi. Gehen wir einkaufen.«

## 14

Vom ersten Augenblick an war er scharf auf Nicole gewesen. Er erinnerte sich, wie er im Wohnzimmer ihrer kleinen Wohnung in der Rue Paradis auf dem Sofa lag und ihr nachsah, wenn sie vorbeiging, halbnackt, auf dem Weg zur Dusche oder in ihr Zimmer. Sie war jung und tabu, da er sie wegen Jacquot nicht anfassen durfte, obwohl er, seit er bei ihr wohnte, an nichts anderes mehr denken konnte. Und weil er sie nicht anfassen durfte, war er so verrückt nach ihr. Doch damals begann auch die Zeit, in der er sich veränderte, in der Gott wieder in sein Leben einkehrte. In den vierziger Jahren hatte er den Glauben seiner Kindheit verloren, den Glauben an die Messe, die Beichte und die Erinnerung daran, wie er sich abends mit seinen Eltern hingekniet hatte, um den Rosenkranz zu beten. Er hatte ein rauhes Leben geführt, als er für den Maréchal und Frankreich kämpfte. In der *milice* gab es keine Heiligen. Doch in der ersten Zeit nach dem Krieg, der Zeit der Überfälle, des Schwarzmarktes, des Falschgeldes hatte er Abbé Feren kennengelernt und erneut begonnen, über Himmel und Hölle nachzudenken. In jenen Tagen, als er in Nicoles kleiner Wohnung lebte, hatte er wieder zu beten angefangen. Jeden Abend. Man hatte ihn *in absentia* zum Tode verurteilt. Der Gedanke an den Tod, an Gefangenschaft brachte ihn zu Gott zurück.

Und zu seinem Abbé, der wußte, was es bedeutete, in der *milice* gewesen und im Stich gelassen worden zu sein, als die Kommunisten den Krieg gewannen. »Natürlich hast du in der Vergangenheit Sünden begangen, mein Sohn«, sagte Abbé Feren. »Doch Gottes Gnade ist unermeßlich. Er vergibt uns unsere Sünden und verlangt nur, daß wir nicht rückfällig werden.« Er wollte dem Abbé glauben. In jenen Jahren verlangte alle Welt nach Vergebung. Der Klerus, die Politiker in der Nationalversammlung, Leute in Geschäften und Fabriken und auf den Bauernhöfen, jeder vernünftige Mensch sagte, daß man am besten vergaß, was in den Kriegsjahren geschehen war, daß die Kriegsverbrecherprozesse ein Akt der Rache und nicht der Gerechtigkeit waren, daß die Résistance von Kommunisten geführt wurde, die das Land jetzt Stalin in die Hände spielen wollten. Und wen haßten die Kommunisten mehr als einen ehemaligen *milicien*? Er war ein Opfer seiner Zeit, oder etwa nicht? Er wollte heiraten, sich vor der Vergangenheit verbergen, ein ruhiges Leben führen. Abbé Feren wußte um die Verlockungen des Fleisches. Er wußte, daß es unmöglich war, einen Trauschein zu bekommen. Doch der Abbé war ein Heiliger. Er sagte, er würde ihn auf die einzige Weise vermählen, die letztlich zählte, nämlich in der Kirche vor dem Angesicht Gottes. Und nachdem ihn Abbé Feren mit Nicole vor dem Angesicht Gottes verheiratet hatte, gab es eine Zeit, und er erinnerte sich sehr gut daran, in der er sonntags morgens im Bett lag und darauf wartete, daß sie aus der Messe zurückkam, und wenn sie in ihrem Sonntagskleid ins Schlafzimmer kam, Gebetbuch in der Hand, mußte sie sich sämtliche Kleider ausziehen und sich aufs Bett legen, und er lag neben ihr, der Schwanz steil aufgerichtet, betrachtete ihren nackten Körper und sagte sich, daß er es mit ihr in sämtlichen Stellungen treiben konnte, ganz wie er wollte, immer wieder, und er würde keine Sünde begehen. Nie zuvor hatte er eine Frau gevögelt, ohne es hinterher in der Beichte bekennen zu müssen. Doch seit er zu Gott zurückgekehrt war, seit er versuchte, im Stande der Gnade zu leben, seit Abbé Feren ihm die Beichte abnahm und ihm die Absolution erteilte, war es gut so, daß er von dieser Sünde nicht länger in Versuchung geführt wurde. Dieser Abbé, und später dann Monsignor Le Moyne, sie sahen in ihm stets den gläubigen Katholiken, der sich an die Gebote hielt. Und das tat er auch. Er hatte eine junge Frau mit einem lieblichen, milchweißen Hintern, und es war keine Sünde, wenn er es mit ihr trieb.

Natürlich war er später vom rechten Pfad abgewichen. Als er in den sechziger Jahren aus Hyères fortziehen und ein neues Leben in den Klöstern und Pfarrhäusern beginnen mußte, gab es, wie oft er auch betete, immer wieder Versuchungen, leichte Mädchen an Straßenecken, die ihre Schenkel zeigten. Er war nur ein Mensch. Er hatte Geld. Geld von den Priestern, Geld durch seine Tipparbeiten, und später kamen dann die Zahlungen des Commissaire. Also konnte er es sich leisten. Doch jedesmal, wenn er es tat, jedesmal, wenn er den Stand der Gnade verlor, ging er nicht zu Monsignor Le Moyne, seinem Beichtvater, sondern beichtete anonym irgendeinem *curé*, der ihn nicht kannte. Dies waren seine besonderen Beichten, in denen er nur diese eine Sünde bekannte.

»Komm schon, Bobi. Hier lang.«

Er hörte, wie die Haustür zuschlug. ›Dieses blinde alte Vieh, man hätte es schon vor Jahren einschläfern lassen sollen. Und Nicole. Die arme Kuh, wem nützt die jetzt noch? Alt und häßlich, keine Kinder, keine Verwandten, höchstens mich, falls man mich einen Verwandten nennen kann, ihr Bruder seit langem tot, was hat die bloß für ein Leben, hockt in diesem kleinen Drecksloch von Wohnung, fährt sechs Tage die Woche mit dem Bus nach La Napoule, um hinter anderen Leuten herzuputzen. Sie ist nicht mal religiös. Ihre Religion ist der Hund. Sechstausend Francs habe ich ihr gegeben. Wie lang würde sie brauchen, um soviel zu verdienen? Sie wird es für den Hund ausgeben. Na ja, das ist in Ordnung. Ist Judengeld. Soll sie's dem Hund geben. Ist alles eins, was jetzt passiert, ich weiß es, das Blatt hat sich gewendet. Ich habe eben eine Pechsträhne.‹

Er stand auf, ging zum Küchenschrank und machte die untere Schublade auf. Ein halber Liter *gros rouge* und eine Flasche billiger *porto*. Er nahm sich ein Glas und probierte den *porto*. Zu süß, aber besser als nichts. ›Ich habe ihr gesagt, sie soll guten Wein besorgen. Sie wird tun, was ich ihr gesagt habe. Vergiß nicht, kein Mensch auf der ganzen Welt weiß, daß ich hier bin, nicht mal der Commissaire. Ich habe ihm was von Aix erzählt. Ist allerdings riskant. Vielleicht ruft er da an, um mich zu kontrollieren. Telefoniere ich halt am Sonntag mit ihm. Ich sag ihm, ich sei noch in Aix.‹

Er trank den *porto* aus, ging dann in ihr Schlafzimmer und legte sich aufs Bett. Er fühlte sich den Puls. Sechsundachtzig. ›Nur ruhig. Ich brauche eine Pause. Ich muß eine Nacht lang durchschlafen. Das Bett ist groß genug für uns beide. Ich werde prächtig zu Abend essen, etwas Wein trinken, ins Bett gehen. Und nichts träumen. Keine Träume.‹

Doch er träumte.

*Legrand war aufgeregt. »Erschießungskommando! Erschießungskommando! Lecussan hat Knab gesagt, daß wir fünfzehn erschiessen. Also? Wen soll ich nehmen?«*

*»Komm mit.« Er stand von seinem Tisch auf, ließ die Papiere liegen, diese verdammten Papiere, die so viel Zeit kosteten. Das war mal etwas anderes. ›Als Chef der Zweiten Sektion unterliegt es meiner Amtsgewalt, steht mir die Wahl zu. Jetzt werde ich die Furcht in ihren Augen sehen.‹*

*Im großen Zimmer waren sechsundvierzig, die meisten aus der Résistance, dazu noch ein paar Juden, die sie letzten Monat zusammengetrieben hatten. Wer war wer? Er ging ins Zimmer, Legrand ihm nach. Er blieb hochaufgerichtet stehen, sein Schiffchen im schnittigen Winkel, Hose, Hemd, Stiefel makellos. Gefangene, die im großen Zimmer auf und ab gingen, blieben stehen, als sie ihn sahen. Andere, die im stinkenden Stroh gelegen hatten, rollten auf die Seite und standen auf, weil sie Angst hatten, daß sie sonst getreten wurden. Er schrie einen Befehl. Sofort kamen sechs* miliciens *die Treppe hinunter ins große Zimmer gestürzt. Sie richteten ihre Maschinenpistolen auf die Gefangenen. Die Gefangenen standen still, stocksteif. Sie warfen keinen Blick auf die Männer mit den Gewehren. Sie schauten ihn an. Dies war der Augenblick der Freude, der Moment der Macht. ›Ich bin Gott, ich bin Gott!‹*

*Legrand sah zu ihm hinüber. »Zu Befehl, mein Kommandant!«*

*Er blieb fast eine Minute stumm stehen. Dann sagte er: »Hosen runter. Alle!«*

*Sie begannen, ihre Hosen aufzuknöpfen. Hosen fielen auf die Knöchel. Er fuchtelte mit der Hand. »Die Unterhosen auch. Holt eure Schwänze raus.«*

*Sechsundvierzig Männer drehten sich zu ihm um, alle ließen ihre Schwänze raushängen. Er zog seinen Revolver aus dem Halfter und ging zum ersten Mann. Mit dem Lauf schob er den Penis hoch, um ihn besser anschauen zu können, dann den nächsten, den nächsten, den nächsten. Der vierte hatte einen schwarz aussehenden Schwanz, beschnitten. »Jude?« fragte er.*

*Der Mann ließ den Kopf hängen und blieb stumm. »Ja, der ist Jude«, sagte Legrand.*

*Er nickte den miliciens zu. Sie trieben den Mann in eine Ecke. Er fühlte jetzt den Rausch der Macht über Leben und Tod. Halte sie im Ungewissen. Die Widerständler wissen nicht, was ich vorhabe. Er ging zur nächsten Gruppe und schnipste mit dem Revolverlauf die Penisse hoch. Wieder war der vierte ein Itzig. Eine Handbewegung. Legrand begann zu grinsen. Die anderen Jungs auch. Jetzt kannten sie die Spielregeln. Aber er lächelte nicht. Er spürte, wie der Rausch der Macht bis in seinen eigenen Schwanz drang. Er hatte einen Steifen. Er wählte nur Juden aus, nur jene, deren Vorhaut vor langer Zeit von irgendeinem stinkenden Rabbi abgeschnitten worden war.*

*Doch in diesem Trupp von sechsundvierzig Leuten gab es nur vierzehn Itzigs. Egal. Er ließ sie sich in einer Reihe aufstellen. »Zieht die Hosen hoch«, befahl er. »Das ist vorläufig alles.«*

*Doch dann stellte Legrand die Frage, und er antwortete. Er sagte diesen Satz über die Juden, diesen Satz, der alles versaut hatte, der dafür sorgte, daß der Traum ihn wieder und wieder heimsuchte, dieser Unglückstraum, der Satz, den die Itzigs in ihrer Klage gegen ihn vorbrachten, der Satz, der sein Tun zu einem Verbrechen gegen die Menschlichkeit gemacht hatte.*

*»Wir haben hier nur vierzehn, Chef. Lecussan hat fünfzehn verlangt.«*

*»Uns fehlt ein Itzig«, sagte er. »Ich will Itzigs, nur Itzigs. Sonst niemand. Abtreten!«*

*Vierzehn Itzigs. Er war mit Legrand in jenem Wagen vorgefahren, den er von Lehmann beschlagnahmt hatte, ehe er Lehmann mit dem letzten großen, von Monsieur Le Préfet angeordneten Kontingent Juden nach Auschwitz geschickt hatte. Ein gelber Panhard-Zweisitzer mit offenem Verdeck, wirklich schmissig. Das Erschießungskommando und die Gefangenen fuhren in einem Laster hinterher. Als sie auf dem Friedhof eintrafen, gab er den Juden den Befehl, sich in einer Reihe vor der Friedhofsmauer aufzustellen. »Haben Sie die Pappschilder dabei?« fragte er Drumont. Er hatte um vierzehn Pappschilder mit den Namen der Juden gebeten.*

*»Warum diese Schilder?« fragte Legrand.*

*»Um das Volk zu beeindrucken.«*

*Die Jungs vom Erschießungskommando lachten. Sie waren nervös. Erschießungskommandos waren immer nervös.*

*Er liebte Hinrichtungen. Sie waren eine Spielart des Krieges. Der Feind war gestellt und in seiner Macht. Er war Gott. Er gab den Befehl.*

*Maschinenpistolen. Sie waren auf Feuerstöße eingestellt, aber selbst bei Maschinenpistolen mußte man auf Nummer sicher gehen. Es durfte keine Zeugen geben. Er ging mit Legrand die Reihe ab, erteilte den* coup de grâce, *eine Kugel in den Nacken. Dann hörten sie auf zu stöhnen. Und zuckten nicht mehr.*

*»Mit den Füßen zur Wand«, befahl er.*

*Das Erschießungskommando legte die Toten in eine Reihe, ihre Füße berührten die Wand. »Bindet ihnen die Namensschilder um«, befahl er. Die Schilder wurden den Männern um die Nacken gebunden. Eine letzte Zuckung schüttelte eine der Leichen, das Namensschild rutschte unter den Körper und wurde davon verdeckt.*

*»Macht nichts«, sagte er. »Laßt uns gehen.«*

»Hörst du endlich auf!« sagte Nicole. »So wie du zuckst, wirfst du mich noch aus dem Bett.«

Er tauchte aus seinem Traum auf. »Ich hab' nicht gezuckt«, sagte er. »Das war ein toter Jude.«

# 15

»Aber warum gerade ich?« fragte Valentin Professor Proulx, der einen Schritt vor ihm die große Steintreppe des erzbischöflichen Ordinariats hinaufging. Professor Proulx, alt und beleibt, gab keine Antwort, sondern sparte sich den Atem, bis er oben angekommen war. Dann blieb er stehen und sagte: »Gorschakow. Er steht auf der Liste der Leute, die Sie interviewen wollen, nicht wahr?«

»Stimmt, aber ich habe noch nicht mit ihm gesprochen.«

»Nun, der Kardinal hat mir gesagt, es hätte mit Gorschakow zu tun. Also dachte ich mir, daß Sie dabeisein sollten.«

Professor Proulx war der Vorsitzende der Kardinalskommission und Autor eines angesehenen Werkes über die Geschichte des modernen Frankreichs. Valentin hatte einigen Respekt vor ihm. Er fragte sich, wer sonst noch zu diesem außerordentlichen Treffen kommen würde, und erinnerte sich an das Dossier: Dom Wladimir Gorschakow, Karmelitermönch, Abt der Abbaye de Saint-Cros, Absolvent der Eliteschule, Maréchal Pétains Berater in den ersten Jahren der Vichy-Regierung, ehe er dem Orden der Karmeliter beitrat, ein weißrussischer Aristokrat, seine Mutter eine georgische Prinzessin, die von den Sowjets ermordet wurde, ein Konservativer, der den liberalen Ansichten des Kardinals ablehnend gegenüberstand. Der Inbegriff eines jener

Kleriker, die Brossard Unterschlupf gewährt haben mochten.

Der Kardinal stand mit dem Rücken zu einem großen Fenster, das auf die Place de la Fourvière hinausging. Zu seiner Rechten ein Priester, der als Pater Thiers von der Gesellschaft Jesu vorgestellt wurde. Auf einem Sofa zur Linken des Kardinals hatte es sich Monsignor Flandin, Sekretär der Kommission der Bischofskonferenz für die Beziehungen zum Judentum, bequem gemacht. Der Kardinal, ein großer, vornübergebeugter Mann, neigte grüßend den Kopf und bat Proulx und Valentin, sich zu setzen. Er selbst blieb stehen und zupfte geistesabwesend mit Zeigefinger und Daumen an seiner langen Nase.

»Meine Herren, was ich nun sage, betrifft Sie unmittelbar als Mitglieder unserer Kommission, aber ich möchte Sie bitten, jedes Wort streng vertraulich zu behandeln. Vergessen Sie nicht, wir sind keine Polizisten. Es ist also keineswegs unsere Aufgabe, Brossard an die Justiz auszuliefern. Ich betone dies, da mir die Entwicklungen der letzten Tage dies ratsam scheinen lassen. Am Montag abend hat mich Dom Wladimir Gorschakow von der Abtei Saint-Cros bei Salon angerufen, um mir zu sagen, daß Brossard den letzten Monat als Gast in seinem Kloster verbracht hat und vor einigen Tagen überraschend abgereist ist. Noch am selben Tag kam die Polizei ins Kloster und erzählte dem Abt, daß ein ausländischer Tourist ermordet und sein Wagen in einer Schlucht einige Kilometer vor Saint-Cros gefunden wurde. Die Polizei wollte wissen, ob Dom Wladimir oder einer der Mönche einen Gast erwartet hatte. Das war nicht der Fall. Beim Toten fand man keine Papiere, und seine Brieftasche fehlte, aber durch eine Kopie des Führerscheins, mit dem er sich von einer Firma in Marseille einen Wagen gemietet hatte, wurde er als Kanadier identifiziert. Dom Wladimir fiel auf, daß der im Führerschein eingetragene Name jüdisch klang. Wir wissen, daß mindestens zwei jüdische Kommandos versuchen, Brossard aufzuspüren und ihn vor Gericht zu bringen. Die Polizei kehrte dann noch einmal zurück, um Dom Wladimir mitzuteilen, daß der kanadische Führerschein des Toten gefälscht war. Dom Wladimir hat der Polizei natürlich nichts von Brossard und seiner überraschenden Abfahrt am Tag des Mordes erzählt. Doch er rief Dom André Vergnes an, den Vorsteher der Zisterzienserschule in Aix, einen alten Freund, bei dem Brossard des öfteren eingekehrt war, nachdem er Salon verlassen hatte, und Dom Wladimir berichtete ihm warnend von dem, was vorgefallen war. Zwei Tage später erhielt er einen Rückruf von Dom André, der ihm erzählte, daß Brossard tatsächlich aufgetaucht sei und darum gebeten habe, als Gast aufgenommen zu werden. Dom André, der Brossard in der Vergangenheit mehrfach beherbergt und ihn finanziell unterstützt hatte, weil er ihn für das Opfer einer lang anhaltenden Verfolgung hielt, wurde nun zum ersten Mal mißtrauisch und schickte ihn fort. Da die Möglichkeit bestand, daß Brossard in diesen Mord verwickelt war, entschieden diese beide Priester, es sei ihre Pflicht, mich darüber zu informieren, daß sie ihm Schutz gewährt hatten. Besonders Dom Wladimir sorgte sich darum, daß Brossard – wenn der Tote denn tatsächlich ein Jude und Brossard auf den Fersen gewesen war – den Jungen umgebracht und Papiere und Brieftasche an sich genommen haben könnte, um es wie einen Raubmord aussehen zu lassen. Falls Brossard tatsächlich in diese schreckliche Angelegenheit verwickelt ist und sich herausstellt, daß die Kirche ihm immer noch Zuflucht gewährt, werden die Medien von mir eine Erklärung fordern, und deshalb habe ich Sie heute hier zusammengerufen. Natürlich werde ich keine Tatsachen abstreiten, doch ich halte es nun für überaus ratsam, daß die Kommission mich mit einigen Antworten versorgt.«

»Was für Antworten?« fragte Professor Proulx.

»Ein vorläufiger Bericht würde äußerst hilfreich sein«, sagte der Kardinal. »Er könnte belegen, daß wir ehrlich bemüht sind, der Beteiligung der Kirche im Fall Brossard nachzugehen. Wenn möglich, sollten wir auch in einer ersten Erklärung darlegen, warum Brossard in den vergangenen Jahren von so vielen Priestern Unterstützung erhalten hat.«

Monsignor Flandin hob eine Hand. »Außerdem bleibt die knifflige Frage nach der Reaktion der jüdischen Gemeinschaft, meine Herren, falls wir zugeben müssen, daß Brossard noch immer von uns versteckt gehalten wird. Ich habe dem Oberrabbiner allerdings versichert, daß wir nichts dergleichen tun.«

»Natürlich verstecken wir ihn«, erwiderte der Jesuit. »Und trotz der Anordnungen von Euer Eminenz wird es weiterhin Priester geben, die ihm Zuflucht bieten. Also müssen wir herausfinden, wer diese Leute sind. Ich habe mich eingehender mit dem Problem befaßt und muß sagen, daß es offensichtlich ein System gibt. Brossard scheint feste Routen zu haben, denen er Jahr für Jahr folgt, gewisse Abteien und Priorate, die er regelmäßig aufsucht und die ihn beherbergen, ihn verköstigen und ihm manchmal auch eine Arbeit verschaffen.«

Er wandte sich an Professor Proulx: »Die vorläufigen Resultate der Kommission bestätigen doch meine Erkenntnisse, nicht wahr?«

»Ganz recht«, sagte Proulx. »Doch der Kreis seiner Unterstützer ist heute beträchtlich kleiner als in der Vergangenheit. Professor Valentin hat mir berichtet, daß die neue Anklage eines Verbrechens gegen die Menschlichkeit und die entsprechende öffentliche Aufmerksamkeit viele Priester anders über die Frage seiner Unschuld denken läßt.«

»Ich würde mich nicht darauf verlassen«, sagte der Jesuit und ließ ein nervöses Kichern hören. »Ergebenheit ersetzt in der Kirche sehr oft den Verstand.«

»Haben Sie noch einmal mit Dom Wladimir oder Dom André gesprochen, Euer Eminenz?« fragte Proulx. »Wenn sie ihre Ansichten über Brossard geändert haben, sind sie ja vielleicht in der Lage, uns zu helfen.«

»Ich habe mit beiden gesprochen. Ich habe ihnen gesagt, daß wir in diesem Augenblick vor allem weiteres Aufsehen vermeiden wollen und daß uns deshalb nichts daran liegt, Brossard aufzuspüren, um ihn der Polizei auszuhändigen. Doch als ich Dom Wladimir fragte, wo wir möglicherweise nach Brossard suchen könnten, sagte er nur, Brossard habe ihm früher einmal gesagt, daß er von Aix hin und wieder zu seinen priesterlichen Freunden nach Nizza gefahren sei.«

»Welchen Freunden, Euer Eminenz?« fragte Valentin.

Der Kardinal warf ihm einen kühlen Seitenblick zu, drehte sich um und schaute aus dem Fenster. Die Place de la Fourvière lag hell im Sonnenlicht. »Ich wiederhole, Professor, ich habe weder Sie noch Professor Proulx heute morgen hergebeten, damit Sie als Detektive tätig werden. Unsere, also Pater Thiers' und meine Aufgabe ist es, herauszufinden, wer diese Leute sind, und diesem Treiben ein Ende zu bereiten. Anschließend werde ich Ihnen natürlich alle Informationen zukommen lassen, über die wir verfügen.«

Höflich erwiderte Professor Proulx: »Ich bin mir sicher, Euer Eminenz, daß Professor Valentin nicht ungebührlich neugierig sein wollte.«

»Natürlich nicht«, sagte der Kardinal und wandte sich mit schmalem, höflichem Lächeln vom Fenster ab. »Wir haben alle viel zu tun. Der arme Monsignor Flandin hier steht vielleicht vor einer seiner schwierigsten Aufgaben, wenn er gezwungen sein wird, der jüdischen Gemeinschaft die fast unerklärliche Situation zu erklären. In der Zwischenzeit, meine Herren, wäre ich Ihnen überaus dankbar, wenn Sie sich mit den übrigen Mitgliedern der Kommission über die Frage beraten würden, ob Sie einen vorläufigen Bericht herausgeben könnten, aus dem hervorgeht, daß wir tatsächlich eine gründliche Untersuchung dieser Ereignisse in die Wege geleitet haben. Wenn Sie allerdings Dritten von der letzten Entwicklung in diesem Fall erzählen, vergessen Sie nicht, sie daran zu erinnern, daß diese Dinge strikter Vertraulichkeit unterliegen. Sie wissen, in welch prekärer Lage ich mich gegenwärtig befinde.«

Proulx stand auf und gab Valentin mit einem Blick zu verstehen, daß sie gehen sollten. »Lassen Sie mich offen mit Ihnen sprechen, Euer Eminenz. Wie Sie selbst dargelegt haben, besteht unsere Aufgabe darin, einen vollständigen und umfassenden Bericht dieser Ereignisse abzufassen. Er muß unparteiisch sein, und es darf nichts übereilt werden. Für den Augenblick kann ich Ihnen deshalb nicht versichern, daß meine Kollegen und ich damit einverstanden sein werden, einen vorläufigen Bericht herauszugeben, noch ehe alle Fakten gesammelt sind. Doch ich werde in dieser Angelegenheit der mehrheitlichen Meinung Folge leisten.«

»Mehr verlange ich auch nicht«, sagte der Kardinal. »Und ich danke Ihnen, daß Sie gekommen sind. Sie werden mir selbstverständlich Bescheid geben?«

»Ja, Euer Eminenz, das werden wir.«

Als sie wenige Augenblicke später die große steinerne Treppe hinuntergingen, sagte Proulx: »Ich habe ihm doch die Wahrheit gesagt, nicht?«

»Was meinen Sie?«

»Ein vorläufiger Bericht dient allein der Schadensbegrenzung. Und eben das will er. Wenn wir seinem Rat folgen, würden wir als bloße Apologeten der Kirche dastehen, doch das entspricht nicht unserer Anweisung.«

»Nicht nur das«, sagte Valentin. »Der Colonel der Gendarmerie, mit dem ich gesprochen habe, sollte hiervon erfahren. Wenn wir ihm diese Information vorenthalten, leisten wir der Verschleierung von Tatsachen Vorschub.«

»So weit würde ich nicht gehen, Professor. Die Polizei zu informieren ist nicht unsere Aufgabe. Das muß der Kardinal mit seinem Gewissen ausmachen. Ich meine, wir sollten ihm diese Entscheidung überlassen.«

›Sollten wir das?‹ fragte sich Valentin. Doch er hielt den Mund.

# 16

»Wer ist dort, bitte?«

»Sagen Sie ihm, Monsieur Pierre sei am Apparat.«

Als Rosa diesen Namen hörte, machte ihr Herz einen Sprung. Henri hatte ihr gesagt: »Wenn er anruft und ich bin nicht da, sorge dafür, daß er dir seine Adresse oder wenigstens eine Telefonnnummer gibt. Richte ihm aus, wir müßten dringend miteinander reden.«

»Monsieur Pierre«, sagte sie. »Gut, daß Sie anrufen. Er wartet bereits auf Nachricht von Ihnen. Hängen Sie bitte nicht auf, ich werde sehen, ob ich ihn finden kann.«

»Danke, Madame.«

Sie ging durch die Küche in den Garten. Sie wußte nicht genau, ob Henri noch da war. Er hatte gesagt, daß er vor dem Essen vielleicht noch zum Weinberg fahren würde. »Henri?« rief sie. »Henri?«

»Was ist?« Seine verärgerte Stimme kam aus dem Geräteschuppen am Ende des Garten. Er trat nach draußen und rieb sich die Hände, um die Erde abzustreifen.

»Telefon. Er ist dran.«

Henri nickte und ging rascher als üblich ins Haus. Sie folgte ihm in die Küche und sah, daß sein linkes Bein heftig zuckte, als er im Flur den Hörer abnahm. Etwas stimmte nicht, stimmte ganz und gar nicht.

»Hier Vionnet.«

»Monsieur Pierre. Haben Sie Neuigkeiten für mich?«

»Was für Neuigkeiten? Wo sind Sie?«

»Bei unserem letzten Gespräch sagten Sie, daß Sie den Paß überprüfen lassen wollten, den ich Ihnen gegeben habe. Haben Sie das vergessen? Außerdem wollten Sie mehr über dieses Kommando herausfinden.«

»Lesen Sie keine Zeitung?« fragte der Commissaire wütend. »Die Polizei in Salon hat herausgefunden, daß die Führerscheinnummer gefälscht war. Also ist der Paß wahrscheinlich auch gefälscht.«

»Tut mir leid. Das habe ich verpaßt. Ich fahre ziemlich viel herum, wissen Sie.«

»Wo sind Sie jetzt? In Aix?«

»Deshalb rufe ich an. Dieses Kommando, beziehungsweise die Leute, die dahinterstehen, die haben gewußt, wo ich in Aix zu finden war. Gestern morgen hat jemand vor dem Priorat Saint-Christophe auf mich gewartet. Zum Glück bin ich dem entwischt.«

»Und wo sind Sie jetzt? Verdammt, Mann, ich muß wissen, wo ich Sie finden kann.«

»Natürlich. Deshalb rufe ich an. Letzte Nacht war ich in einem Motel außerhalb von Aix. Jetzt bin ich auf dem Weg nach Nizza.«

»Zu der Adresse, die Sie mir gegeben haben? Zu den Freunden des früheren Erzbischofs von Dakar?«

»Deshalb rufe ich ja unter anderem an. Wenn mich diese Gruppe zweimal aufspüren konnte, dann deshalb, weil ich wie immer zum nächsten Ort auf meiner Route gefahren bin. Vielleicht finden die mich dann auch in Nizza.«

»Sie könnten recht haben«, sagte der Commissaire. »Was schlagen Sie vor?«

»Ich habe einen alten Freund, den Almosenier der Karmeliterabtei in Villefranche. Der Abt ist ein Mitglied der Chevaliers und kennt mich gut. Ich bin zwar seit zwei Jahren nicht mehr dort gewesen, aber man wird mich bestimmt aufnehmen.«

»Wann werden Sie dort eintreffen?«

»Morgen. Aber ich wollte mich vorher mit Ihnen kurzschließen. Haben Sie irgendwelche Neuigkeiten für mich?«

»Was für Neuigkeiten?«

»Über dieses Kommando. Die Sache ist ziemlich beunruhigend, das müssen Sie doch zugeben.«

»Wenn es Neuigkeiten gibt, werde ich Sie Ihnen mitteilen. Haben Sie Adresse und Telefonnummer der Abtei?«

»Die Abtei liegt an der Haute Corniche direkt außerhalb von Villefranche. Sie hat keine Hausnummer, liegt aber vier Kilometer hinter einem Kurhotel namens Bristol. Die Telefonnummer der Abtei lautet 93 65 32 97.«

»Gut. Rufen Sie mich morgen an. Auf jeden Fall, verstanden? Sind Sie sicher, daß man Sie aufnimmt?«

»Ja. Aber wenn was schiefläuft, gebe ich Ihnen Bescheid.«

»Machen Sie das.«

Commissaire Vionnet legte auf. Im selben Augenblick rief Rosa aus der Küche. »Zum Mittag gibt es Linsen mit Würstchen, *chéri*. Willst du jetzt essen?«

»Einen Moment. Ich muß erst noch einen Anruf erledigen.«

# 17

›Geschichte ist wie ein Echo‹, dachte Valentin, als er neben seinem Gesprächspartner über die gefliesten Wege der Tuilerien spazierte. Das heutige Echo erinnerte an de Gaulles Siegesmarsch über die Champs-Elysées vor vierundvierzig Jahren. Für Historiker jährte sich jedes Jahr etwas. Für gewöhnliche Menschen war die Geschichte begraben. Er blickte durch die verzierten Gitter der Tuilerien auf das Hôtel Meurice in der angrenzenden Rue de Rivoli. Wer von den Einkaufsbummlern, die an den Fenstern drüben vorbeieilten, wußte, daß dies in den Jahren der Okkupation der Sitz der deutschen Kommandantur in Paris gewesen war?

»In welchem Jahr wurden Sie geboren, Colonel?« fragte er seinen Gesprächspartner.

»'42.«

»Wir gehören also zur selben Generation. Ich wurde im Frühjahr '43 geboren.«

»In Lille?«

»Nein, in Bayeux. Und Sie?«

»Ich? In Dijon«, sagte Colonel Roux.

»Und wir sind beide zu jung, um uns an den Krieg erinnern zu können.«

»Ich erinnere mich nur daran, daß meine Eltern über den Krieg gesprochen haben.«

»Meine haben nie darüber geredet.«

»Meine schon«, sagte Roux. »Mein Vater war Schlachter. Er erzählte uns immer Geschichten über Piloten der Royal Air Force, die eine Menschenkette der Résistance in ihre Heimat zurückgeschleust hat. Er sagte, er habe bei einer solchen Kette mitgemacht. Die Résistance. Hinterher haben natürlich alle behauptet, dabeigewesen zu sein.«

»Wenn meine Eltern doch nur dabeigewesen wären«, seufzte Valentin. »Oder uns eine glaubhafte Lüge erzählt hätten. Haben sie aber nicht. Sooft meine Schwester und ich sie über diese Zeit ausfragen wollten, haben sie gesagt: ›Das würdet ihr nicht verstehen.‹ Meine Eltern hatten einen Textilwarenladen in Bayeux. Sie haben ihr Geschäft während der ganzen Besatzungszeit fortgeführt. Und wie die meisten kleinen Geschäftsleute erlebten sie das Ende des Krieges natürlich als einen Sieg der Kommunisten. Wenn ich so zurückdenke, dann fällt mir auf, daß sie immer gegen und nie für etwas waren. Pétain? Mein Vater behauptete einfach, der sei zu alt, um Frankreich führen zu können. Nach dem Krieg haben sie für de Gaulle gestimmt, aber ich glaube nicht, daß sie ihm seine *folie de grandeur* abgekauft haben. Ich frage mich nur, wofür sie eigentlich waren? Was hatten sie für Ideale? In der Besatzungszeit scheinen sie jedenfalls keine gehabt zu haben.«

»Was die Menschen damals getan haben, läßt sich heute nicht leicht beurteilen«, sagte der Colonel. »Wir mußten selbst nicht miterleben, wie die Deutschen durch unsere Straßen marschierten. Frankreich hatte den Krieg verloren. Pétain war ein alter Kriegsheld, der ideale Mann für die Rolle des ehrlichen Unterhändlers zwischen Frankreich und

Hitler. Wer war de Gaulle? Irgendein General in London, ein Emporkömmling, jemand, von dem unsere Eltern noch nie gehört hatten, der mit den Briten zusammenarbeitete, die Frankreich im Stich gelassen hatten, jemand, der sich selbst wie ein künftiger Diktator anhörte. Und seien wir doch ehrlich, in erster Linie wollte de Gaulle gar nicht gegen die Deutschen kämpfen und den Krieg gewinnen. Er wollte vor allem, daß die Angelsachsen ihn als Führer des Freien Frankreichs anerkannten und daß dieses Frankreich am Ende zu den Siegern gehörte. *Und* er wollte einen Sieg für sich beanspruchen, den Frankreich nicht verdient hatte.«

»Sie sind offenbar kein Gaullist?«

»Nein. Ich war einmal Sozialist. Was ich heute bin, weiß ich nicht.«

»Apropos de Gaulle«, sagte Valentin. »Kaum zu glauben, daß die Libération vierundvierzig Jahre zurückliegt.«

»Stimmt, aber was heißt das für die heute Zwanzigjährigen?«

»Das frage ich mich auch. Wahrscheinlich halten sie uns für Narren, weil wir einen alten französischen Faschisten vor Gericht bringen wollen, der Juden getötet hat, noch ehe diese Generation überhaupt geboren wurde.«

»Ich weiß«, sagte Roux. »Und doch ist es für mich der wichtigste Fall meiner Karriere.«

Valentin sah ihn rasch von der Seite an, eine hochgewachsene, militärische Gestalt mit erhobenem Kopf und forschem Schritt. Plötzlich blieb Roux stehen und sagte: »Und deshalb bin ich Ihnen dankbar für das, was Sie heute getan haben. Sie haben mir zwei Richtungen für meine Nachforschungen gewiesen. Zum einen werde ich mir diesen Mord mal genauer anschauen. Weiß die Polizei in Salon vielleicht etwas, das sie der Öffentlichkeit vorenthalten hat? Und zum anderen ermuntern mich Ihre Informationen, auf der gleichen Linie weiterzumachen wie mit Monsignor Le Moyne.«

»Wie meinen Sie das?«

»Ich habe ihm zu verstehen gegeben, daß ich als Verfolger längst nicht so gefährlich bin wie diese jüdischen Racheengel. Und ich glaube, mein Hinweis ist nicht ohne Wirkung geblieben. Eine ähnliche Wirkung erhoffe ich mir, wenn ich bei unserem Freund Dom Wladimir Gorschakow dieselbe Taktik anwende. Falls jemand Brossard an dieses Kommando verrät, muß ich ihn vor diesen Leuten erwischen. Aus beiden Gründen werde ich nach Salon fahren.«

»Wann?«

»Heute abend.«

*»Bourride!«* Inspektor Cholet stieß das Wort hervor wie ein Schauspieler, der einen Festumzug ankündigt. »Heute ist der eine Tag der Woche, Colonel, der einzige Tag der Woche, an dem Mère Michèle ihre *bourride* im Restaurant Tout Va Bien zum Mittagessen zubereitet. Als Sie heute morgen anriefen, nahm ich mir die Freiheit, einen Tisch für zwei Personen zu reservieren. Im Pantheon der Fischsuppe nimmt Mère Michèles *bourride* den Ehrenplatz ein.«

Roux, der das Gewicht des Kommissars eher auf dreihundert als auf zweihundert Pfund schätzte, begriff, daß dieses Mittagessen keine Angelegenheit von vierzig Minuten sein würde. Und als sie im Tout Va Bien eintrafen, einem Arbeiterlokal einige Straßen hinter der Préfecture de Police, wurden sie tatsächlich mit Handschlag und einer Begrüßung, wie sie Stammgästen gebührt, an einen Tisch in einem separaten Alkoven geführt, der für ein vertrauliches tête-à-tête wie geschaffen war. Inspektor Cholet setzte sich mit dem Rücken zur Wand, stopfte sich eine karierte Serviette in den Hemdkragen, hielt ein Glas Chablis in der Hand und vermittelte den Eindruck eines Mannes, dessen Nachmittag im Büro kurz sein würde.

Doch er hörte aufmerksam zu. Roux nahm an, daß er zu jenen leutseligen beleibten Männern gehörte, die den rasiermesserscharfen, inquisitorischen Verstand, der hinter ihren gutmütigen Antworten steckte, erfolgreich zu verbergen wußten. Roux hatte beschlossen, ihm eine geglättete Version von Valentins Entdeckungen mitzuteilen, daß Roux' Büro nämlich durch eine vertrauliche Quelle erfahren habe, Brossard sei Gast in der Abbaye de Saint-Cros gewesen und am Abend des Mordtages überraschend abgefahren. Roux betonte, daß er als verantwortlicher Offizier der Fahndung nach Brossard diese Information an Inspektor Cholet weitergebe, da er es für seine Pflicht halte, ihn wissen zu lassen, daß eine Verbindung zwischen Brossard und dem Mord bestehen könnte. Als Gegenleistung wollte er wissen, ob die Polizei von Salon etwa einige Fakten in diesem Fall noch nicht der Öffentlichkeit bekannt gemacht hatte.

»Sie wissen natürlich, daß wir den Abt von Saint-Cros verhört haben?« fragte der Inspektor.

»Man hat es mir gesagt. Aber ich kann mir nicht vorstellen, daß er Ihnen gestanden hat, Gastgeber eines gesuchten Kriminellen gewesen zu sein.«

»Das hat er tatsächlich nicht. Doch als ich unsere Unterlagen durchging, ist mir aufgefallen, daß wir '71, kurz vor dem Gnadenerlaß des Präsidenten, die Abtei aufgesucht haben, um Nachforschungen in diesem Zusammenhang anzustellen. Die Nachforschungen, das gebe ich zu, waren recht oberflächlich. Und nach dem Gnadenerlaß wurden sie natürlich eingestellt.«

»Und später, als die neue Anklage gegen ihn erhoben wurde – die Anklage eines Verbrechens gegen die Menschlichkeit –, wurden da die Nachforschungen wieder aufgenommen?«

Der Inspektor lächelte, langte über den Tisch und schenkte Roux noch einmal ein. »Sicher, offiziell. Sie wissen, daß diese Nachforschungen von der *préfecture* in Paris geleitet wurden. Ich kann Ihnen allerdings nur sagen, daß man uns hier in Salon nicht gebeten hat nachzuprüfen, ob sich Brossard noch in dieser Gegend aufhält.«

»Merkwürdig.«

Der Inspektor zuckte die Achseln. »Ja, ich gebe zu, das ist merkwürdig. Es gibt Leute, die behaupten, daß die Polizei ihn eigentlich gar nicht finden wollte. Da ich persönlich nicht mit dieser Angelegenheit befaßt war, kann ich nicht sagen, ob es stimmt oder nicht. Ich hoffe natürlich letzteres. Jedenfalls kann ich Ihnen versichern, daß mir bislang noch keine Anweisungen von meinen Vorgesetzten vorschreiben, wie ich mich Ihnen gegenüber verhalten soll. Und so biete ich Ihnen von Offizier zu Offizier meine volle Zusammenarbeit an.«

»Danke.«

»Also gut. Wir sind Kollegen. Mir persönlich ist es egal, wer Brossard findet. Meine Aufgabe ist es, Verbrecher festzunehmen. Ich bin kein Politiker. Sie wahrscheinlich auch nicht, nehme ich an. Also betrachten wir den Fall einmal gemeinsam. Wer sollte ihn erschiessen wollen? Verwandte seiner Opfer? Die meisten von ihnen waren Juden. Stimmt's?«

»Korrekt.«

»Eine jüdische Gruppe also, Colonel. Niemand der bekannteren Nazijäger wie die Klarsfelds oder das Wiesenthal-Zentrum. Das wäre nicht ihre Art. Aber vielleicht Verwandte der Opfer, Leute, die eine persönliche Rechnung zu begleichen haben.«

»Genau.«

»Kennen Sie ein solches Kommando, Colonel?«

»Nein. Es ist einfach nur eine Vermutung, eine Annahme.«

Der Inspektor lehnte sich zurück, schnüffelte. »Riechen Sie das? Das dürfte die *bourride* sein. Colonel, Ihnen steht ein Festmahl bevor.« Er hielt ihm die Flasche hin. »Einen *petit vin blanc*?«

»Gern, danke. Ein guter Wein. Hier aus der Gegend?«

»Aus dem Luberon. Unsere Weine haben sich im letzten Jahrzehnt sehr gemacht. Kehren wir zurück zu Ihrer Annahme, Colonel. Die Frage, die sich mir stellt, lautet: Wenn dieser Mann ein Attentäter war und Brossard ihn in Notwehr getötet hat, warum hat er ihm dann das Geld und die Papiere abgenommen?«

»Vielleicht wollte er es wie einen gewöhnlichen Raubmord aussehen lassen? So hatte ihn niemand damit in Verbindung bringen können.«

»Möglich«, sagte der Inspektor. »Aber Sie vergessen etwas. Etwas, daß wir *nicht* publik gemacht haben. Im Auto des Toten lag im Handschuhfach ein Revolver. Er war mit einem Schalldämpfer versehen. Nicht gerade die Art Waffe, wie sie ein kanadischer Tourist auf seinen Europaurlaub mitnimmt. Außerdem war sie präpariert. Keine Seriennummer. Und die Kleidung des Toten, Hose, Hemd, Jacke, stammt aus Frankreich, nicht aus den Staaten oder Kanada.« Der Inspektor hielt inne, stellte sein Glas ab und hob die Hände zu einem Willkommensgruß. »Aha! Hier ist sie, die erste Portion unserer *bourride*. Und Madame höchstpersönlich! Colonel Roux, darf ich Ihnen Mère Michèle vorstellen, eine nationale Kostbarkeit.«

Mère Michèle, die den Kellner mit der ersten Schüssel *bourride* begleitete, schüttelte dem Inspektor wie auch dem Colonel die Hand und sah lächelnd zu, als die Suppe serviert wurde. »*Bon appétit*, Messieurs.«

Nachdem Mère Michèle gegangen war, probierte Roux die *bourride*. »Köstlich. Wir sollten uns dies Vergnügen nicht verderben, indem wir über Arbeit reden. Ich muß allerdings sagen, daß mich Ihr Kommentar über die Waffe des Toten und seine Kleidung fasziniert hat. Vielleicht sollte uns der kanadische Führerschein nur auf eine falsche Fährte locken. Offenbar war er wohl doch eher ein Franzose und ein Verwandter von einem der Juden aus Dombey, die allesamt Bürger Frankreichs waren.«

Der Inspektor schüttelte den Kopf, dann wischte er sich den Mund mit der Serviette. »Ein Verwandter? Das bezweifle ich.«

»Warum?«

»Ich sah den Leichnam. Der Mann war nicht beschnitten.«

»Sind Sie sicher?«

Der Inspektor nickte. »Ganz sicher. Wir haben ihn auf Vorstrafen überprüfen lassen, um festzustellen, ob er ein vom Kommando angeheuerter Profi war. Ich habe die Fingerabdrücke nach Paris schicken lassen und erhielt ein Telex von der *préfecture* in Paris, demzufolge die Abdrücke in keiner Kartei verzeichnet sind, auch nicht in denen der kanadischen Polizei.«

Die Geräusche im Restaurant, das gedämpfte Murmeln der im größeren Raum geführten Unterhaltungen, das Klirren des Bestecks, das Schlagen der Türen, wenn die Kellner aus der Küche kamen, all dies verschmolz für Roux einen Augenblick lang zu einem wirren und fernen Brausen. Die *préfecture* in Paris. Dumpf starrte er Inspektor Cholet an, der lächelnd einem nahenden Kellner entgegensah.

»Aha! Hier kommt die zweite Portion unserer *bourride*, Colonel. Ich glaube, heute wurde sie mit Steinbutt zubereitet.«

# 18

Pater Jérôme, der *père hospitalier*, überquerte den Hof der Abbaye de Saint-Cros und betrat das *atelier*. Zwanzig Mönche saßen an ihren Tonscheiben. Sechs weitere Mönche standen an den Zeichentischen und machten Entwürfe. Bruder Julius und der Abt führten am anderen Ende des Raumes ein Gespräch. Der Abt sah ihn eintreten. »Ja, Jérôme?«

»Im Besucherzimmer wartet ein Offizier der Armee, Vater Abt, der mit Ihnen sprechen möchte. Er gab mir diese Karte.«

Der Abt warf einen Blick auf die Visitenkarte und steckte sie in den Ärmel seiner Robe, dann wandte er sich an Bruder Julius. »Lassen Sie es mich wissen«, sagte er, »wenn die Fracht für Dijon fertig ist.«

»Ja, Vater Abt.«

»Bringen Sie ihn in mein Arbeitszimmer«, sagte der Abt zu Jérôme. »Ich bin auf dem Weg dahin.«

Während er über den Hof ging und die Wendeltreppe hinaufstieg, zog der Abt noch einmal die Karte hervor und betrachtete sie. ›Militärpolizei. Diese neue Richterin hat der Armee das Dossier übergeben. Und im Dossier steht, daß Brossard des öfteren bei uns gewohnt hat.‹

Dom Wladimir betrat sein Büro und ging an den wuchtigen Tisch, der ihm als Schreibtisch diente. Er legte die

Keramikbestellung der Galerie Lebrun in Dijon in den Kasten mit dem Posteingang. Dann hörte er es klopfen. Er ging zur Tür, öffnete und hielt dem Besucher seine Hand zum Gruß hin.

»Colonel Roux? Guten Morgen. Bitte kommen Sie herein. Nehmen Sie Platz. Was darf ich Ihnen anbieten?«

Dieser Offizier gefiel ihm. Galauniform, Handschuhe, makelloses *tenue*. Dom Wladimir hatte in früheren Zeiten in einem Kavallerieregiment gedient.

»Ich weiß nicht, ob Ihnen bekannt ist, daß die Gendarmerie mit der Aufgabe betraut wurde, den flüchtigen Pierre Brossard zu finden. Ich bin hergekommen, um Sie zu fragen, ob Sie uns bei unseren Nachforschungen helfen können.«

»Brossard. Ja. Was wollen Sie wissen?«

»Mir wurde gesagt, daß er in diesem Jahr für einen Zeitraum von fast einem Monat Ihr Gast war.«

»Was Sie nicht sagen«, antwortete Dom Wladimir kühl. »Darf ich Sie fragen, woher Sie Ihre Information haben?«

»Das ist leider vertraulich.«

»Nun, Colonel, Sie wissen wahrscheinlich, daß in den meisten mönchischen Orden, unseren eingeschlossen, Reisenden Asyl gewährt wird, wenn sie darum bitten, und daß diese Bitte ebenfalls vertraulich behandelt wird. Bevor ich also Ihre Frage beantworte, hätte ich gern gewußt, ob Ihnen diese Geschichte von einer kirchlichen oder einer nichtkirchlichen Quelle berichtet wurde.«

»Von einer nicht-kirchlichen Quelle. Doch sie ist überaus verläßlich.«

Scheinbar verwirrt hob Dom Wladimir die Hände. »Sagen Sie, wer wäre in diesen Dingen schon eine völlig verläßliche Quelle? Was wissen Sie über die Vorurteile dieser Auskunftsperson, ihre Vorstellungen?«

»Ich glaube, dieser Informant ist unvoreingenommen.«

»Kein Informant ist völlig unvoreingenommen, Colonel. Um die Lage klarzustellen, will ich Ihnen *meine* Vorurteile gestehen. Ich bin der Sohn weißrussischer Aristokraten. Ehe ich die Priesterweihe empfangen habe, war ich ein Diener der Vichy-Regierung, und ich bin davon überzeugt, daß Gottes Gnade der Gerechtigkeit der Menschen überlegen ist. Ich denke, dieser Glaube oder dieses Vorurteil, wenn Sie so wollen, ist für diesen Fall überaus wichtig.«

»Erlauben Sie mir, Vater Abt, ohne respektlos sein zu wollen, die Frage, ob Sie glauben, daß Priester wie Sie das Recht haben, Brossard seine Verbrechen zu vergeben?«

»Unsere Vergebung wird im Namen Gottes im Sakrament der Beichte gewährt. Wir sind gehalten, Gottes Vergebung allen Sündern zukommen zu lassen, die ihre Sünden ernstlich bereuen.«

»Aber hat Brossard je wirklich bereut, Vater Abt? Jenen zufolge, die sich bislang für ihn eingesetzt haben, hat er stets behauptet, daß die von ihm verantworteten Morde und Folterungen militärische Aktionen waren, daß er alles, was er tat, im Dienste der Vichy-Regierung getan hat, da er Maréchal Pétain treu ergeben war.«

»Ich bin nicht sein Beichtvater, Colonel, also kann ich Ihnen darauf nicht antworten. Doch Monsignor Le Moyne, der sein Beichtvater *war*, hat mir versichert, daß Brossard Gott um Vergebung für seine Taten gebeten und nach der Beichte die Absolution erhalten hat. Der christliche Akt der

Vergebung kann keine Rache gutheißen, wie schrecklich die Verbrechen des Sünders auch gewesen sein mögen.«

»Sie wissen natürlich, daß dies eine Verfälschung der kirchlichen Lehren ist?«

Der Abt brach in ein gereiztes Gelächter aus. »Was Sie nicht sagen. Bitte klären Sie mich über meinen Irrtum auf, Colonel.«

»Mir scheint, daß Vergebung fehl am Platz ist, wenn sie jene außer acht läßt, die verletzt und mißhandelt wurden, und wenn sie einzig auf den Beichtschwur der Reue hin gewährt wird. Ich denke, da wird göttliche Vergebung mit jener Vergebung verwechselt, die ein einzelner Mensch einem anderen Menschen gewähren kann. In diesem Fall mit jener Vergebung, die Monsignor Le Moyne diesem Brossard gewährt hat.«

»Ich fürchte, Sie haben nicht begriffen, worauf ich hinauswollte, Colonel. Doch wie dem auch sei, Sie dürfen nicht vergessen, daß tatsächlich von offizieller Seite Vergebung gewährt wurde, in diesem Fall war es der Präsident der Republik selbst, der Brossard begnadigt hat. Wann? '71? Ja, '71. Der damalige wie auch unser jetziger Präsident sind der Ansicht, daß es so viele Jahre nach diesen Geschehnissen Zeit für eine Versöhnung ist, Zeit, Haß und Unrecht jener Jahre der Okkupation hinter uns zu lassen. Ich muß sagen, in diesem Punkt bin ich einer Meinung mit dem Präsidenten.«

»Sie wissen, Vater Abt, daß Brossard nun eines Verbrechens angeklagt wird, das zu vergeben keinem Präsidenten die Macht gegeben ist, eine internationale Anklage, die ihm ein Verbrechen gegen die Menschlichkeit zur Last legt. Das Gesetz fordert sein Recht. Doch ich bin heute morgen nicht hergekommen, um Sie um etwas zu bitten, das Ihnen Ihr Gewissen nicht erlauben würde. Ich bitte Sie um Ihre Hilfe, weil Brossard in großer Gefahr schwebt. Er ist ein alter Mann. Verhaftet man ihn und stellt ihn vor ein Gericht, wird er freigesprochen, oder er verbringt den Rest seines Lebens im Gefängnis. In jedem Fall kann er vermutlich die ihm zugedachte Spanne an Jahren auch erleben. Doch wenn wir ihn nicht innerhalb der nächsten Tage finden und in Gewahrsam nehmen, wird man ihn womöglich ermorden.«

»Woher wollen Sie das wissen?«

»Sie erinnern sich an den Touristen, der vor einigen Tagen erschossen und dessen Auto in eine Schlucht gestürzt wurde? Die Polizei hat Sie nach ihm befragt.«

»Ja, das stimmt.«

»Wir gehen inzwischen davon aus, daß der Tote ein professioneller Killer war. Wir glauben, daß er von einem jüdischen Kommando angeheuert wurde, das vermutlich jene Juden rächen will, die Brossard in Dombey hingerichtet hat. Wir vermuten außerdem, daß diese Gruppe in Kontakt mit einer Person steht, die Brossards Reiseroute genau kennt. Denn daß er eine Route hat, steht mittlerweile fest. Wir wissen darüber hinaus, daß er im vergangenen Jahr von einer kirchlichen Zuflucht zur anderen zog und selten länger als einige Wochen an einem Ort blieb. Wir wissen auch, daß Kardinal Delavigne sich mit der Bitte an den französischen Klerus gewandt hat, künftig alle kirchlichen Tore vor ihm zu verschließen. Also wird er sich nun auf jene verlassen müssen, die die Wünsche des Kardinals ignorieren werden, vermutlich also jene rechtsgerichteten, traditionalistischen Kleriker, die als *›intégristes‹* bekannt sind.«

»Ich gehöre nicht zu ihnen«, sagte der Abt. »Die verleugnen Rom. Dennoch habe ich der Bitte des Kardinals nicht Folge geleistet, was als Abt eines Mönchsordens übrigens mein gutes Recht ist.«

»Wissen Sie denn, wie ich diese *›intégristes‹* finden kann? Oder wo ich Brossard antreffen könnte?«

Der Abt erhob sich und trat ans Fenster seines Arbeitszimmers. Im Morgendunst schwebte die Sonne über dem felsübersäten Abgrund jenseits der Klostermauern. Der Abt sprach mit leiser Stimme und hielt seinem Besucher den Rücken zugewandt.

»Sie sind nicht ehrlich zu mir, Colonel. Dieser vermeintliche Killer wurde getötet, nicht wahr? Und Sie glauben, daß Pierre Brossard der Mann ist, der ihn erschossen hat. Wenn ich Ihnen nun helfen könnte, Brossard zu finden, würden Sie ihm wegen dieses Mordes den Prozeß machen.«

»Das wäre eine Entscheidung der Polizei von Salon«, sagte Roux. »Und es würde ihr nicht leichtfallen, ihm diesen Mord zu beweisen. Einmal abgesehen davon, daß er sich auf Notwehr berufen könnte, kann ich mir nicht vorstellen, daß ein alter *milicien* wie Brossard irgendwelche belastenden Spuren hinterläßt. Die Polizei in Salon nimmt sogar an, daß er dem Toten eben deshalb die Papiere abgenommen hat.«

Der Abt wandte den Blick mit einem Ruck von dem Abgrund ab. »Die Polizei hält Brossard also für den Mörder?«

»Ja.«

»Und Sie, Colonel, was glauben Sie?«

»Ich glaube auch, daß er ihn getötet hat. Und ich glaube zudem, daß dieses Kommando höchstwahrscheinlich einen zweiten Attentäter ausschicken wird, um Brossard zu töten. Offenbar sind sie gut organisiert und informiert. Deshalb bitte ich Sie ja um Ihre Hilfe. Wir müssen Brossard finden, ehe diese Leute ihn finden.«

»Oder ehe er wieder tötet.«

Einen Augenblick schwiegen sie. Dann ging der Abt zurück an seinen Tisch, laut hallten seine schweren Schuhe über die Dielen seines Arbeitszimmers. Er setzte sich in seinen Stuhl, öffnete ein abgewetztes, ledernes Notizbuch und sah Roux an.

»Ich werde Ihnen helfen, Colonel, so gut ich kann. Nicht, weil ich Brossard vor der Kugel eines Killers bewahren will – allerdings möchte ich auch nicht, daß er getötet wird –, sondern weil ich, wenn es stimmt, was Sie sagen, törichterweise einem Mörder Unterschlupf gewährt habe, einem Mörder, der erneut töten wird, wenn man ihn bedroht. Ich begreife jetzt, daß es ein Irrtum war, die Bitte des Kardinals zu mißachten.« Der Abt schwieg und sah in sein Notizbuch. »Ich kenne einige der Gewohnheiten von Brossard. In den letzten Jahren ist er finanziell von einer als Chevaliers de Sainte-Marie bekannten Gruppe unterstützt worden. Haben Sie schon davon gehört?«

»Eine katholische Laiengruppe, nicht wahr?«

»Stimmt, etwa vierhundert Mitglieder, überwiegend ultrakonservativ, zu denen aber auch Leute zählen, die der Résistance angehörten. Sie wissen wahrscheinlich, Colonel, daß viele Anhänger der Résistance ebenso gegen die Kommunisten wie gegen die Nazis waren. Manche davon sind heute bei den Chevaliers. Sie führen eine Art Kreuzzug gegen Kommunisten und Freimaurer. Gegen die Feinde Frankreichs.«

»Und gegen die Juden?«

»Nicht direkt, nein. Bischof Grasset ist der Anführer der Bewegung und gehört natürlich auch der etablierten Kirche an. Die Chevaliers stehen mit den *intégristes* in Verbindung, diesen rechtslastigen Katholiken, die Rom abgeschworen haben; den Chevaliers aber ist es bislang gelungen, unter dem Dach der katholischen Kirche zu bleiben. Zum Beweis dafür und mit dem Segen des offiziellen Klerus halten sie alljährlich am Karfreitag einen Festgottesdienst in der Sacré-Cœur-Basilika in Paris ab, zu dem sie mit einem goldenen Kreuz bestickte Samtumhänge tragen. Das höfische Zeitalter, der Kreuzzug der Ritter, etwas in der Art.«

»Und die, sagten Sie, unterstützen Brossard finanziell?«

»Ja. Jedesmal, wenn er länger als einen Monat bei uns blieb, traf ein Brief mit einer Zahlungsanweisung über dreitausend Francs bei uns ein. Brossard bat gewöhnlich unseren Almosenier, ihn einzulösen. Der Absender war anonym, aber als wir einmal Schwierigkeiten mit dem Einlösen hatten, stellte unser Almosenier einige Nachforschungen an und fand heraus, daß die Anweisung unter Angabe der Adresse der Chevaliers in Paris abgesandt worden war. Wenn Brossard bei meinem Freund Dom André Vergnes in Aix wohnte, traf dort ein ähnlicher Brief für ihn ein. Dom André, der mit einem hochrangigen Mitglied der Chevaliers befreundet ist, erwähnte ihm gegenüber einmal Brossard und den Brief. Und dieser Freund sagte: »Natürlich. Pierre ist einer von uns.«

»Also ist er auch ein Chevalier?«

»Ich glaube schon. Und deshalb ist es auch ziemlich sicher, daß ihm von nun an von gewissen Priestern geholfen wird, die in enger Verbindung mit den Chevaliers stehen. Falls er seiner üblichen Route folgt, werden Sie ihn zur Zeit in einem gewissen Priorat in Villefranche finden können. Ich weiß, daß er dort gelegentlich übernachtet hat, ehe er zum Priorat der *intégristes* nach Nizza weiterfuhr. Das Priorat in Villefranche ist ziemlich konservativ.«

»Haben Sie die Adresse des Priorats?«

»Ja. Ich gebe sie Ihnen. Allerdings gibt es da noch etwas, dem Sie vielleicht nachgehen sollten, auch wenn ich nicht weiß, was es zu bedeuten hat. Als Brossard unser Gast war, gehörte es zu seinen Gewohnheiten, nachmittags des öfteren nach Salon zu fahren und sich die Zeit in einem Café namens Bar Montana zu vertreiben. Außerdem bat er nicht selten unseren *père hospitalier*, das Telefon benutzen zu dürfen, um in der Bar anzurufen. Und Pater Jérôme, der bei diesen Anrufen zugegen war, erinnert sich, daß er stets dieselbe Frage stellte. Er wollte wissen, ob ein Brief für ihn angekommen war. Manchmal regte er sich dann schrecklich auf, wenn die Antwort negativ ausfiel. Halten Sie davon, was Sie wollen. Ich dachte nur, ich sage es Ihnen lieber.«

»Ich bin froh, daß Sie es mir gesagt haben. Und die Adresse des Priorats in Villefranche?«

Der Abt schraubte die Kappe seines altmodischen Füllfederhalters ab und begann zu schreiben.

# 19

»Einen *petit vin blanc*, Inspektor?« Und auch für Ihren Freund?« Madame Marchand gab ihrem Sohn Jules, der hinter der Theke stand, einen Wink. »Roger ist im Keller. Ich hole ihn.«

Als Jules die Gläser vor ihnen abstellte, zeigte ihm Inspektor Cholet die Fotos. Jules, Anfang zwanzig, griff nach dem zweiten Foto, das den älteren Brossard zeigte, und lachte. Er trug einen langen Pferdeschwanz und im rechten Ohr einen kleinen goldenen Ohrring. »Ja, ich glaub, das ist er. Der alte Drecksack. Papa kennt ihn. Er hat sich mal mit ihm angelegt.«

Roger Marchand, Besitzer der Bar Montana, kam die Kellertreppe hinauf. Er gab Cholet die Hand und wurde Roux vorgestellt, besah sich das zweite Foto und stieß einen Pfiff aus. »Das soll der Brossard sein, den sie begnadigt haben? Der, über den *Le Méridional* geschrieben hat?«

»Das ist er«, sagte Roux. »Das Foto ist natürlich schon einige Jahre alt. Kann sein, daß er heute anders aussieht.«

»Nein, tut er nicht. Scheiße, wenn ich gewußt hätte, wer das ist, hätte ich ihm schon vor einer Ewigkeit in den Hintern getreten.«

»Du erinnerst dich an den Krach wegen der *noirs*, Papa?« fragte Jules.

»Natürlich. Jetzt ergibt das Ganze auch einen Sinn. Als er letztes Jahr hier war, hat er sich wütend bei mir beschwert, weil sich ein paar schwarze Kids an den Tisch neben ihn gesetzt hatten. Sie kommen nicht oft her, sie haben ihre eigenen Cafés. Er fing damit an, daß er fragte, wie ich erwarten könne, daß meine Gäste von denselben Tellern essen und aus denselben Tassen trinken würden, die von stinkenden *noirs* benutzt worden waren. Ich sagte ihm: ›Hören Sie, Sie sind kein Stammgast, Sie kommen bloß hin und wieder vorbei, und daß wir Ihre Post für Sie annehmen, dafür sind wir Ihnen gerade gut genug. Aber wenn Ihnen die *noirs* nicht gefallen, lassen Sie sich die Post gefälligst woandershin schicken.‹«

»Aber das hat er nicht getan, oder?« fragte Inspektor Cholet.

»Nein. Als ich das sagte, hat er klein beigegeben.«

»Diese Briefe«, sagte Roux. »Wissen Sie sonst noch was darüber?«

»Ja. Es waren Einschreiben, ich mußte ihren Empfang immer quittieren. Sie kamen aus Paris, aber mehr kann ich Ihnen auch nicht sagen.«

»Wie oft kamen sie?«

»Immer nur einer. Meistens blieb der Kerl ein paar Wochen, und der Brief kam einige Tage vor seiner Abreise.«

»Und hat er jemals mit Ihnen geredet? Hat er sich hier mit jemandem getroffen? Wissen Sie noch etwas, das uns helfen könnte?«

»Nein, er hat nie mit jemandem gesprochen. Er kam nachmittags, und ich weiß noch, daß er immer *Le Monde* und diese andere Pariser Zeitung – *Libération* – gelesen hat.

Er bestellte sich einen Kaffee oder ein Bier und blieb ein paar Stunden, um sich den Arsch breit zu sitzen. Ich habe ihn für einen Rentner gehalten, der hier vielleicht in der Gegend jedes Jahr für ein paar Wochen seine Verwandten besucht. Ehrlich gesagt, ich habe kaum auf ihn geachtet.«

»Der hier hat ihm nicht gepaßt«, sagte Jules und befingerte seinen goldenen Ohrring. »Und meine Frisur auch nicht.«

»Und unter welchem Namen haben Sie ihn gekannt?« fragte Roux. »Ich meine, was stand auf dem Brief, der für ihn hier eintraf?«

»Pouliot. Monsieur Pouliot, c/o Bar Montana.«

# 20

Richterin Livi ging durch das Vorzimmer und sah den Colonel in ihrem Büro warten. Sie blieb am Tisch ihrer Sekretärin stehen. »Ich will nicht gestört werden. Bitte keine Anrufe durchstellen.«

»Wie Sie wünschen, Madame.«

Sie betrat ihr Büro und schloß die Tür hinter sich. Sie gaben sich die Hand. »Seit wann sind Sie zurück?«

»Seit gestern abend.«

»Erfolg gehabt?«

»Ja. Aber wir vollführen einen Drahtseilakt. Das heißt, eigentlich vollführe nur ich ihn, und Sie, Madame, sind in diesem Fall meine Vorgesetzte. Nur Sie allein.«

»Ich verstehe Sie nicht.«

»Ich brauche einen Durchsuchungsbefehl für ein Ordenshaus, und ich brauche ihn sofort. Er muß unter größter Geheimhaltung ausgestellt werden. Ich habe zwar keine Ahnung, ob es in der Gendarmerie eine undichte Stelle gibt, aber ich weiß jetzt, daß in diesem Fall alles möglich ist. Wir können weder der Polizei, noch dem Ministerium oder der DST vertrauen. Wenn wir Brossard in eine Falle locken wollen, dürfen wir überhaupt keinem Beamten des französischen Staates trauen. Langsam wird mir klar, in was für einem Labyrinth wir stecken.«

»Was ist in Salon passiert?«

»Der Ermordete war kein Jude, sondern höchstwahrscheinlich ein gedungener Killer. Doch nachdem Inspektor Cholet von der Polizei in Salon die Fingerabdrücke des Leichnams nach Paris geschickt hat, erhielt er ein Fax mit der Antwort, daß diese Abdrücke in keiner Datei gespeichert sind. Falls er aber tatsächlich ein Profi war, sind seine Abdrücke mit Sicherheit irgendwo registriert. Das bringt mich ins Nachdenken. Was, wenn diese Abdrücke in der Pariser Datei waren und gelöscht wurden?«

»Aber warum?«

»Ich weiß nicht. Wie gesagt, es ist ein Labyrinth. Ich habe noch einige Unstimmigkeiten entdeckt. So wird Brossard zum Beispiel von einer rechtslastigen katholischen Gruppierung names Chevaliers de Sainte-Marie finanziell unterstützt, und zwar schon ziemlich lange. Sie schicken ihm eine monatliche Zuwendung von 3000 Francs. Das ist verständlich. Außerdem aber scheint er regelmäßig eine weit größere Summe von einer Pariser Quelle zu beziehen. Warum?«

»Sie sprachen von einem Labyrinth«, sagte Richterin Livi. »Ich habe die letzten Tage in diesem Labyrinth verbracht und mich durch die Dossiers einiger Jahre gekämpft. Und mir sind ein paar ziemlich seltsame Dinge aufgefallen. 1961, als algerische Gruppen rechter *pieds-noirs* aus Protest gegen den Krieg in Algerien in Paris Bomben legten, war Brossard ein gesuchter Verbrecher, dennoch hat sich der Chef der staatlichen Anti-Terror-Einheit insgeheim durch einen Anwalt mit Brossard in Verbindung gesetzt und ihn gebeten, Informationen über diese Gruppen zu sammeln, da er bekanntlich mit ihnen in Verbindung stand. Sie erinnern sich, er hat schon einmal, in der Zeit unmittelbar nach 1945, als Informant für die Polizei gearbeitet.«

»In der Rue des Saussaies, wo er seinen Freund Abbé Feren und andere verraten hat.«

»Und wo man ihn praktischerweise aus dem Gefängnis spazieren ließ, als der Commissaire beim Mittagessen war«, sagte Richterin Livi. »Ein interessanter Aspekt. Der Commissaire, aus dessen Büro er entkommen konnte, lebt heute im Ruhestand. Er heißt Henri Vionnet. Zur Zeit der algerischen Bombenattentate taucht sein Name noch einmal in den Dossiers auf.«

»Aber Vionnet ist nicht in der Anti-Terror-Einheit, oder?«

»Nein, er gehörte zur regulären Polizeitruppe. Die DST hat sich an ihn gewandt, da er als Spezialist für den Fall Brossard gilt. Er wohnt in Avignon.« Richterin Livi lehnte sich in ihren Sessel zurück, faltete die Hände, als ob sie beten wollte, und bedachte Roux mit einem zurückhaltenden Lächeln. »Meinen Sie nicht auch, Colonel, daß der Commissaire von Anfang an gewußt hat, wo Brossard zu finden ist? Was schließen Sie daraus?«

»Daß Brossard gedeckt wird, und zwar nicht nur von der Kirche, sondern – und das ist weit wichtiger – auch von der Polizei oder von irgend jemandem ganz oben in der Regierung?«

»Von eben jener Quelle, die ihm per Einschreiben einen regelmäßigen und großzügigen Lebensunterhalt zukommen läßt«, sagte Richterin Livi.

»Wie gesagt, es ist ein Labyrinth. Und Pierre Brossard steckt mittendrin. Deshalb bin ich hier. Wäre es möglich, daß Sie mir diesen Durchsuchungsbefehl ausstellen, ohne daß außer uns jemand davon erfährt?«

»Dieses Ordenshaus«, sagte Richterin Livi. »Wo ist das?«

»In Villefranche. Ich habe die Adresse.«

»Gut.« Richterin Livi lehnte sich zurück und lächelte. »Wenn meine Sekretärin zum Essen geht, werde ich ihn eigenhändig tippen.«

## 21

Im Novotel außerhalb von Aix saßen drei holländische Touristen an einem Tisch neben dem Swimmingpool und aßen mit weißen Plastiklöffeln Melonen aus Cavaillon. T. fand fette Leute widerlich, vor allem dann, wenn sie sich halb ausgezogen hatten. Er drehte seinen Sonnenschirm, um den Blick auf sie zu verstellen, und versuchte, in seinem Kriminalroman weiterzulesen, da er, wie er Janine einmal erzählt hatte, »Märchen liebte«. Sein eigenes Metier hatte mit Krimis nichts gemein. Im wahren Leben gab es keinen Inspektor Maigret, höchstens Typen wie Pochon, und wer würde schon einen Krimi über Pochon schreiben? T. war nervös. Seit Samstag nachmittag wartete er hier bereits, seit er Pochon angerufen hatte, um ihm zu sagen, daß er Brossard verloren hatte. Jetzt war Sonntag nachmittag. Kein Wort. Keine neuen Anweisungen, nichts. Wahrscheinlich suchten sie noch nach ihm. Wieder las er ein paar Seiten in seinem Krimi, dann hörte er eine Kirchenglocke. Den ganzen Tag hatte sie zu jeder vollen Stunde geläutet. Fünf Uhr. Er hatte versprochen, Janine heute anzurufen und ihr zu sagen, wann er zurück sein würde. Seine *fête* war Dienstag. Keine Chance. Pech. Sie würde stinksauer sein. Sie hatte fest damit gerechnet.

Er hatte die Klimaanlage auf Hochtouren laufen lassen,

als er gegen Mittag zum Pool hinunterging, aber sein Zimmer war alles andere als kühl. Er zog den hoteleigenen Bademantel aus und legte sich in der Badehose aufs Bett. Paris. Er wählte ihre Nummer.

»Ja? Hallo?« Sie klang verschlafen.

»Ich bin es. Geht es dir gut?«

»Mir geht es überhaupt nicht gut. Und du bist ein verdammter Lügner. Wo bist du?«

»Was soll das heißen? Wieso bin ich ein Lügner?«

»Dein Vater ist nicht krank. Dein Vater ist tot.«

»Wer hat dir das erzählt?«

»Deine Schwester. Farah. Sie hat eine Nachricht und ihre Telefonnummer auf deinem Anrufbeantworter hinterlassen. Ich habe sie angerufen. Du hast mir nie gesagt, daß du eine Schwester hast.«

»Ich sehe sie nur selten. Sie ist die reinste Nervensäge.«

»Bist du in Bayeux? Lüg mich jetzt nicht an.«

»Nein, ich muß einen Job erledigen, und ich wurde aufgehalten. Ich ruf dich an, weil ich die Party absagen muß. Bis Dienstag schaffe ich es nicht.«

»Wo bist du?«

»In der Provence. Okay?«

»Arbeitest du für Muhammad? Das will ich nicht hoffen. Du hast es versprochen.«

»Nein. Etwas ganz anderes. Hör mal, bei dieser Sache werde ich gedeckt. Mehr kann ich dir nicht sagen, aber es ist die Wahrheit.«

»Ich habe diese kleinen Honigteilchen beim arabischen *traiteur* bestellt, du weißt schon, die du so gern magst. Genug für zehn Leute, habe ich ihm gesagt.«

»Aber warum denn? Ich habe dir doch gesagt, daß ich noch nicht genau weiß, ob ich es schaffe. Außerdem hatten wir ausgemacht, daß ich dir Bescheid gebe, falls ich rechtzeitig zurück sein kann.«

»Klar doch, vom Krankenbett deines Vaters, du Dreckskerl. Ich kam mir ziemlich blöd vor. Und ich habe schon sechs Leute eingeladen.«

»Janine, *chérie*, das Ganze tut mir leid. Hör mal, erinnerst du dich noch an das Horoskop, das du mir vorgelesen hast? Das aus *Elle*? Ich habe hier in Aix danach gesucht, kann aber keine *Elle* finden. Hast du deine Ausgabe noch?«

»Du bist also in Aix?«

»Ist doch egal, wo ich bin. Hast du sie noch?«

»Ich seh mal nach.«

Er hörte ihre Schritte auf den Küchenfliesen. Dann: »Aha, hier haben wir's. ›Jungfrau. Da Saturn im siebten Tierkreis steht und sein Einfluß in Ihrem Sonnenhoroskop ...‹«

»Nein, überspring das. Lies mir die letzten Sätze vor.«

»Hmm ... ›Denn wenn Mars am neunten des Monats ins Sternbild des Löwen wandert, sehen Sie sich zu einer Tat genötigt, die großes Leid für Sie bedeuten kann. Sie sollten daher möglichst auf keinen Vorschlag eingehen, den andere Ihnen unterbreiten. Dies ist nicht der Augenblick, den Helden zu spielen.‹«

»Genau«, sagte er. »Morgen ist der neunte. Ich wollte mich bloß noch mal vergewissern.«

»Na ja, paß morgen lieber auf, was du tust. Bis jetzt hat es jedenfalls gestimmt. Hör mal: ›Sie werden überraschend eine Reise unternehmen müssen, so daß Ihnen einige geplante Vergnügungen entgehen.‹ Stimmt haarscharf. Keine *sebas* für dich.«

»Ich weiß«, sagte er. »Süß von dir, daß du sie bestellt hast. Wirklich schade. Weißt du, ich liebe dich. Ich werde versuchen, dich am Dienstag anzurufen.«

»Was soll ich nur mit dir anfangen?« sagte sie. »Paß jedenfalls auf dich auf. Ich liebe dich auch.«

Aus Angst, Pochons Anruf zu verpassen, hatte er das Hotel in den letzten zwei Tagen nicht verlassen. Und das Essen im Speisesaal war beschissen. Sein Gefühl sagte ihm, daß Pochon an diesem Abend anrufen würde, und er hatte recht. Um Punkt neun kam ein Kellner an seinen Tisch, als er gerade beim Dessert war. Der Kellner sagte ihm, daß in einer Nische gleich vor dem Speisesaal eine offene Kabine war, aber da wollte er den Anruf nicht entgegennehmen. Er ging auf sein Zimmer.

Pochons Stimme, kalt und gelassen: »Alles bereit? Haben Sie was zu schreiben?«

»Ja.«

»Villefranche. Genauer gesagt, unmittelbar außerhalb von Villefranche. Eine Abtei an der Haute Corniche vier Kilometer hinter dem Hotel Bristol. Das Bristol ist ein Kurhotel, Sie können es unmöglich verfehlen. Der Mann trifft morgen dort ein, er kommt aus Aix. Er kennt Ihren Wagen.«

»Daran habe ich schon gedacht. Ich habe mir einen kleineren Wagen gemietet. Auf denselben Namen.«

»Sie können sich kein neues Gesicht mieten. Er hat ein gutes Gedächtnis.«

»Ja, ich weiß.«

»Vergessen Sie nicht, ihm den Zettel anzuheften.«
»Natürlich nicht.«
»Also los.«
»In Ordnung.«

## 22

Als er sich an den Küchentisch setzte, sah er, daß Nicole ihm wie in alten Tagen einen Teller mit drei *tartines* hingestellt hatte, mit Butter bestrichen. Und ein kleines Glas Aprikosenmarmelade. Sie wußte, wie gern er Aprikosenmarmelade aß. Gestern abend hatte sie ihm erzählt, daß sie heute früh den Bus um halb acht nach La Napoule erwischen mußte, damit sie pünktlich um acht, wenn die ersten Gäste das Hotel verließen, mit ihrer Arbeit beginnen konnte. Als er beim ersten Tageslicht erwachte, hörte er, wie sie in der Küche rumorte und später dann, wie der alte Hund jaulte, als sie die Tür öffnete, um zu gehen. »Armer Bobi, armer Bobi. Braver Junge. Bis heute abend.«

Er goß sich Kaffee ein. ›Das könnten die letzten Worte gewesen sein, die ich in meinem Leben von ihr höre. Ich werde sie vermissen. Es tut gut, in Cannes zu sein, wirklich, das tut es, wirklich entspannend, niemand auf der ganzen weiten Welt weiß, wo ich bin. Wie ein gewöhnlicher Mensch in einer Wohnung hausen, jemanden haben, von dem ich weiß, daß er mir leckere Dinge kocht, und mich mit gutem Wein besaufen können, statt im Gästezimmer eines Klosters zu schlafen und Klosterbrei an einem Refektoriumstisch zu essen, während irgendein Mönch mir was aus dem Leben vom Heiligen Franz von Assisi vorliest.‹

Er strich sich reichlich Marmelade auf die *tartines*, Aprikosenmarmelade und gestern zum Mittag ein *cassoulet*. ›Frauen vergessen so was nicht. Obwohl sie mich bis aufs Blut haßt, hat sie mir all das besorgt. Arme Nicole, sie hat es nie kapiert. Ich wollte sie nicht verlassen. Ich *mußte* sie verlassen. Sie waren hinter mir her, ich konnte kein normales Leben mehr führen. Und jetzt, nach all diesen Jahren, erinnert sie sich noch an meine Leckerbissen. Na ja, ich habe auch einen Leckerbissen für sie. Wenn sie heute abend nach Hause kommt, bin ich verschwunden. Dann kann sie feiern. Dieses Judengeld hat sie sich schnell verdient. Mußte mich nur zwei Tage aushalten. Ist schon komisch. Jahrelang habe ich jeden Sou zusammengekratzt, und jetzt komme ich nicht mal mehr dazu, das Geld auszugeben. In jeder Abtei und in jedem Kloster muß ich so tun, als wäre ich eine Art Bettler, damit sie das selige Gefühl haben, ihre christliche Pflicht zu erfüllen, wenn sie mich aufnehmen. Ist schon ein Witz, wie? Dabei habe ich doch nach dem Krieg bloß ein ruhiges Leben gewollt, Nicole, ein paar Kinder, was weiß ich. Und was wurde draus? Das Leben eines Bettlers vor einer Klosterpforte.

Da kommt er ja, richtig, Bobi, hier bin ich, in der Küche, komm ruhig rein, hast Angst vor mir, nicht wahr, mein Junge? Blöder alter Köter. Das reicht, ab, unter die Spüle. Und da willst du sicher vor mir sein? Meinst du, da kann ich dich nicht erreichen? Na, wir werden ja sehen. Wir werden sehen.‹

Als er gestern den Commissaire anrief, hatte er ihm erzählt, daß er in Aix sei und heute morgen nach Villefranche weiterfahren würde. Von Aix nach Villefranche war es eine

Fahrt von gut zwei Stunden. Er sollte den Commissaire anrufen, sobald er ankam. Der Commissaire würde seinen Anruf also gegen Mittag erwarten. Doch von Cannes nach Villefranche war es über die Autobahn nur ein Katzensprung. Kein Grund, Cannes jetzt schon zu verlassen. Er beschloß, zur Croisette zu fahren, den Peugeot abzustellen und über die Uferpromenade zu schlendern. Er dachte an seine Jugendtage, als er zwischen Sonnenschirmen verstohlen über den steinigen Strand an die Mädchen herangeschlichen war, die auf ihren Luftmatratzen in der Sonne lagen.

Sollte er Nicole eine Nachricht dalassen? Ja. ›Laß sie nicht im Ungewissen.‹ Er schrieb: *Lebwohl. Danke. P.* auf die Rückseite des rosafarbenen Einwickelpapiers, das sie gestern aus einer Pâtisserie mitgebracht hatte. Drin eingewickelt und mit einem auffälligen Bändchen umschnürt eine *religieuse* und ein *Napoléon*. Seine Lieblingsteilchen. Wer außer ihr wußte noch, was er mochte? Wer erinnerte sich daran? Niemand. ›Meine Schwester in La Rochelle, die leugnet sogar, daß es mich gibt. Keine Kinder, keine Familie. Niemand, nur Nicole, und die mußte ich im Stich lassen, kann man es ihr da verdenken, daß sie mich haßt wie die Pest? Keiner liebt mich, keiner sorgt sich um mich. Nein, das stimmt nicht. Immerhin habe ich noch meine Feinde.‹

Er legte das Papier auf die Spüle neben dem Herd. Da konnte sie es nicht übersehen. Der alte Hund kauerte unter der Ablage und beging den Fehler, ein verängstigtes Knurren auszustoßen. Er sah hinab in die blinden Augen. ›Was knurrst du denn?‹ Dann zielte er und verpaßte Bobi einen Tritt direkt unter die Kehle. Der Hund würgte, dann jaulte er auf. »Halt die Schnauze!« sagte er in einem Ton, der das

Tier sogleich verstummen ließ. Kaum wurde sein Befehl befolgt, ging er ins Schlafzimmer, packte seine Sachen, ging und schloß die Tür hinter sich mit seinem eigenen Schlüssel ab.

Cannes war eine sichere Stadt, na ja, so sicher wie jede andere Stadt, seit er eine *cause célèbre* war. Nachdem er den Wagen abgestellt hatte, schlenderte er mit Sonnenbrille und Hut über die Croisette. Urlaubsstädte wie Cannes waren voller Touristen, Leute, die sich nicht kannten. Und die Einheimischen sahen so viele fremde Gesichter, daß sie nicht länger darauf achteten. Wie die Touristen hielten sie Ausschau nach Berühmtheiten, hatten Filmstars und keinen »zweimal zum Tode Verurteilten« im Kopf, dessen zuletzt veröffentlichtes Foto ein vierzig Jahre altes Fahndungsfoto war.

Doch wie sicher war er hier, wie sicher war er je auf der Straße? Er ging über die Croisette, von den Schleppern mißachtet, die Sightseeingtouren anpriesen, von den Fotografen, die Souvenirfotos feilhielten, von den obdachlosen Jugendlichen, die um Kleingeld bettelten. Für die war er keine Einkommensquelle. Er sah nicht wie ein Tourist aus, eher wie ein Rentner, unsichtbar, vor allem für die Jungen, die hier ihren Urlaub verbrachten und nicht an die Lepra des Alterns erinnert werden wollten. Und doch konnte es passieren, stets ging er ein Risiko ein, ein *flic*, jemand, der sich an sein Foto erinnerte, sogar jemand aus der Vergangenheit.

Als er zu den großen Hotels der Uferpromenade kam, hörte er aus einer Nebenstraße das Glockenspiel einer Kirche. Er blieb stehen und wandte sich mit dem Gesicht zum Meer, die Sonne brannte heiß auf seine Wangen. Er schloß die Augen und sprach ein Gebet. »O Herr, schütze mich, rette mich, gewähre mir ewige Ruhe.« – ›Ich sollte öfter beten, sollte jeden Tag zur Messe gehen, immer im Stand der Gnade sein. Ich bin alt. Meine Zeit ist kurz. Und die Juden wollen mir ans Leder. Sie könnten hier in Villefranche auf mich warten. Ich sollte irgendwohin, wo ich noch nie war.‹

Er schlug die Augen auf und starrte auf das Meer. ›Ich habe Geld, ich könnte monatelang davon leben, in Luxus leben. Ich bräuchte nicht mal das Pariser Geld oder das der Chevaliers abzuholen. Jedenfalls eine ganze Weile nicht. Ich könnte die Juden von meiner Fährte abbringen und heute nach Paris fliegen. Morgen wäre ich dann in Rouen oder in Coutances, irgendwo, wo ich sonst nie hinfahre.‹

Doch noch während ihm diese Gedanken kamen, wußte er, daß er es nicht über sich brachte. Er würde es dem Commissaire sagen müssen, und der Commissaire würde dagegen sein. Immer wieder hatte er ihm gesagt, daß die Kirche sein Versteck sein sollte, daß er nirgendwo sonst so sicher sein würde. ›Jetzt erst recht nicht, seit mein Fall nicht länger bei der Polizei ist. Und wenn ich in die Normandie flüchte, ohne dem Commissaire vorher Bescheid zu sagen, würde er aufhören, mir zu helfen. Nein, ich muß weitermachen.‹

Er kehrte dem Meer den Rücken. Das Glockenspiel verklang. Er fröstelte in der Sonne. Diese Glocken. Wie ein Totengeläut.

## 23

Als T. die gewundene Straße entlangfuhr, die von der Autobahn Nizza-Monaco hinab zum Urlaubsort Villefranche und zum Hafen führte, war es Nacht, und er machte sich Sorgen. Die Saison hatte begonnen. Die Hotels würden voll sein. Und das waren sie auch. Immer wieder wurde er abgewiesen, erst vom *Welcome* an der Strandpromenade, dann vom *Versailles*, vom *Bahía* und dem *Provençal.* Erst nach Mitternacht fand er ein Zimmer in einem ekelhaften kleinen Hotel in einer Gasse zwischen den engen alten Straßen am Ufer. Er haßte solche Hotels. Sie überschwemmten ihn mit Erinnerungen an Sète und an seine Kindheit. Keine Toilette auf dem Zimmer, keine Dusche, kein TV, nichts. Ein schmales Bett mit einer tiefen Kuhle in der verklumpten Matratze, in der sich abertausend Reisende die ganze Nacht gedreht und hin und her geworfen hatten, so wie er es tat.

Er hatte seinen Wagen in der Tiefgarage an der Place Saint-Michel stehenlassen, fast am anderen Ende des Orts. Noch vor der Dämmerung stand er auf, rasierte sich und zog sich im spärlichen Licht der einzigen Glühbirne im dreckigen Badezimmer am Ende des Korridors an und ging hinüber zum Platz, als vor den Cafés gerade die Tische und Stühle aufgestellt wurden. Ein Kellner goß Wasser über das Pflaster, und das Pflaster dampfte. Die Sonne brannte schon heiß. Neben dem Café, für das er sich entschied, stand ein Kiosk, an dem Zeitungen, Fachzeitschriften, Post- und Landkarten verkauft wurden. Er bat um einen genauen Stadtplan. Als er zahlte, fiel ihm ein Stapel *Nice Matin* an der Kasse auf. Er achtete nicht auf die Schlagzeile, er schaute auf das Datum. *Montag, 9. Mai, 1989.*

Er saß draußen an einem Tisch und bestellte sich einen Kaffee und eine Brioche. Der Plan zeigte die Haute Corniche, die Küstenstraße oberhalb der Autobahn zwischen Nizza und Monaco. T. ließ seine Brioche liegen, die er nur zur Hälfte gegessen hatte, zahlte, holte seinen Wagen aus der Tiefgarage an der Place Saint-Michel, fuhr aus der Stadt und folgte dabei dem Stadtplan. Zehn Minuten später kam er am Hotel Bristol vorbei, vier Kilometer vor der Abtei. Die Haute Corniche wurde von eleganten Villen gesäumt, die versteckt hinter Steinmauern und Baumreihen lagen: ruhige Gegend, keine Geschäfte. Doch er merkte, daß dies kein günstiger Ort war. Es gab jetzt schon regen Verkehr, Lieferwagen, Autos und Reisebusse. Je später es würde, um so stärker würde der Verkehr.

Endlich kam das Priorat in Sicht. Hinter zweieinhalb Meter hohen Mauern erhob sich ein rotgeziegeltes Dach über einem Platanenfries. Kein Schild deutete auf das Kloster hin, nur ein rostiges Eisenkreuz, das im rechten Winkel zum Eingang stand. Ein Parkplatz war nicht zu sehen, aber er fuhr einfach noch etwa dreißig Meter weiter. Er hatte Glück. Auf einem Schild an einem kleinen Platz in einer Kurve stand: *Vista Point*. Ein idealer Ort, um sich auf die Lauer zu legen. Er wendete, so daß er den Eingang des Priorats im Blick hatte, und schaute auf die schweren Tore.

›*9. Mai.* Ein Horoskop ist eine Warnung, oder nicht? Ich meine, es sagt dir, was du tun und was du lieber lassen solltest. Es sagt dir, wann du Glück hast und wann nicht mehr. Es bedeutet nicht, daß mir heute *tatsächlich* irgendein Scheißunglück zustößt, das nicht, das heißt nur, daß ich mich am neunten Mai zu einer Tat genötigt sehe, bei der ich Schaden nehmen könnte. Das heißt, ich soll *möglichst* auf keinen Vorschlag eingehen, den andere mir gemacht haben. *Möglichst.* Was soll das heißen? Heißt doch wohl nicht, daß ich den Job sausen lassen soll, oder? Nein, es ist eine Warnung, ja, das ist es, eine Warnung. Und die Warnung sagt, *wenn möglich*, dann ist heute nicht der Tag, an dem du es tun solltest. Also hör auf die Warnung. Wenn der Mann heute auftaucht und sich auf der anderen Straßenseite einquartiert, dann sollte ich die Warnung berücksichtigen. Ihn im Auge behalten. Ihm auf den Fersen bleiben, wenn er heute ausgeht, aber es heute *nicht* tun. Morgen ist der zehnte. Warte bis morgen.‹

Dann wiederum mußte er an den reichen alten Juden in seiner Wohnung in Saint-Germain denken, hörte diese ruhige Stimme: *Sie müssen ihn beim ersten Versuch töten. Eine zweite Gelegenheit werden Sie kaum bekommen.* ›Dabei hat er mich schon gesehen. Siebzig Jahre alt, aber er ist schnell. Ach, verdammt. Ist doch bloß ein Horoskop. Aufgesetzt von irgendeiner blöden Kuh in ihrem Büro, was weiß die denn schon?

Trotzdem. *Dies ist nicht der Augenblick, den Helden zu spielen.*‹

# 24

Als Capitaine Daniel Dumesnil am Morgen des neunten Mai kurz vor der Mittagspause in sein Büro zurückkam, gab Adjudant Picot ihm einen Zettel. »Ein Colonel Roux aus Paris hat angerufen. Er läßt Sie bitten, ihn unter dieser Nummer sofort zurückzurufen. Eine Privatangelegenheit, hat er gesagt.«

»Wann kam der Anruf?«

»Um halb elf.«

Er ging in sein Büro und schloß die Tür. ›Privatangelegenheit? Das bezweifle ich. Robert leitet den Fall Brossard.‹

Er nahm den Hörer auf. Eine Stimme, die er seit den Tagen ihrer gemeinsamen Ausbildungszeit kannte: »Roux.«

»Robert? Ich bin's, Daniel.«

»Daniel, wie geht's dir? Was machen die Kinder?«

»Alles bestens. Und Claire?«

»Der geht es hervorragend. Sie läßt dich grüßen. Und Martine. Hör mal, ich bin auf dem Weg in eure Gegend.«

»Wann?«

»Heute nachmittag. Aber ich brauche deine Hilfe. Genauer gesagt, ich brauche für zwei oder drei Tage vier deiner besten Leute. Und ein Fahrzeug.«

»Was ist los?«

»Das erzähle ich dir, wenn wir uns sehen. Und bis dahin

möchte ich, daß niemand, absolut niemand davon erfährt, daß ich nach Nizza fahre und warum ich komme. Wie sieht es aus? Kann ich auf dich zählen?«

»Ich gebe dir zwei meiner *adjudant-chefs* und zwei *sergents*. Sie gehören zu den besten.«

»Prima. Ich brauche sie sofort. Ist das möglich?«

»Ja.«

»Ich möchte, daß du zwei von ihnen losschickst, um ein Gebäude in Villefranche zu überwachen, ein Priorat der Karmeliter an der Haute Corniche. Der Gesuchte ist alt und fährt wahrscheinlich einen weißen Peugeot, Baujahr 1977.«

»Monsieur Pierre?«

»Stimmt. Sein Foto findest du in deinen Akten. Zeig es deinen Männern. Falls irgendeine Person, auf die diese Beschreibung zutrifft, das Priorat verläßt, möchte ich, daß sie verfolgt wird. Egal wohin, auch über die Stadtgrenze hinaus. Sie dürfen den Mann nicht aus den Augen verlieren. Vergiß nicht, er ist ein Houdini. Und sie dürfen keinem Menschen sagen, wen sie da beobachten, absolut keinem. Kannst du sofort mit der Überwachung anfangen? Unser Mann könnte heute schon unterwegs zu euch sein.«

Dumesnil sah auf seine Armbanduhr. »Wenn ich mein bestes Team einsetzen will, muß ich die Männer von anderen Aufgaben abziehen. Dann kann ich nicht garantieren, daß wir vor zwei Uhr anfangen können.«

Er spürte, wie Roux zögerte, ehe er antwortete: »Zwei Uhr ist in Ordnung. Vorher wird sich unser Mann kaum blicken lassen, und falls doch, verkriecht er sich wahrscheinlich erst mal im Priorat. Ich mache mich jetzt auf den Weg. Wenn du um zwei mit der Überwachung anfängst, dann sollten wir um vier mit der Durchsuchung des Priorats anfangen können. Wie weit ist es bis Villefranche? Zehn Minuten von Nizza aus?«

»Sieben Kilometer.«

»Gut. Und denk dran, Daniel, wir bewegen uns auf dünnem Eis.«

»Kirchenbesitz. Recht auf Asyl. Meinst du das?«

»Ja. Aber ich habe einen Durchsuchungsbefehl.«

## 25

Bis 1930 war das Priorat Saint-Michel-des-Monts an der Haute Corniche oberhalb von Villefranche unter dem Namen Villa Del Lago bekannt gewesen. Dann verstarb ihr Besitzer, ein Textilmillionär, und vermachte seinen Besitz dem Orden der Karmeliter. Das Gebäude, ein Landhaus im mediterranen Stil mit dreißig Zimmern, war von einem zwei Morgen großen Ziergarten umgeben; zum Besitz zählten außerdem ein Reitstall und ein Swimmingpool. Die Karmeliter bauten den Stall in eine Kapelle um und brachten auf dem Dach ein Kreuz an, ließen die Villa aber ansonsten unverändert. Zur Zeit waren dort achtzehn kontemplative Mönche unter Führung des Priors Dom Henri Arminjon untergebracht, eines Mannes, der aus Nantes stammte und Autor mehrerer Bücher über mystische Theologie war. Der Orden der Karmeliter gehorchte den Wünschen des verstorbenen Villenbesitzers und öffnete viermal im Jahr die Tore für zweiwöchige Meditationstage, die in erster Linie für Geschäftsleute gedacht waren.

Als Monsieur Pierre mit seinem kleinen weißen Peugeot durch das Tor fuhr, hoffte er, daß zur Zeit keine Meditationswoche stattfand, denn dann würde er außer Sichtweite im Gärtnerhäuschen am anderen Ende des Grundstücks wohnen müssen. Doch ob Meditationswoche oder nicht, hier konnte er sich sicher sein, daß er willkommen war. Der Prior, eine würdige und reservierte Person, wirkte ein wenig einschüchternd, aber er war ein Mann, zu dem er aufschauen konnte, ein Mann, in dem die Chevaliers einen künftigen Heiligen sahen.

Und so lenkte er den kleinen Peugeot über die kiesbedeckte Auffahrt, die zur rosafarbenen Pracht des Landhauses führte, und begann zu hoffen, daß er hier endlich einen längeren Aufenthalt riskieren konnte.

Der *père hospitalier*, an dessen Namen er sich nicht erinnern konnte, kam die Marmorstufen herab, lächelte und winkte ihm zu. »Monsieur Pierre! Wie geht es Ihnen?«

»Guten Tag, Pater.« Er stieg aus dem Wagen, und sie gaben sich die Hand. »Wie schön, wieder hier zu sein. Ihr Garten sieht dieses Jahr herrlich aus. Halten Sie gerade Meditationswochen ab?«

»Im Augenblick nicht. Unsere nächste Einkehr beginnt übermorgen, und daher, fürchte ich, kann ich Sie nicht im Hauptgebäude unterbringen. Sie werden mit dem Gartenhäuschen vorliebnehmen müssen.«

Dankbar lächelte er den Mönch an. »Ach, Gott segne Sie, Pater, das wäre wunderbar. Und auch etwas abgeschiedener, wenn Sie wissen, was ich meine.«

»Ja, natürlich. Ich muß nur noch Pater Joseph sagen, daß Sie da sind. Bestimmt nur eine bloße Formalität, aber er wird Bescheid wissen wollen. Unser Prior ist gerade in Rom, deshalb trägt Pater Joseph jetzt die Verantwortung.«

Das Gartenhäuschen lag am anderen Ende des Gutes mitten in einem Gemüsegarten. Er nahm den Schlüssel, den ihm der *père hospitalier* gegeben hatte, und schloß auf. Reglos lag eine kleine Ringelnatter auf der Steinstufe zum Wohnraum. Er kehrte um und ging zu seinem Wagen, um die Schlange mit dem Wagenheber zu erschlagen, aber als er zurückkehrte, war sie verschwunden. Der Zwischenfall erinnerte ihn daran, daß er ohne seine Waffe war. ›Nach dem, was in Salon passiert ist, sollte ich ständig eine Waffe tragen, selbst an einem so sicheren Ort.‹

Er holte den Revolver aus dem Handschuhfach, steckte ihn in die tiefe Tasche seines Kittels und schleppte seine drei Koffer umständlich ins Haus. Der letzte Koffer, den er nicht abgeschlossen hatte, enthielt seine Erinnerungsstücke und war so schwer, daß er ihn nur mit Mühe die Stufen hinaufschleppen konnte. Er öffnete ihn und starrte auf den Inhalt: Eiserne Kreuze, Uniformmützen vom Afrikakorps, SS-Rangabzeichen, Nazifähnchen und -wimpel. ›Ich brauche das Geld nicht mehr, das ich früher damit verdient habe. Wahrscheinlich wäre es das Vernünftigste, ich setze mich mit diesem Händler in Lille in Verbindung. Die jungen Leute finden das heutzutage romantisch. Könnte ihm den ganzen Schwung zu einem Gesamtpreis anbieten. Und der verkauft es an die Skinheads, das tut er. Und warum auch nicht?‹

Er hörte draußen ein Geräusch, schloß den Koffer, ging ans Fenster und blickte die Gemüsereihen entlang. Ein Mönch, die lange, lehmfarbene Kutte bis über die Knie gerafft, hackte Unkraut neben dem Komposthaufen. Er sah, wie sich der Mönch aufrichtete, als eine Holzpforte knarrend geöffnet wurde und Pater Joseph Cartier den Gemüsegarten betrat.

›Joseph. Und er kommt zu mir?‹

Pater Joseph, der Almosenier des Priorats, war zu Beginn der dreißiger Jahre sein Klassenkamerad in der Tagesschule Saint-François-de-Salles in Toulon gewesen. Ihre Väter, beide *adjudants* der regulären Armee, hatten im Ersten Weltkrieg im selben Regiment gedient und waren treue Leser der *Action Française* gewesen. Sie hatten ihre Söhne in die katholische Pfadfinderbewegung gesteckt und hatten beide lautstark die Korruption der Dritten Republik durch Juden, Freimaurer und Kommunisten beklagt. Allein deshalb hätte Joseph Cartier so etwas wie ein Bruder für ihn sein müssen, doch sie waren nie die besten Freunde geworden. Als er nun zusah, wie Joseph den Pfad entlang zum Gartenhäuschen ging, war er sich nicht sicher, ob der Mönch auf seiner Seite stand. Der Prior war im Haus sein Beschützer. Der schüchterne und reservierte Joseph aber wirkte in jeglicher Hinsicht kontemplativ, schwächlich, schweigsam und schien in Gedanken ständig bei Gott zu sein.

Doch heute würde er es mit Joseph zu tun haben. Er ging zur Tür des Gartenhäuschens, machte auf, trat ins Sonnenlicht, lächelte und hielt ihm die Hand hin. Joseph übersah diese Geste, oder er ignorierte sie, deutete mit leichtem Kopfnicken einen Gruß an und ließ die Hände tief im Faltenwurf seines Habits stecken.

»Pierre, ach nein.«

»Jetzt trägst also du die Verantwortung, Joseph«, sagte er. »Was ist das für ein Gefühl?« Er lachte, um anzudeuten, daß die Frage nicht ernst gemeint war, doch Joseph beschloß, trotzdem darauf zu antworten.

»Es ist eine Verantwortung, die ich lieber vermieden hätte. Vor allem nun, da du hier bist.«

Joseph drehte sich um und blickte zurück auf die Gemüsebeete. Der Unkraut hackende Mönch war außer Hörweite.

»Übermorgen beginnen die Meditationswochen«, sagte Joseph. »Fremde werden auf dem Gut sein. Vielleicht kein guter Zeitpunkt für deinen Besuch.«

Das war es also. Die Leute des Kardinals hatten mit ihm geredet. »Ich weiß«, sagte er. »Aber ich bleibe außer Sichtweite, versprochen. Ehrlich gesagt, mir bleibt kaum noch eine Wahl. Letzte Woche haben die Juden jemanden losgeschickt, der mich ermorden sollte. Ich habe, dem Herrn sei Dank, überlebt, aber unsere Feinde rücken mir immer dichter auf den Leib. Ich bin auf Freunde angewiesen wie nie zuvor.«

Er wartete, beobachtete Joseph. Sein Instinkt, der ihn in der Vergangenheit nie getäuscht hatte, ließ ihn auch jetzt nicht im Stich. Joseph hatte sich gegen ihn gewandt.

»Wie du sicher weißt, ist unser Prior zur Zeit in Rom«, sagte Joseph. »Ich erwarte ihn frühestens in einer Woche zurück, also werde ich diese Entscheidung selbst treffen müssen.«

»Natürlich, aber dir ist ja bekannt, daß Dom Henri mich immer unterstützt hat. Und was den Zustand der Welt betrifft, so waren wir stets derselben Ansicht. Er würde mir jetzt sicherlich kaum die Tür weisen, davon bin ich überzeugt.«

»Wahrscheinlich hast du recht«, sagte Joseph. »Und als sein Stellvertreter fühle ich mich daher auch nicht berechtigt, dich fortzuschicken. Ich sage dies, obwohl ich weiß, daß es den Wünschen von Kardinal Delavigne zuwiderläuft, wenn wir dich beherbergen. Ich werde höchst ungern in eine Lage gebracht, in der ich dem Kardinal meinen Gehorsam verweigern muß. Doch ehe er nach Rom fuhr, erwähnte Dom Henri die Bitte des Kardinals und sagte mir, daß er ihr nicht nachkommen könne. Weder er noch ich rechnete allerdings damit, daß du so bald vor unseren Toren auftauchen könntest. Mir stellt sich jetzt die Frage, was Dom Henri dir in Anbetracht der Tatsache sagen würde, daß in zwei Tagen die Meditationswochen beginnen. Würde er deinen Besuch auf die nächsten beiden Tage beschränken wollen?«

Wenn sie sich einmal gegen einen wendeten, gab es kein Zurück mehr. Aber warum sollte er es ihm leichtmachen? »Ich werde dir bei deiner Entscheidung helfen, Joseph. Wenn dir meine Anwesenheit während der Meditationswochen unangenehm ist, werde ich natürlich vorher wieder abreisen. Allerdings wäre es schade, wenn sich mein einstiger Klassenkamerad zu einer solchen Entscheidung durchringt, da wir doch zusammen aufgewachsen sind und unsere Väter sich so nahegestanden haben.«

»Stimmt, wir sind zusammen aufgewachsen«, sagte Joseph. »Wir sind beide Kinder jener Kirche Frankreichs, wie sie damals war, als wir Jungen waren. Eine Kirche, die die moderne Gesellschaft für eine Verhöhnung der Gebote Gottes hielt, eine gegen Demokratie gerichtete Kirche voller Priester und Laien, die dich für das Opfer einer Verschwörung von Juden, Freimaurern und Kommunisten hielten, die zu fürchten und zu verachten man uns gelehrt hatte. Es ist dieselbe Kirche, die immer noch unsere Gefolgschaft fordert und dir vergibt, da sie dich schützt, und die sich damit auch selbst vergibt, daß sie verstummte, als die Juden zu Tausenden in den Tod geschickt wurden.«

»Warum so bitter, Joseph? Ich kann mich nicht erinnern, daß *du* jemals einem Juden geholfen hättest.«

»Stimmt. Ich beschloß, Mönch zu werden, mich von der Welt abzuwenden und Gott mein Leben zu weihen. Aber was heißt das? Gab Gott mir die Erlaubnis zu ignorieren, was hier geschah? Wie konnte es rechtens sein, mich abzuwenden, wenn ich dadurch Frankreich verriet?«

»Was redest du da? Frankreich verraten?«

»Mein Schweigen war Verrat. Im Gegensatz zu dir habe ich weder an Vichy noch an Pétain geglaubt. Ich schämte mich dafür, daß Frankreich willentlich zum Sklavenstaat der Nazis wurde. Aber ich habe nichts getan, nichts gesagt.«

»Und die Kommunisten – hättest du dich auf ihre Seite stellen sollen, deren Armeen Frauen vergewaltigt, die Europa gebrandschatzt haben, deren jüdische Kommissare uns die Lehren eines gottlosen Staates predigten?«

»Hör mir zu, Pierre. Bei deinen früheren Besuchen habe ich mir deine Ansichten angehört. Du hast niemals Reue für jene Morde gezeigt, die du in der *milice* begangen hast. Im Gegenteil, ständig hast du nur deine Taten gerechtfertigt. Du gibst vor, fromm zu sein, tust, als hättest du zu Gott gefunden, und ich weiß, daß es dir gelungen ist, viele Priester, selbst solche, die dein damaliges Tun verachten, davon zu überzeugen, daß du im Krieg in gutem Glauben gehandelt hast. Die hast du getäuscht, aber Gott kannst du nicht täuschen.«

»Also weist du mir die Tür. Treibst mich in die Arme der Juden, die mich umbringen wollen. Na schön. Aber halt mir keinen Vortrag. Du willst dich doch nur vor dir selbst entschuldigen, außerdem hast du Angst vor mir, weil ich jetzt gejagt werde, weil ich eine *cause célèbre* bin. Gib's doch zu. Und erzähl mir nicht, daß Gott mir nicht vergeben hat. Woher willst du das wissen?«

»Stimmt. Tut mir leid.«

»Also gut. Dann bleibt mir nur noch eine Bitte. Ich möchte heute nacht hierbleiben, da ich einige Vorkehrungen treffen muß. Ich will herausfinden, ob der nächste Ort, an dem ich um Asyl bitten möchte, mir im Gegensatz zu dir jene Nächstenliebe und Vergebung zukommen lassen will, die die Kirche Männern wie mir gegenüber bislang immer an den Tag gelegt hat.«

Pater Joseph senkte den Kopf und sagte dann: »In Ordnung. Du kannst heute nacht hierbleiben.«

Dann drehte er sich um und ging wieder über den Pfad zurück, vorbei am Unkraut hackenden Mönch neben dem Komposthaufen. Die Holzpforte quietschte, als Joseph sie öffnete. Im Stall, den man zu einer Kapelle umgebaut hatte, läutete eine Glocke. Der Mönch im Garten legte seine Hacke beiseite, schlug das Kreuzzeichen und stand reglos im Gebet versunken. An der Gartenpforte bekreuzigte sich Pater Joseph und senkte betend den Kopf.

Er beobachtete die beiden. Das Angelusgeläut. Das Mittagsgebet. Der Commissaire rechnete um diese Zeit mit seinem Anruf. ›Aber nicht von hier. Ich rufe aus der Stadt an.‹

Fünf Minuten später sah der *père hospitalier* von seinem Büro an der Pforte aus, wie der kleine Peugeot durch den Innenhof fuhr und auf das Haupttor zuhielt. Er drückte auf den elektrischen Türöffner, und das schwere Eisentor schwang weit auf. Kaum hatte der Peugeot die Küstenstraße erreicht, blieb der Wagen stehen, obwohl kein Verkehr herrschte. Ein Aussichtspunkt zwanzig Meter weiter an der Straße. Drei Touristenautos standen dort. Ein halbes Dutzend Touristen, die sich mit ihren Kameras vor dem Panorama fotografierten. Die Szene wirkte harmlos, aber er ließ sich Zeit und merkte sich die drei Automarken, ehe er in Richtung Villefranche davonfuhr.

›*Gott kannst du nicht täuschen.* Warum hat Joseph das gesagt? Weil er schon immer auf der anderen Seite gestanden hat, der Judenfreund. Ich hätte es wissen müssen. In all den Jahren, die ich herkomme, hat er noch nie über die alten Tage reden wollen. Jetzt weiß ich, warum. *Gott kannst du nicht täuschen.* Ich will Gott nicht täuschen! Jesus, mein Retter, ich bete zu Dir, ich verehre Dich, ich könnte Dich niemals täuschen. Ich kann niemanden täuschen, Monsignor Le Moyne nicht und auch Abbé Feren nicht, meine Sünden habe ich gebeichtet, ich wurde losgesprochen. Er hat unrecht, Joseph, der wird das nie verstehen. Reue für das, was ich in der *milice* getan habe? Was ich in der *milice* tat, war damals rechtens, es war rechtens in dem Krieg, den wir fochten. Warum lasse ich zu, daß er mich aufregt, ich fühle mich schwach, ich spüre mein Herz. Ich muß mit dem Commissaire reden. Die Sache steht schlecht, so schlecht wie noch nie. Vielleicht wird es Zeit, den Commissaire zu bitten, mich hier rauszuholen. Bolivien, hat er gesagt. Aber das war vor Jahren. Trotzdem, er hat immer gewollt, daß ich Frankreich verlasse.‹

Villefranche war wie ein zweites Zuhause. Die alte Stadt am Meer mit ihren engen Straßen und Gassen war das dunkle Herz des Hafens in jenen Jahren, als die amerikanische Flotte hier anlegte, ein Rotlichtmilieu, verborgen vor den Touristen, die über die Uferpromenade spazierten und in den Strandlokalen aßen. Er war in den vergangenen Jahren so oft Gast in dem Priorat gewesen, daß er jede Straße der alten Stadt kannte. Er hatte sein Stammcafé in der Rue Obscure, war in ihm bekannt und doch unbekannt und hatte dort schon oft sein Kuvert abgeholt. Im rückwärtigen Teil des Cafés gab es eine Telefonzelle.

Als er jetzt nördlich von Villefranche über die untere Corniche herabfuhr, blickte er sicherheitshalber immer wieder in den Rückspiegel. Beim dritten Mal entdeckte er einen grünen Renault Clio. Eines der Autos am Aussichtspunkt war ein grüner Renault Clio gewesen. Konnte Zufall sein. Er bog in die höher gelegenen Viertel von Villefranche, lenkte den Wagen zum Meer hinab und hielt plötzlich am Rinnstein. Der grüne Clio fuhr an ihm vorbei zum Yachthafen. Er gab Gas. In der Tiefgarage an der Place Saint-Michel schloß er den Peugeot ab und lief eine steile, enge Straße hinab, die zu der dunklen Gasse namens Rue Obscure führte. Er fühlte sich noch immer ziemlich schwach. Sein Mund war trocken, und er hatte Hunger. ›Sobald ich den Commissaire angerufen habe, bestell ich mir ein Bier und etwas zu essen.‹

Aber was war mit dem Anruf beim Commissaire? ›Was soll ich ihm sagen? Werde ich doch noch meinen Vatikanpaß kriegen? Werde ich meine Tage in irgendeiner verlausten Provinz beenden, in einem stinkenden Café sitzen, umgeben von schmierigen Kanaken? Bleibt mir eine Wahl? Selbst wenn mir die Chevaliers helfen, gibt es nur noch wenige Häuser, die mich aufnehmen wollen. Und die meisten davon sind ›*intégristes*‹, Episteln beim Essen, Nachtwachen im Gebet und kein Fernseher. In einem anderen Land könnte ich mich sicher fühlen, in einer Wohnung leben, essen, was und wann ich essen will. Was soll ich tun? Soll ich ins kalte Wasser springen und ihn um einen Paß bitten? Wird er dann wütend?‹

Er kam an vertrauten Geschäften, Bars, Gemüseständen vorbei und betrat die Dunkelheit der Rue Obscure. Auf halbem Weg befand sich die Bar Les Antilles mit dem Perlvorhang vor dem Eingang, den kaum benutzten Straßentischen und den langen Bänken drinnen, dem altmodischen Tischfußball und der kleinen Theke, die an die Küche grenzte. Es waren nur vier Gäste da, zwei alte Männer spielten Dame, und auf einer Bank hockte ein Paar, Mann und Frau, stumm über ihre Gläser Ricard gebeugt. Max Pellan, der Besitzer, las am Tresen die Sportseiten des *Nice Matin*. Als er aufsah, rutschte ihm die Lesebrille auf seiner rot angelaufenen Nase herunter. »Ach, Monsieur Pierre. Wie geht es Ihnen? Wieder mal auf Besuch?«

»Nur kurz diesmal.«

Sie schüttelten sich die Hände. »Was kann ich Ihnen anbieten, Monsieur Pierre?«

»Ich dachte an *pan bagnat*. Ist heute noch eins da?«

Max sah in die Küche hinter der Bar, in der seine Frau Zwiebeln schnitt.

»Clotilde? *Pan bagnat*, kannst du eins machen?«

»Ja.«

Max drehte sich um und schob die Brille wieder auf die Nase. »Und was möchten Sie trinken, Monsieur Pierre?«

»Ein Bier. Aber zuerst muß ich einen Anruf erledigen. Könnten Sie mir einen *jeton* geben?«

Max griff in eine Blechschachtel und gab ihm zwei Telefonmünzen. »Nur zu.«

Direkt hinter der Theke führte ein Korridor zur Telefonzelle, die gegenüber der Tür zur Toilette stand. Am anderen Ende des Korridors befand sich ein geschlossener und verriegelter Ausgang. Er trat in die Telefonzelle, zog die Glasfalttür hinter sich zu und sammelte seinen ganzen Mut. ›Der Paß, ja oder nein? Was wird er dazu sagen?‹ Er wählte die Nummer in Avignon.

»Hallo? Ja?«

»Hier ist Monsieur Pierre, Madame. Ist Ihr Gatte zu Hause?«

»Einen Augenblick, bitte.«

Während er wartete, schaute er durch die Glastür zur Bar hinüber. Niemand war ihm gefolgt. Ruhig Blut. ›Warum sollte ich Angst vor ihm haben?‹

»Hallo?«

Die Stimme des Commissaire. Und im selben Moment war es, als fielen all die Jahre von ihm ab wie Blätter von einem Baum, und er redete mit jemandem, vor dem er Angst hatte, jemandem wie dem Kommandanten Lecussan, damals, zur Zeit der *milice*. Solche Männer besaßen die Gabe, Angst zu verbreiten. Und er, der Äbte und Monsignori umgarnen konnte, hatte nie auch nur die geringste Chance beim Commissaire gehabt, der ihn stets wie einen Mann behandelte, dessen Schweigen erkauft worden war und der nach Gutdünken vernichtet werden konnte. Doch jetzt mußte er diesen Mann um einen großen Gefallen bitten. »Ich bin's. Ich hatte versprochen anzurufen, sobald ich in Villefranche bin.«

»Sie sind schon da?«

»Ja. Aber ich fürchte, es gibt da ein Problem. Das Priorat will mich nur für eine Nacht aufnehmen.«

*»Was?«* Die Stimme des Commissaire war plötzlich sehr laut.

»In zwei Tagen fangen da so etwas wie religiöse Meditationswochen für Laien an, außerdem, glaube ich, haben sie Angst. Die Männer des Kardinals haben mit ihnen geredet.«

»Heute nacht bleiben Sie aber da?«

»Ja.«

»Und dann?«

»Morgen fahre ich nach Nizza weiter. Ich glaube nicht, daß es in Nizza Probleme gibt. Dom Olivier ist Generalprior und ein enger Freund der Chevaliers.«

Noch während er sprach, hörte er Schritte hinter sich im Korridor. Er drehte sich um und sah einen jungen Mann mit Baseballmütze und blauem Anorak auf die Toilette gehen und die Tür hinter sich schließen. Das Gesicht hatte er nicht gesehen.

»Ja, ich kenne Dom Olivier«, sagte der Commissaire. »Da dürften Sie sicher sein. Rufen Sie mich morgen an, sobald Sie da sind.«

Er zögerte, Hörer zwischen Schulter und Ohr geklemmt,

drehte sich um und starrte auf die geschlossene Toilettentür. Wer war der Mann? ›Genau das steht mir bevor. Keinem kann ich meinen Rücken zudrehen, weder bei Tag noch bei Nacht. Ich muß hier weg.‹ – »Es gibt da ein Problem. Lange werde ich nicht in Nizza bleiben können. Selbst in diesen Kreisen werden Gerüchte laut. Ich muß bald weiter, und ich glaube, es ist an der Zeit, daß wir den Plan ändern. Ich würde gern ins Ausland gehen.«

In Avignon blieb es still. Er versuchte es noch einmal.

»Vor einiger Zeit haben Sie mich gedrängt, diesen Schritt zu tun. Wissen Sie noch?«

»Das ist Jahre her.«

»Aber es ist doch noch möglich, oder nicht? Ich denke, es wäre für alle Betroffenen das beste, was meinen Sie?«

»Dazu habe ich keine Meinung«, sagte der Commissaire. Er klang nicht sonderlich verärgert, und allein das war ein Segen. »Ich muß darüber nachdenken. Und vergessen Sie inzwischen nicht, daß wir Sie bezahlen. Wir beschützen Sie. Sie halten sich an Ihre Abmachung, wir an unsere. Machen Sie sich keine Sorgen. Wir finden schon einen Weg.«

»Ehrlich gesagt, ich kann nicht aufhören, mir Sorgen zu machen, nicht eine Minute. Schließlich haben sie schon zweimal versucht, mich umzubringen, zuerst in Salon und dann in Aix. Mein Leben ist in Gefahr.«

»Ich an Ihrer Stelle würde mich erst mal beruhigen«, sagte der Commissaire. »Dem zweiten Mann sind Sie schließlich entwischt, nicht wahr? Hören Sie zu. Ich habe Ihnen noch nichts davon gesagt, aber die Polizei weiß inzwischen, wer diese Leute sind. Sie ist denen auf der Spur. Ich glaube nicht, daß Sie sich noch lange Sorgen machen müssen.«

Durfte er ihm glauben? Wollten sie einfach nur verhindern, daß er die Nerven verlor? »Wenn Sie recht haben, dann wären das wunderbare Neuigkeiten.«

»Natürlich habe ich recht! Rufen Sie mich morgen an.«

»Ja, gut. Vielen Dank.«

Er hörte, wie der Commissaire auflegte. Einen Augenblick blieb er stehen und versuchte, sich den genauen Wortlaut ihres Gesprächs zu merken. Es war unglaublich, aber heutzutage vergaß er oft, was man ihm gesagt hatte, er, der in den alten Tagen der Buchhalterengel der Zweiten Sektion genannt worden war. Der Commissaire hatte es ihm nicht abgeschlagen. Er war nicht wütend geworden. »Ich muß darüber nachdenken.« Das hatte er gesagt. Er wird mehr machen müssen, als nur darüber nachzudenken. ›Ich kann so nicht weiterleben. Ob sie die Juden finden oder nicht, ich habe jetzt die Gendarmerie im Nacken, und diese Soldatenmeute hält keiner auf, und auch diese Untersuchungsrichterin nicht, diese nach Rache sinnende Jüdin. Bolivien, irgendwohin, alles ist mir lieber als das hier.‹

Er verließ die Telefonzelle und ging wieder an die Bar. Ein hohes, kühles Glas Bier war an das Tresenende gestellt worden, daneben lag eine Papierserviette, eine Gabel und ein Messer. Max, der seine Kreuzchen auf der Sportseite bei den Pferdewetten machte, feuchtete seinen Bleistift mit der Zunge an und sagte, wie zu sich selbst: »Athos.«

Er setzte sich an den Tresen und sah Max fragend an: »Athos?«

»Um drei Uhr in Auteuil«, sagte Max. »Bei diesem Pferd habe ich so ein Gefühl. Clothilde?«

»Komme schon.«

Madame Pellan, hager und krumm, kam aus der kleinen Küche, auf einem Teller, umringt von schwarzen Oliven, das *pan bagnat*.

»Davon habe ich schon geträumt«, sagte er. »Ihr Sandwich ist das beste *pan bagnat* in der ganzen Provence.«

»Danke sehr. *Bon appétit*, Monsieur Pierre.«

Er biß in das Sandwich. Thunfisch in Olivenöl und Tomaten in einem ausgehöhlten Brötchen. Kein Problem für seine Zähne. ›Wenn ich in irgendein Kanaken-Land ziehe, ist es vorbei mit den *pan bagnat*. Knab lebt in Argentinien, heißt heute Heller. Vatikanpaß. Aber das war in den Tagen von Pius XII. Der Papst heute ist ein Polacke, fährt um die Welt wie ein Handelsvertreter, feiert die Messe mit nacktärschigen Wilden und macht Nigger zu Kardinälen. Egal, auch wenn der Vatikan nicht mehr helfen kann, Commissaire Vionnet besitzt immerhin noch einigen Einfluß. Er arbeitet für den Präfekten, vielmehr für den Expräfekten. Es dreht sich doch alles um Einfluß, darum, wer du bist, wer du warst. Sie reden von Gerechtigkeit, aber die Anklage gegen mich und gegen Monsieur le Préfet lautet genau gleich, Verbrechen gegen die Menschlichkeit, aber der ist noch nie auf der Flucht gewesen, hockt da in seiner großen Wohnung in Paris, wird zu Staatsempfängen eingeladen, sieht jede Woche seine Enkelkinder und muß sich keine Sorgen machen, er nicht, wo doch ein *juge d'instruction* nach dem anderen seinen Fall wieder ad acta legt, Jahr um Jahr.‹

*»Salut!«*

Ein neuer Gast schob den Perlvorhang zur Seite und winkte Max zu. Mittleren Alters, klang wie ein Stammkunde. Er sah zu, wie er sich neben den Alkoholikern auf die Bank setzte. Unaufgefordert griff Max zu einer Flasche Ricard, goß ein und brachte dem Mann das Glas und eine Karaffe Wasser an den Tisch.

»Was gibt's Neues, Max? Einen Tip für heute?« sagte der Mann.

»Athos. Drei Uhr. Auteuil.«

Der Gast zuckte die Achseln. *»Bah!«*

»Na ja, dann frag nicht so dumm«, sagte Max. Er ging zurück an die Bar.

Er hatte sein *pan bagnat* gegessen und spuckte den letzten Olivenkern aus, als ihm die Toilette einfiel. Dieser Typ war nicht wiedergekommen. Augenblicklich beschlich ihn ein Gefühl von Gefahr. »Hören Sie, kann man hier den Hinterausgang benutzen?«

Max schüttelte den Kopf.

»Sind Sie sicher?«

»Natürlich. Wenn man durch die Hintertür verschwinden könnte, hätte man mir bald das letzte Hemd geklaut. Die würden einfach zur Toilette gehen und verduften.«

Der Junge war vor über einer Viertelstunde reingegangen. Viel zu lang. Er drehte sich um und starrte in den Korridor. Was er sah, ließ ihn von seinem Barhocker aufstehen. Die Toilettentür stand einen Spaltbreit offen. ›Ist er das? Beobachtet der mich jetzt? Paßt er auf, daß ich noch da bin? Falls er es ist, dann bin ich ihm in Aix entwischt. Und deshalb geht er jetzt auf Nummer Sicher.‹

Keine Sorge, hatte der Commissaire gesagt. ›Aber wie soll ich denn aufhören, mir Sorgen zu machen? Schließlich hat er nicht gesagt, daß sie diese Juden schon gefangen haben. Sei vernünftig. Da hockt ein Junge in der Toilette, vielleicht setzt er sich nur einen Schuß. Doch die Tür war zu, als ich aus der Telefonzelle kam. Warum ist sie jetzt nicht mehr zu?‹

Er wußte, was er zu tun hatte. Laut genug, um da hinten gehört werden zu können, sagte er zu Max: »Würden Sie mir bitte einen *jeton* geben? Ich muß noch einmal anrufen.«

Als er durch den Korridor zur Telefonzelle ging, steckte er seine Hand in die Hemdtasche, den Blick nicht auf die Zelle, sondern auf die spaltbreit geöffnete Toilettentür gerichtet. Kurz vor dem Telefon zögerte er, drehte sich dann um, als hätte er seine Meinung geändert, und stieß die Toilettentür auf. Die Toilette war eine von der alten Art, gefliest, dreckig, mindestens fünfzig Jahre alt, ein Loch im Boden, kein Toilettensitz. Mit dem Rücken zu ihm stand der Typ mit der Baseballmütze und tat, als würde er pissen. Das Gesicht war nicht zu sehen.

»'Tschuldigung«, sagte er. »Sie haben nicht abgeschlossen.«

»Macht nichts«, sagte der Junge. Er drehte sich nicht um.

Er stand da und starrte auf den Rücken des Jungen. Es floß kein Urin in das Loch im Boden. Von einer Nadel war nichts zu sehen. Er zog den Revolver halb aus seinem Hemd.

»Dauert es noch lange?« fragte er.

Er sah, wie der Typ erst erstarrte und dann tat, als müßte er seinen Schwanz abschütteln. Der Typ hob die rechte Hand, aber nicht um seinen Reißverschluß zuzuziehen, sondern um sie in den Anorak zu stecken. Das war's. Er war sich sicher, obwohl er das Gesicht nicht gesehen hatte. Als der Typ in den Anorak griff, um seine Waffe zu ziehen, schoß er ihm zweimal in den Rücken. Er schaute zu, wie er auf den urinverdreckten Fliesen in die Knie sank. Polternd fiel die Waffe neben das Toilettenloch. Pierre ging näher heran, zog ihm den Kopf hoch und sah in das sterbende Gesicht. Es war der Kerl aus Aix.

Der Lärm der beiden Schüsse war in der Bar deutlich zu hören gewesen. Max' Schritte, er kam, rannte. Er schob seine eigene Waffe wieder ins Hemd und ging zur Tür.

»Ich war gerade in der Telefonzelle«, erklärte er Max. »Ich schätze, der hat Selbstmord begangen.«

Max, schockiert, ging in die Toilette. In Sekunden würde er die Wahrheit wissen.

Er rannte über den Korridor, durch das Café und in die Rue Obscure. Sein Herz hämmerte in der Brust, er rannte die Straße hinunter, dann über die Treppe, die ans Wasser führte, die in die Anonymität und zu den schlendernden Touristen führte, hinaus ins Sonnenlicht, zum silbern glitzernden Meer.

# 26

Es war ein Armeefahrzeug, zweifellos von der Gendarmerie: Der Fahrer, Adjudant Picot, war mit einer Maschinenpistole bewaffnet, ebenso wie der Sergent an seiner Seite. Auf dem Rücksitz saß Roux in makelloser Uniform, die deutlich seinen Rang als Oberstleutnant zu erkennen gab, auf den Knien eine Aktenmappe, die Reisetasche zwischen den Füßen. Er hatte veranlaßt, daß er vom Flughafen in Nizza abgeholt und direkt nach Villefranche gebracht wurde. Als sie jetzt die letzte Kurve der Haute Corniche nahmen, konnte er das wuchtige Tor vom Prieuré Saint-Michel-des-Monts vor sich sehen, das verrostete Eisenkreuz, das, ein wenig schief, rechts vom Eingang stand. Wo waren die Wachposten?

Und dann sah er einen Armeejeep auf einem kleinen, runden Parkplatz am Aussichtspunkt. Auf den Vordersitzen ein Adjudant und ein Sergent, beide in Uniform.

»Sind das unsere Leute?«

»Ja.«

»Verdammt, ich wollte einen Wachposten und keine Straßensperre!«

»Wie bitte?«

»Uniformen! Armeefahrzeug! Wenn unser Mann die gesehen hat, ist er längst verschwunden.«

»Und jetzt?«

»Rufen Sie sie her.«

Als der Jeep neben ihnen hielt, beugte er sich aus dem Wagen. »Seit wann sind Sie hier?«

»Seit zehn vor zwei.«

»In Ordnung. Fahren Sie mir nach.«

Der *père hospitalier* meldete sich über die Gegensprechanlage: »Priorat. Ja, bitte?«

»Gendarmerie. Würden Sie uns bitte aufmachen?«

Als die beiden Fahrzeuge durch die Toreinfahrt fuhren, rief der *père hospitalier* Pater Joseph in seinem Büro an.

»Die Polizei, Pater. Zwei Jeeps.«

»Wo ist unser Freund?«

»Er ist vor einigen Stunden ausgegangen und bislang nicht zurückgekommen. Was soll ich ihnen sagen, Pater?«

»Warten Sie. Ich bin in einer Minute unten.«

Der *père hospitalier*, Pater Francis, trat in die Hofeinfahrt hinaus. »Was kann ich für Sie tun, meine Herren?«

»Gibt es einen Hinterausgang, Pater?«

»Ja. Auf der anderen Grundstücksseite, hinter der Kapelle.«

»Adjudant, Sie beziehen dort Posten. Sergent, sie kommen mit uns.«

Der Jeep vom Aussichtspunkt fuhr an und verschwand in Richtung Stall. Gefolgt von Adjudant Picot und zwei Sergents betrat Roux den Hauptflur des Landhauses.

»Wer ist hier der Vorsteher, Pater?«

»Pater Joseph. Er ist unterwegs.«

Ein ältlicher Mönch kam die rosafarbenen Marmorstufen herab. Er nickte ihnen höflich zu, als er über die prunkvollen Schachmusterfliesen im Flur schritt. »Guten Tag, meine Herren.«

»Ich bin Colonel Roux. Dies ist ein Durchsuchungsbefehl für dieses Haus.«

Pater Joseph nahm das maschinenbeschriebene Blatt und las es langsam durch. »Pierre Brossard?« fragte er schließlich.

»Ja. Ist er hier?«

»Nein, ist er nicht.«

»Aber Sie kennen ihn?«

»Ja, natürlich. Wir sind zusammen zur Schule gegangen.«

»Dann wissen Sie auch, daß er wegen eines Verbrechens gegen die Menschlichkeit gesucht wird.«

»Ja.«

»Ist er in der Vergangenheit hier untergekommen?«

»Unser Prior, Dom Henri, ist gegenwärtig in Rom. Ich vertrete ihn zwar in der Zwischenzeit, aber da ich nicht der Prior bin, glaube ich nicht, daß mir die Vollmacht gegeben ist, Ihnen auf diese Frage antworten zu dürfen. Sie wissen sicherlich, Colonel, daß in den Augen meiner Oberen das kirchliche Gebot des Asylrechtes Vorrang vor den Gesetzen des Staates hat.«

»Der Durchsuchungsbefehl in Ihrer Hand ist ein gesetzliches Dokument. Das Recht auf Asyl wird von ihm nicht berührt. Wir versuchen, einen wegen eines Kapitalverbrechens gesuchten Kriminellen zu finden und ihn zu verhaften, und deshalb werden wir dieses Haus durchsuchen.«

Pater Joseph nickte. »In diesem Fall wird Sie Pater Francis durch das Haus führen. Einen schönen Tag noch, meine Herren.« Er wandte sich zu Pater Francis um. »Wenn Sie mich brauchen, finden Sie mich in meinem Arbeitszimmer.«

»Ja, Pater.«

Die Durchsuchung begann in den großen Empfangszimmern im Erdgeschoß. Vor der Loggia sah Roux ein halbes Dutzend Gestalten in ihren Kutten auf und ab gehen, die Köpfe im Gebet oder zur Meditation gesenkt. Mit ihren Steinsäulen sah die Loggia wie der Kreuzgang eines Klosters aus, wäre da nicht der große, für die Riviera so typische Swimmingpool gewesen, umgeben von Sonnenschirmen und Plastikliegestühlen. Und während sie die Suche in Speisesälen und Küche fortsetzten, fiel ihm auf, wie eigenartig sich das Leben einer klösterlichen Gemeinschaft inmitten weltlichen Wohlstandes ausnahm. Dennoch hatte die bloße Anwesenheit dieser Mönche das luxuriöse Mobiliar, die prunkvollen Fliesen, die Wandleuchter, die *boiserie* verwandelt und seltsam erniedrigt. Die steinernen Blumenkübel standen leer in ihren Nischen, dort, wo man Gemälde und Spiegel abgehängt hatte, waren an den Wänden nun gelbe Flecken zu sehen, und an der großen kahlen Wand neben der Treppe, die zu den Zimmern im ersten Stock führte, hatte man ein häßliches, modernes Kreuz angebracht, und Christus ließ den Kopf hängen, als schämte er sich, in einer solchen Umgebung angetroffen zu werden.

Rasch dirigierte Roux seine Truppe um und schickte seine Männer einzeln in die Korridore, in denen sie Tür um Tür zu leeren Schlafzimmern öffneten. Sie stiegen zu den kleinen Zimmern der ehemaligen Dienstboten im dritten Stock hinauf, die heute als Mönchszellen dienten. Dabei entging ihm nicht, daß Pater Francis sich während ihrer Durchsuchung keineswegs wie ein Mann benahm, der etwas zu verbergen hatte. Als sie mit dem Landhaus fertig waren, führte sie der Priester zum Stall, der zur Kapelle des Priorats umgebaut worden war. Aus Gewohnheit und aus Respekt tauchte Roux beim Betreten des Kirchenschiffs seine Hand ins Weihwasserbecken und schlug ein Kreuzzeichen. Zwei Mönche hielten am Hauptaltar eine Andacht. Er machte Adjudant Picot ein Zeichen, der sich daraufhin rasch in der Sakristei umsah und ihm dann mit einer Geste zu verstehen gab, daß er nichts gefunden hatte.

Als sie aus der Kapelle ins Sonnenlicht traten, stieg der eine Sergent vom Heuboden über den alten Ställen hinunter. Wieder nichts.

»Sonst noch irgendwelche Räumlichkeiten?« fragte Roux und sah, wie der *père hospitalier* zögerte.

»Am anderen Ende des Gemüsegartens stehen noch ein paar Schuppen. Für Gartengerät, Unkrautvernichter und derlei.«

»Sehen wir uns das mal an.«

Wieder sah er den Priester zögern.

»Also schön, hier entlang.«

Rasch schritten sie durch die Beetreihen, als Roux neben den Geräteschuppen ein Gebäude entdeckte, das wie ein Gartenhäuschen aussah. »Was ist das, Pater?«

»Das Haus des Gärtners. Wir nutzen es hin und wieder während der Meditationswochen, wenn wir überbelegt sind.«

Hinter dem Häuschen am Ende des Gartens sah Roux den Jeep vom Aussichtspunkt vor dem rückwärtigen Ausgang stehen. Er bog in den Weg zum Gärtnerhaus ein. Die Tür war verschlossen. »Haben Sie den Schlüssel, Pater?«

»Ich – ich fürchte, den muß einer von den anderen Mönchen haben. Pater Paul hat hier seine Blumenerde gelagert.«

»Könnten Sie ihn um den Schlüssel bitten?«

»Im Augenblick leider nicht. Er dürfte den Schlüssel bei sich haben, ist heute aber in Nizza, um Vorräte für die morgen beginnenden Meditationswochen einzukaufen.«

Roux schaute Adjudant Picot an, der nickte und ging zum Fenster, zog ein Messer, schob es unter den Haken und hob das Schiebefenster an. Dann drehte er sich zum jüngeren der beiden Sergents um: »Da paßt du doch durch, nicht, René?«

Der Sergent wand sich durch das enge Loch. Einen Augenblick später war die Tür offen. Roux betrat den engen Wohnraum, und sein Blick fiel auf drei schwere Koffer und einen kleinen, abgewetzten Lederschrankkoffer.

»Wem gehören die, Pater?«

Wieder sah er, wie Pater Francis zögerte. »Ich bin mir nicht sicher. Pater Paul kümmert sich um dieses Haus.«

Roux gab Adjudant Picot ein Zeichen. Die Koffer waren nicht verschlossen. Die ersten beiden enthielten Männerkleidung, einige Gebetbücher, Heiligenbilder und ein offenbar häufig benutztes Meßbuch. Dann öffnete Picot den größten Koffer. »Sehen Sie sich das mal an!«

Roux beugte sich über den Koffer, dann schaute er Pater Francis an. Der Priester schien verblüfft zu sein. Roux zog ein SS-Totenkopfabzeichen heraus, dann einen Kradwimpel der Waffen-SS. »Wem gehört dies hier?«

»Ich – ich habe keine Ahnung. Ich wußte nicht, daß

hier – Colonel, ich glaube, es ist besser, wenn ich jetzt Pater Joseph hole.«

»Tun Sie das, Pater. Und denken Sie daran, ich möchte nicht, daß Sie oder sonst jemand zum Telefon greift. Haben wir uns verstanden?«

Der Priester nickte und ging hinaus. Roux hockte sich vor den kleineren Schrankkoffer. Vor einer Lederlasche hing ein Schloß. Er schnitt die Lasche mit dem Messer ab. Der Koffer war mit ordentlich gestapelten Akten angefüllt. »Besorgen Sie uns einen Tisch, Sergent. Adjudant, durchsuchen Sie die Garage und das Gelände. Halten Sie nach einem weißen Peugeot Ausschau, Baujahr Ende siebzig.«

Als der Adjudant hinausging, setzte sich Roux an den Tisch. Die ersten Aktenblätter sagten ihm alles. Während der Minuten, in denen Roux die Papiere durchsah und darauf wartete, daß Pater Joseph auftauchte, begriff er, daß diese Papiere sämtliche Anstrengungen dokumentierten, die in den letzten vierzig Jahren die Urteile der Geschichte hatten verkehren und die vom Staat verhängten Strafen hatten aufheben sollen.

In all seinen Jahren als Mönch der Karmeliter hatte Joseph zu keinem Zeitpunkt vor einer derartigen Entscheidung gestanden und sich so allein gefühlt. Das Leben, das er sich selbst gewählt hatte, auf das er eines Tages in der Stunde seines Todes mit Demut und Dankbarkeit hatte zurückblicken wollen, schien ihm plötzlich egoistisch und falsch. Die Jahre des Gebetes und der Selbstverleugnung, jene Jahre, in denen er sich durch die Freude der Liebe Gottes gebenedeit gefühlt hatte, waren sie nicht bloß eine Abkehr von seinen Pflichten gegenüber seinen Mitmenschen gewesen? Er, der von Kindheit an den politischen Überzeugungen seines Vaters, des Adjudant Brossard mißtraut hatte, der zwanzig Jahre gedient hatte unter einem konservativen Superior wie Dom Henri, hatte er nicht gewissermaßen die Taten dieser Männer gutgeheißen? So wie er auch später, in der Zeit des kirchlichen Wandels nach dem Krieg, geschwiegen hatte, als Dom Henri jene südamerikanischen Priester und Nonnen kritisierte, die für die Armen und Unterdrückten gekämpft und mit ihnen gelitten hatten. Und während an diesem Nachmittag Polizei die Räume des Priorats durchsuchte und den Frieden der seiner Obhut anvertrauten Gemeinschaft bedrohte, sah er sich nun endgültig mit der letzten Konsequenz seines Schweigens konfrontiert. Sollte er reden oder stumm bleiben? Sollte er dem Colonel sagen: »Ja, Brossard wohnt hier, er ist zwar im Augenblick nicht im Haus, wird aber später zurückkehren, er will die Nacht bei uns verbringen. Er ist ein Kriegsverbrecher, ein Mann, den ich schon als Kind kannte, ein Mensch, dem ich nie getraut habe, ein Lügner, ein Schurke. Verhaften Sie ihn.«?

Oder sollte er wiederum nichts sagen, ihre Bemühungen weder unterstützen, noch sie vereiteln? ›Nichts sagen hieße so tun, als wüßte ich nichts. Und das ist eine Lüge. Wem soll ich gehorchen? Meinem Gewissen oder den Ordensregeln? Ach, ich kenne die Antwort. Ich darf nicht selbstsüchtig handeln, um mein Gewissen zu beruhigen. Gehorche ich Dom Henri, halte ich mich an unsere Regel, jene Regel, die uns gebietet, Gott Gehorsam zu geloben. Ich bin ein Mönch der Karmeliter. Ich muß den Orden vor dem Skandal bewahren, den eine Verhaftung Brossards in diesem Haus bedeuten würde.‹

»Pater Joseph?«

Francis, außer Atem, besorgt.

»Ja, Francis.«

»Sie haben sein Gepäck gefunden. Es steht im Gartenhäuschen. Der erste Koffer, den sie aufgemacht haben, war voller Nazizeugs.«

»Nazizeugs?«

»Fähnchen, Armbinden, Medaillen – das hat er wohl gesammelt. Ich habe gesagt, daß ich Sie hole. Der Colonel meint, wir dürfen nicht telefonieren.«

»Was glaubt der, wer er ist?« sagte Joseph. »Also schön. Kommen Sie mit.«

Als sie zum Häuschen kamen, saß Colonel Roux am Küchentisch und studierte den Inhalt der Akten. Ein schmaler Lederkoffer stand an seiner Seite. Joseph sah, daß der Koffer voller Naziramsch auf dem Boden neben der Tür lag. Der Colonel blickte zu Joseph auf. »Dies sind Pierre Brossards Sachen, Pater. Wo ist sein Wagen?«

»Ich weiß nicht«, sagte Joseph.

Der Colonel wandte sich an Francis. »Wissen *Sie*, wo er ist?«

Pater Francis zögerte und schaute Joseph an. »Ich fürchte, wir können Ihnen nicht helfen«, sagte Joseph.

»Ist er hier auf dem Grundstück?«

Joseph schwieg.

»Pater, es besteht kein Zweifel, daß dies Brossards Habseligkeiten und seine Unterlagen sind. Wir suchen jetzt nach seinem Wagen. Wenn der Wagen hier ist, werden wir ihn finden. Und wenn er hier ist, dann ist es ziemlich wahrscheinlich, daß Sie den Mann irgendwo auf diesem Grundstück versteckt halten. Also. Wollen Sie, daß wir das Priorat auseinandernehmen?«

»Hier ist niemand.«

In Begleitung eines Sergent kehrte Adjudant Picot ins Gartenhaus zurück. »Keine Spur von ihm. Und kein Ort, an dem er sich versteckt halten könnte.«

Roux wandte sich an Joseph. »Ich glaube nicht, Pater, daß es noch Sinn macht, wenn Sie weiterhin leugnen, daß Brossard hiergewesen ist.«

»Das habe ich nie geleugnet. Ich sagte nur, daß unser Prior abwesend ist und ich mich daher nicht in der Lage sehe, diese Angelegenheit mit Ihnen bereden zu können. Ich werde seinen Rat einholen müssen. Wenn Sie es mir also gestatten, werde ich versuchen, ihn über Telefon zu erreichen. Ich sagte ja bereits, daß er sich gegenwärtig in Rom aufhält.«

»Nein, ich möchte nicht, daß Sie das Telefon benutzen. Wie der Zufall will, wissen wir, daß Brossard heute in Villefranche eintreffen soll. Man hat uns mitgeteilt, daß er in dieses Priorat kommt. Unsere Information scheint korrekt gewesen zu sein. Er kam her, aber sein Wagen ist nicht da. Vielleicht hatte er etwas zu erledigen. Wir werden hier auf seine Rückkehr warten.«

»Wie Sie wollen«, sagte Joseph. »Dürfen wir jetzt gehen?«

»Einen Augenblick noch«, sagte Roux. »Adjudant, würden Sie bitte Pater Francis begleiten? Das Tor wird mittels

Telefon von seinem Büro aus kontrolliert.« Er schaute Joseph an. »Der Adjudant wird bei Bedarf das Tor öffnen.«

Joseph ignorierte diese Bemerkung. »Kommen Sie, Pater?«

Francis nickte. Als die beiden Priester hinausgingen, folgte Adjudant Picot ihnen mit einem Schritt Abstand, und Roux beugte sich wieder über die Akten. Irgendeines dieser Blätter mochte den Schlüssel zum Verständnis für die Jahre der Flucht und des Versteckens enthalten. Er öffnete den Ordner mit der Aufschrift *Begnadigung* und begann, in einem Brief von einem gewissen Monsignor Gouet an Monsignor Le Moyne zu lesen: *Es versteht sich von selbst, daß die Begnadigung, verwaltungstechnisch gesehen, nicht allein dem Präsidenten obliegt. Der Präsident ist Ihnen in dieser Angelegenheit zwar durchaus gewogen, aber er wird nichts unternehmen, ohne nicht vorher die Ansichten des Innen- und des Justizministeriums einzuholen.*

Während Roux diese Zeilen las, kam der Sergent auf das Haus zugelaufen, in der Hand ein schnurloses Telefon. »Für Sie!«

»Hier Roux.«

»Robert, ich bin's, Daniel. Mir flimmert da gerade was Phantastisches über meinen Bildschirm. Du hast ihn doch noch nicht, oder?«

»Nein, aber er war hier. Wir haben seine Sachen.«

»Laß deine Leute an Ort und Stelle, Robert, aber komm um Himmels willen her. So schnell es geht.«

# 27

»Aber wer zahlt uns den Verdienstausfall? Wir haben mit dieser Sache doch nichts zu schaffen, und heute abend erwarten wir Gäste. Wir können es uns nicht leisten, den Laden zu schließen.«

Inspektor Sarrat wandte sich vom Besitzer ab und sah zu den beiden Offizieren der Gendarmerie hinüber. »Was meinen Sie, Colonel? Soweit es die Polizeiarbeit betrifft, können wir bis heute abend fertig sein. Brauchen Sie noch was Besonderes?«

Roux schüttelte den Kopf. »Nein. Das geht in Ordnung. Ich würde jetzt gern zum Leichenschauhaus fahren und mir den Toten ansehen.«

»Natürlich. Ich rufe an und sag Bescheid, daß Sie kommen.«

Roux drehte sich zu Max Pellan um. »Sie haben ihn also gut gekannt? Ein Stammgast, wenn er in Villefranche war?«

»Ja, sozusagen, aber für mich war er nur so ein alter, pensionierter Kerl mit Namen Pouliot, ein Geizhals. Hat nie über sich geredet, hätte mich allerdings auch nicht interessiert.«

»Der Brief?« sagte Roux. »Ist Ihnen daran etwas Ungewöhnliches aufgefallen?«

»Es war ein Einschreiben«, sagte Madame Pellan. »Aus Paris, glaube ich. Er war immer hier, wenn der Brief kam. Er machte sich Sorgen, wenn der Postbote mal spät dran war.«

»Und der Mann, den er umgebracht hat?«

»Hab ihn vorher nie gesehen«, sagte Max. »Er kam rein, bestellte sich ein Bier, und als ich ihm einschenkte, ging er auf die Toilette.«

Roux wandte sich wieder an Inspektor Sarrat. »Diesen Bekennerbrief, den Sie bei der Leiche gefunden haben, könnten Sie uns davon bitte eine Kopie machen?«

Der Inspektor hatte das Blatt Papier in seiner Anoraktasche. »Ich habe bereits ein paar Kopien für die Reporter gezogen. Hier, nehmen Sie.«

Als sie kurz darauf im Jeep der Gendarmerie über die untere Corniche fuhren, begann Daniel Dumesnil zu lachen. »Keine Spur von einer Verschwörung«, sagte er. »Volle Mitarbeit von seiten der Polizei. Vielleicht haben wir uns doch getäuscht.«

»In Salon war es genauso«, sagte Roux. »Inspektor Cholet hätte kaum hilfsbereiter sein können. Wer Brossard auch deckt, er sitzt in Paris, irgendwo ganz oben, vielleicht sogar der Präfekt selbst. Und den *flics* vor Ort sagt er kein Wort. Dieses Schreiben. Lies es mir noch einmal vor, ja?«

Dumesnil nahm das Blatt Papier aus seiner Brieftasche:

BEKENNERBRIEF

KOMITEE GERECHTIGKEIT

FÜR DIE JÜDISCHEN OPFER VON DOMBEY

*Dies ist Pierre Brossard, ehemals Chef der Zweiten Sektion der* milice *im Raum Marseille, der 1944 und abermals 1946 von einem französischen Gericht zum Tode* in absentia *verurteilt wurde und dem darüber hinaus mit der Ermordung von vierzehn Juden am 15. Juni 1944 in Dombey, Alpes-Maritimes, ein Verbrechen gegen die Menschlichkeit zur Last gelegt wird. Nach vierundvierzig Jahren voller juristischer Ausflüchte und Hinhaltetaktiken, in denen sich die katholische Kirche der Mittäterschaft schuldig machte, da sie Brossard vor der Justiz verborgen hielt, sind die Toten nun gerächt. Dieser Fall ist abgeschlossen.*

»Das ist er nicht«, sagte Roux. »Ganz und gar nicht.«

Im Leichenschauhaus rollte man den Toten heraus, damit sie ihn sich ansehen konnten. Roux beugte sich vor, um das Gesicht näher zu betrachten.

»Zum Glück ist es unserem Büro gelungen, seine Akte auf den Bildschirm zu holen, ehe unsere Freunde in der Pariser Polizei seine Daten löschen konnten«, sagte Dumesnil.

»Sehr gut. Wer ist er?«

»Benrehail Ben Said, nennt sich Tomas Said, Sohn eines Adjudant der *harkis*, der sich in Marseille zum Gangster gemausert hat und von der Polizei '74 bei einem Raubüberfall erschossen wurde. Der Sohn trat in seine Fußstapfen und wurde zweimal verhaftet, weil er für Muhammad Remli in Paris gearbeitet hat.«

»Den Drogen-*caïd*«, sagte Roux.

»Genau. Man nimmt an, daß dieser Bursche hier zu seinen Killern gehört hat. Er wurde zum Verräter, aber davon hat Remli nichts gewußt. Paris ließ ihn nach drei Monaten wieder laufen.«

»Ein Profi also. Angeheuert von dieser jüdischen Gruppe. Ist doch seltsam, nicht? Warum dingt die sich Profikiller und stattet sie mit jüdischen Namen und Papieren aus? Das ergibt doch keinen Sinn.«

»Genau«, pflichtete ihm Dumesnil bei. »Ich habe die DST angerufen, während ihr vom Priorat hierhergefahren seid. Die hat von dieser Gruppe noch nie etwas gehört. Und in diesen Sachen ist sie ziemlich *au courant*. Dieselbe Antwort kam vom Wiesenthal-Zentrum. Völlig unbekannt.«

»Gehen wir das Geschehen noch einmal durch«, sagte Roux. »Stell dir vor, du wärst Brossard und hast gerade einen Killer getötet. Du weißt inzwischen, dieses Kommando, wer immer auch dahinterstehen mag, ist dir von Salon gefolgt und weiß, daß du im Priorat in Villefranche abgestiegen bist. Als ein so cleverer Mann wie Brossard wirst du dir auch ausrechnen können, daß der Killer dich entdeckt hat, als du heute morgen das Priorat verlassen hast und daß er dir in die Altstadt gefolgt ist. Brossard hat sein Opfer laut Aussage des Besitzers der Bar Les Antilles etwa um Viertel nach eins erschossen. Anschließend wollte Brossard vermutlich zum Priorat zurück, sah aber dann die Männer in Uniform, die an der Straße auf ihn gewartet haben.«

»Die Wachposten waren erst um Viertel vor zwei an Ort und Stelle«, sagte Dumesnil. »Vielleicht hat er sie also doch nicht gesehen. Vielleicht ist er gar nicht zum Priorat zurückgefahren? Oder glaubst du, daß er sich später noch reinschleichen will? Könnte sein. Und dann würde er keine Wachposten sehen.«

Roux schüttelte den Kopf. »Er ist uns durch die Lappen gegangen, Daniel. Ich weiß es. Halten wir die Überwachung noch vierundzwanzig Stunden aufrecht, aber ich nehme mir Brossards Akten mit und fliege heute abend wieder nach Paris. Ich muß eine Menge lesen. Und zwar verdammt schnell.«

## 28

Das Gebäude lag am Boulevard Jean-Jaurès in unmittelbarer Nähe der engen, gewundenen Straßen der Altstadt von Nizza. Der Bürgermeister von Nizza hatte es der Bruderschaft von Saint-Donat übertragen, allerdings gegen den Rat des Bischofs, der ihm warnend mitgeteilt hatte, daß Dom Olivier Villedieu, der Generalprior der Bruderschaft, sich entschlossen hatte, Monsignor Lefèbvre zu folgen, dem früheren Erzbischof von Dakar, welcher der Auffassung war, daß Rom seit Abschaffung der Lateinischen Messe und den Änderungen im Anschluß an das Zweite Vatikanische Konzil nicht länger die Heimat der wahren Kirche sei. Folglich wurde das Bruderschaftshaus am Boulevard Jean-Jaurès vor allem von Priestern bewohnt, die in den achtziger Jahren von Monsignor Lefèbvre in seinem Hauptquartier in Ecône in der Schweiz in direkter Auflehnung gegen den Vatikan unrechtmäßig ordiniert worden waren. Da aber nur wenige Priester oder Laien Dom Olivier und Monsignor Lefèbvre in offener Rebellion anhingen, besaß die Bruderschaft durchaus auch einige wohlwollende Gönner. Zu diesen zählten unter anderem die Chevaliers de Sainte-Marie, ein Orden, in dem Dom Olivier einen hohen Rang einnahm.

Der Generalprior war also jetzt und immerdar ein Waffenbruder. Mehr noch, anderen Priestern gegenüber hatte Dom Olivier in den letzten Jahren offen zugegeben, daß: »Pierre Brossard zu beherbergen nichts damit zu tun hat, daß wir einem Mann entsprechend des kirchlichen Rechtes auf Asyl Zuflucht gewähren. Pierre *muß* geholfen und beschützt werden, weil er ein Opfer der Machenschaften der Feinde des wahren Glaubens ist.« Dom Olivier und die Priester der Bruderschaft von Saint-Donat gehörten deshalb einer ganz besonderen Kategorie an. Daß sie die Anweisungen des Kardinals ignorierten, stand außer Frage. Hier würde man ihn wie in alten Zeiten willkommen heißen.

Und er wurde umstandlos aufgenommen. Pater Rozier, der *père hospitalier*, umarmte ihn und führte ihn in die Druckerei, wo er von Pater Paul und Pater Guy-Marie umarmt wurde, ehe man ihn schließlich die zwei Stockwerke hinauf ins überfüllte Arbeitszimmer von Dom Olivier führte, der sich von seinem Schreibtischstuhl erhob, ihn mit seinen vom Grauen Star geschwächten Augen anstarrte und, kaum hatte er ihn erkannt, vortrat und die Arme zur brüderlichen Umarmung ausbreitete. »Pierre! Gott segne Sie. Wie geht es Ihnen?«

»Soweit gut, danke, Pater. Und Ihnen? Sie sehen recht gut aus.«

»Gott ist gütig«, lautete Dom Oliviers rätselhafte Antwort. Man wußte allgemein, daß er an Prostatakrebs litt, aber er redete nicht darüber. »Sie spielen also immer noch Versteck?«

»So ist es, Pater Prior.«

»Wissen Sie, daß wir allabendlich für Sie beten, Pierre?

Und Sie werden unsere Gebete nun mehr als je zuvor brauchen.«

»Sehr wahr, Pater.«

»Ja, ich habe von dieser Richterin in Paris gelesen. Und Delavigne! Was für ein Feigling, eine Schande! Ich muß schon sagen, sein Vorgehen bestätigt alles, was Monsignor Lefèbvre je über die Perfidie Roms gesagt hat.«

»Und seine Anweisungen, Pater, zeigen leider ihre Wirkung. Überall weist man mir die Tür.«

»Diese Tür wird Ihnen immer offenstehen, Pierre. Schön, daß Sie bei uns sind. Doch wenn Sie mich jetzt bitte entschuldigen wollen, ich habe noch einige Arbeit zu erledigen. Ich sehe Sie dann zum Abendbrot.«

Pater Rozier brachte ihn auf ein kleines Zimmer im oberen Stock des Hauses. »Kann ich Ihnen bei Ihrem Gepäck behilflich sein?«

»Leider nicht, ich mußte es in Villefranche zurücklassen. Es könnte einige Tage dauern, ehe ich es anfordern kann.«

»Wieso das?«

»Bei meiner Ankunft heute morgen im Prieuré Saint-Michel-des-Monts ließ ich mein Gepäck dort und fuhr dann in die Stadt. Als ich zurückkehrte, stand ein Jeep der Gendarmerie am Eingang. Also machte ich kehrt und kam hierher. Leider ohne mein Gepäck.«

»Wir können Ihnen einen Schlafanzug besorgen, einen Rasierer, was immer Sie benötigen.«

»Danke sehr. Ich rufe morgen in Villefranche an und versuche herauszufinden, ob mein Verdacht berechtigt war. Bis dahin wäre es allerdings besser, ich würde mich von dort fernhalten.«

»Sind Sie hungrig? Möchten Sie etwas essen?«

»Nein, danke. Aber dürfte ich nachher einmal das Telefon benutzen? Eine persönliche Angelegenheit.«

»In der Buchbinderei ein Stockwerk tiefer gibt es ein Telefon. Ich sorge dafür, daß Sie nicht gestört werden.«

»Danke. Vielen Dank.«

»Keine Ursache. Lassen Sie es mich nur wissen, wenn Sie etwas benötigen.«

Kaum hatte Pater Rozier ihn verlassen, konnte er sich endlich auf der schmalen Mönchspritsche ausstrecken. Er hielt die Hände hoch, sah, wie sie zitterten. Über ihm, umrahmt von einer kleinen Dachluke, der unbarmherzig blaue Himmel der Provençe. ›Manchmal kommt es mir vor, als würde ich in diesem Himmel ein Auge sehen, das mich beobachtet, mich beurteilt. Doch was habe ich falsch gemacht? Schließlich habe ich mich nur verteidigt. Was sollte daran falsch sein?‹

Wieder starrte er hinauf zum Himmelsgeviert. Hinter diesem Blau, hinter den unsichtbaren Sternen, hinter der Sonne: ›Wer sieht mich, wer urteilt über mich, wer lenkt mein Geschick? Habe ich recht getan? War das derselbe Junge, den ich auch in Aix gesehen habe? In der Toilette, liegt da in Pisse und Blut, sein Schwanz aus der Hose; als ich ihm den Kopf hochzog, habe ich das Gesicht nur einen kurzen Augenblick gesehen, ehe Max herbeigelaufen kam. Ich habe ihm in den Rücken geschossen, schließlich konnte ich doch kein Risiko eingehen, oder? Und es war gut, daß ich geschossen habe. Er hatte eine Waffe.

Die Sache mit den Gendarmen, das ist eine andere Geschichte. Wenn sie auf mich warten, und ich komme nicht zurück, dann gehen die irgendwann rein und reden mit Joseph. Wer weiß, was der ihnen erzählt? Vielleicht durchsuchen sie alles und finden meine Koffer, meine Akten. Ich kann nicht mal anrufen, um herauszufinden, was los ist. Die haben bestimmt das Telefon des Priorats angezapft. Vionnet sollte ich anrufen. Der *muß* mich rausholen. Ich muß ihm unbedingt berichten, was heute passiert ist. Schließlich soll er mich beschützen. Nimm eine Pille. Beruhige dich. Ruhe. Ruhe.‹

# 29

Die Weinkellerei Caves des Saussaies lag an der Route Nationale zwischen Vaison la Romaine und Nyons und bestand aus einem bescheidenen Bauernhaus, einer Garage, zwei Abfüll- und Vorratsschuppen und dem verblaßten Schild über dem Eingang: *Dégustation des Vins*. Der Degustationsraum war ähnlich bescheiden, ein kleiner Schuppen mit einem Tresen, einem Regal voller Gläser und einigen Flaschen vom eigenen Wein, einem billigen Côtes du Ventoux. Touristen wurden nicht gerade ermuntert, hier anzuhalten und den Wein zu kosten. Doch wenn sich gelegentlich ernsthafte Käufer in der Gegend aufhielten, dann kam der Besitzer, der ehemalige Commissaire Vionnet, eigens von Avignon herüber, um höchstpersönlich eine Weinprobe zu veranstalten, für die Marie-Ange Caillard, die Frau von Paul Caillard, dem Verwalter des Weinguts, die *hors-d'œuvres* vorzubereiten hatte.

Die potentiellen Käufer an diesem Nachmittag waren die Betreiber einer Supermarktkette mit Sitz in Orange. Sie trafen am Abend kurz vor sechs Uhr ein. Commissaire Vionnet hatte seit halb fünf auf sie gewartet, und seine Stimmung war gereizt. Dennoch setzte er eine freundliche Miene auf. Marie-Ange brachte die *hors-d'œuvres*, danach zog sie sich mit Paul in die Küche des Bauernhauses zurück.

»Könnte ein großer Auftrag sein«, sagte Paul. »Hoffentlich geht da drinnen alles gut.«

Doch nach einer Viertelstunde klingelte das Telefon in der Küche, und als Paul abhob, hörte er, wie eine besorgte Männerstimme die hastige Frage hervorstieß: »Commissaire Vionnet, ist er noch da?«

»Ja.«

»Ich rufe aus Paris an. Können Sie ihn bitte an den Apparat holen?«

»Im Augenblick ist er beschäftigt«, sagte Paul. »Wenn Sie mir Ihre Nummer geben, dann wird er Sie zurückrufen.«

»Nein, keine Nummer. Sagen Sie ihm, Inspektor Pochon will mit ihm sprechen.«

Paul legte den Hörer hin und lief in den Schuppen zur Weinprobe. Der Commissaire und die potentiellen Käufer gingen einige Zahlen durch.

»Ein Anruf aus Paris. Ein gewisser Inspektor Pochon.«

Er sah, wie der Commissaire zögerte und sich dann den Käufern zuwandte. »Wenn Sie mich entschuldigen möchten. Es dauert nur einen Augenblick. Paul hier kann Ihnen alle Fragen über den Wein beantworten.«

Marie-Ange sah den Commissaire in die Küche kommen. Er griff nach dem Hörer, dann schaute er sie an.

»Schon in Ordnung«, sagte sie. »Ich wollte sowieso gerade gehen.«

Sie ging ins angrenzende Wohnzimmer. Der Fernseher lief, aber der Ton war abgestellt. Ein Fußballspiel. Sie interessierte sich nicht für Fußball, setzte sich aber aufs Sofa und tat, als würde sie zuschauen. Sie konnte den Commissaire nebenan sprechen hören.

»Wann?«

Einen Augenblick blieb er stumm, dann: »War es schon im Fernsehen? Und *Nice Matin*, wie sind die an das Schreiben rangekommen?«

Und danach: »Wo treiben Sie diese Idioten auf? Ein siebzig Jahre alter Mann, und er veranstaltet das reinste Tontaubenschießen mit denen!«

Wieder verstummte er, sagte dann aber: »Vergiß nicht, der *patron* hat den Typen gesehen. Bevor er Paris verließ, haben wir ihn in seine Wohnung geschickt. Deshalb macht sich der *patron* ja jetzt Sorgen.« Eine Zeitlang hörte er bloß zu. Dann: »Nein, dafür ist es nicht zu spät. Ich fahre lieber sofort wieder nach Hause. Vielleicht ruft er mich heute abend an.«

Sie hörte, wie er auflegte, dann rief er: »Marie-Ange?«

Sie ließ ihn zweimal rufen. Er sollte nicht merken, daß sie ihn belauscht hatte.

»Ich muß zurück nach Avignon«, sagte er. »Ich gehe jetzt rein und rede mit ihnen, aber sag Paul, er soll sich keine Sorgen machen. Ich schätze, der Handel ist perfekt. Sie wollen uns eine sechsmonatige Probezeit in ihren Läden in Orange geben. Paul kann sie herumführen, wenn sie sich noch die Weinstöcke anschauen wollen. Und vielen Dank für die *hors-d'œuvres*. Die waren wirklich gut.«

Später, als die Käufer gegangen waren, sagte Marie-Ange zu Paul: »Ich dachte, er arbeitet nicht mehr bei der Polizei?«

»Natürlich nicht. Er wurde '82 pensioniert.«

»Komisch. Ich habe gehört, wie er am Telefon mit diesem Inspektor aus Paris geredet hat. Ich weiß zwar nicht, worum es ging, aber es hörte sich so an, als würde es sich um Polizeiarbeit drehen. Irgendein Schreiben im *Nice Matin*, das ihm zu schaffen macht.«

»Ach was, er ist schon lange im Ruhestand«, sagte Paul. »Wahrscheinlich haben sie irgendeinen alten Fall wieder ausgegraben.«

»Glaube ich nicht«, sagte Marie-Ange. »Außerdem war er ziemlich nervös. Das habe ich deutlich gespürt.«

# 30

Sie hatten neun Uhr gesagt, und Pochon wußte, er tat gut daran, nicht zu spät zu kommen. Er saß an seinem üblichen Platz in diesem anonymen Café voller Touristen und schaute über die Place de l'Alma auf die Busse, die die Avenue du Président Wilson entlangfuhren. Gewöhnlich kam sein Kontaktmann mit dem 63er-Bus, heute abend allerdings nicht. Er hatte gesagt: »Ich fahre einen roten Peugeot 306 und bleibe an der Bushaltestelle stehen. Bleiben Sie im Café, bis Sie mich sehen.«

Und jetzt war es soweit, neun Uhr, ein lauer Sommerabend, am anderen Seineufer der Eiffelturm im Flutlicht, alles normal, als wäre es ein Abend wie jeder andere. Doch dem war nicht so. Alles war schiefgelaufen. Und Punkt neun kam der rote Peugeot und hielt direkt vor der Bushaltestelle vom 63er. Er stand auf, ließ sein Bier stehen und ging wie ein zum Tode Verurteilter, lief blinden Auges bei Rot über die Avenue. Der Kontaktmann hatte die Wagentür geöffnet und beobachtete ihn. Kaum war er eingestiegen, zog der kleine Peugeot an und fuhr rasch über die Seinebrücke.

Der Kontaktmann war derselbe wie immer, ein Mann in den Fünfzigern, ein Anwalt womöglich, kalt und unpersönlich, mit herablassender Stimme. Er starrte stumm geradeaus und fuhr ziemlich schnell.

»Sie haben natürlich die Zeitungen gelesen?« fragte Pochon. Eine dumme Frage, das wußte er, aber irgendwas mußte er sagen.

Der Kontaktmann nickte.

»Das Fernsehen hat gelogen«, sagte Pochon. »Wie immer.«

Der Kontaktmann sagte nichts. Sie fuhren am Invalidendom und an der Nationalversammlung vorbei und bogen in den Boulevard Saint-Germain. Mittlerweile konnte sich Pochon denken, wohin er gebracht wurde. Die Wohnung des *patron* lag in der Rue Saint-Thomas-d'Aquin. Pochon war selbst nie dort gewesen, aber er kannte die Adresse, weil Commissaire Vionnet ihm erzählt hatte, man habe den jungen *harki*, kurz bevor er nach Aix geschickt worden war, dorthin gebracht, um ihn dem *patron* vorzustellen.

Er behielt recht mit seiner Vermutung. 6, Rue Saint-Thomas-d'Aquin, dritter Stock, Appartement Nummer fünf. Ein altes Gebäude, diskret, Mieter auf Lebenszeit, auf den Treppen Teppiche, die Türen aus Mahagoni. Kein Aufzug.

Als sie die Stufen hinaufgingen, fiel ihm auf, daß der Kontaktmann auf seine Armbanduhr schaute. Im dritten Stock angekommen, sagte er: »Wir sind drei Minuten zu früh«, und zögerte. Dann drückte er auf die Klingel. Ein Lakai in Uniform machte ihnen auf, ein Mann um die Fünfzig mit schwarz-gelb gestreifter Weste. Statt sie nach ihren Namen zu fragen, forderte er sie mit einem Kopfnicken auf, ihm zu folgen. Pochon ging durch den Flur, in dessen Nischen römische Büsten standen, vorbei an einem großen Wohnzimmer mit einem Flügel, wuchtigen Ölgemälden, schweren, alten Möbeln und zahlreichen Perserteppichen.

Am anderen Ende des Flurs befand sich ein Eßzimmer, an dessen langem Mahagonitisch für eine Person kunstvoll gedeckt war, Kristallgläser, eine Karaffe und Blumen. Der *patron* hatte noch nicht zu Abend gegessen.

Ehe er die Tür am anderen Ende der Wohnung öffnete, klopfte der Lakai diskret an und führte sie dann in eine große, mit Ledersesseln und einem Sofa ausgestattete Bibliothek, deren hohe Wände von Büchern in Ledereinband gesäumt wurden und in deren Mitte ein riesiger, mit Papieren übersäter Teakholztisch stand. Ein kleiner Fernseher in der Ecke war auf einen Nachrichtensender eingestellt: den amerikanischen CNN. Der alte Mann saß vor dem Apparat, stellte ihn mit der Fernbedienung ab und stand auf. Er nickte dem Kontaktmann zu und wies dann auf Sofa und Sessel vor einer Reihe hoher, mit schweren, roten Samtvorhängen bedeckter Fenster am anderen Ende des Zimmers.

»Schön, daß Sie gekommen sind, meine Herren.« Seine Stimme war sanft und liebenswürdig, aber Pochon ahnte, daß sich unter dem höflichen Ton eine eisige Kälte verbarg. Er wartete, bis der alte Mann saß, ehe er sich selbst setzte. Pochon war nicht leicht zu beeindrucken, aber immerhin saß er nur knapp drei Meter von jenem Mann entfernt, den er zuletzt '61 im Haupthof der Präfektur gesehen hatte, als er, Pochon, noch ein junger Leutnant gewesen war. Dieser alte Mann war Maurice de Grandville, Präfekt der Pariser Polizei unter General de Gaulle, der dem General seine Treue bewiesen hatte, als er in Paris eine große Demonstration der Algerier zerschlug, die gegen de Gaulles Politik in ihrem Land protestierten. Die Brutalität dieser Polizeiaktion galt als berüchtigt, zweihundert Algerier, schrieb die

Presse, hätte sie das Leben gekostet. Pochon, der an der Zerschlagung teilgenommen hatte, hielt diese Zahl durchaus für korrekt. Er hatte mit eigenen Augen gesehen, wie seine Kameraden am Ende des Tages die Leichen in die Seine gekippt hatten.

Doch darüber machte sich der einstige Präfekt natürlich keine Gedanken. Dieser alte Mann hatte sich sein Leben lang in elitären Kreisen bewegt, während der ersten Jahre in Vichy als hoher Beamter, der für Maréchal Pétain gearbeitet hatte, später dann in einer ähnlich hohen Stellung in der Résistance, als ihm dieser Wechsel angebracht zu sein schien. In der Nachkriegszeit hatte er zwei aufeinanderfolgenden Regierungen als Minister gedient und galt als Freund und Vertrauter von Präsidenten und Premierministern. Aus Dankbarkeit für seine unbarmherzige Treue hatte de Gaulle ihn noch sechs Jahre nach den Pariser Morden im Amt des Präfekten gelassen. Inzwischen war er achtzig Jahre alt, und seine vergangenen Taten ließen eine richterliche Untersuchung angebracht erscheinen, doch trotz der mit den Jahren angesammelten Beweislast von dreißig schweren Aktenordnern hatte er niemals auch nur eine Nacht im Gefängnis verbracht, so daß er die Verjährungsfrist seiner früheren Taten längst überlebt hatte. Die Strafe für jene eine Tat ausgenommen, von der seine lange Karriere überschattet worden war. In den Jahren der deutschen Besatzung hatte er als *sous-préfet* in der *préfecture* der Gironde seinen Kollegen von der SS die Arbeit erleichtert, als er eine Reihe von französischen Transporten organisierte, mit denen sechzehnhundert Menschen, darunter zweihundertvierzig Kinder, in die Konzentrationslager der Nazis und damit in den Tod geschickt worden waren. Für diese Tat gab es keine Verjährungsfrist. Sie war ein Verbrechen gegen die Menschlichkeit.

Pochon sah in das alte Gesicht, sah die tiefen Falten des Greisentums, die Hand, steif wie eine Klaue, die Zigarette, die zwischen Zeige- und Mittelfinger glomm, sah auf den dunklen Ministeranzug, das rote Abzeichen im Knopfloch, die *boutonnière* eines Kommandanten der Ehrenlegion. Über die Jahre hatte man an Commissaire Vionnet, an Pochon und an jenen Mann Geld gezahlt, der mit ihrer Hilfe beschützt worden war. An Anwälte war Geld gezahlt worden, vielleicht auch an Richter. Hohen Beamten und Politikern diverser Parteien waren Gefälligkeiten erwiesen und sie waren um Gefälligkeiten gebeten worden. Alles nur, um diesen alten Halbtoten zu schützen. Und aufgrund eines Fehlers, den Pochon begangen hatte, sah sich dieser alte Mann nun am Ende seines Lebens einem Risiko ausgesetzt wie nie zuvor.

Der alte Mann führte die Hand zum Mund, und er nahm einen tiefen Zug von seiner Zigarette. »Wir kennen die Nachrichten«, sagte er. »Es hat keinen Sinn, über das zu diskutieren, was falsch gelaufen ist. So unglaublich es scheinen mag, so haben Sie, Inspektor, doch zwei völlig unfähige Männer ausgeschickt, um eine in meinen Augen relativ einfache Aufgabe zu erledigen. Unsere Vorsichtsmaßnahmen, mit denen wir verhindern wollten, daß sich die Tat jemals auf uns zurückführen läßt, scheinen nun, wenn ich mich nicht irre, eben jene Details zu sein, die uns vernichten könnten. Sie werden das öffentliche Interesse auf meinen eigenen Fall lenken, und dieses Interesse wird sich noch erhöhen, wenn es der Gendarmerie gelingt, Brossard zu finden. Kürzlich wurde ein Durchsuchungsbefehl ausgestellt, ohne daß wir davon erfahren haben, obwohl dies angesichts unserer Verbindungen zur *préfecture* und der DST eigentlich unmöglich scheinen sollte. Diese Untersuchungsrichterin vertraut keiner Menschenseele. Wo hält sich Brossard zur Zeit auf?«

»Ich weiß es nicht genau. Wir nehmen aber mit ziemlicher Sicherheit an, daß er sich dem Schutz einer ›*intégriste*‹-Gruppe von Mönchen in Nizza anvertraut hat.«

»Sie wissen es nicht genau?« fragte der alte Mann. »Was soll das heißen?«

»Der Commissaire rechnet damit, spätestens morgen abend von ihm zu hören. Bislang hat er den Commissaire immer umgehend davon informiert, wenn sich seine Adresse geändert hat.«

»Was bislang geschah, verrät uns nicht, wie er sich morgen verhalten wird«, sagte der alte Mann. »Bestimmt hat er Angst, aber vielleicht ist Angst auch nicht das richtige Wort. Er ist ein cleverer Verbrecher, und er besitzt das Gespür eines Verbrechers für Gefahr, das hat er in den letzten zwei Wochen nur zu deutlich bewiesen. Daher habe ich zwei Fragen an Sie, Inspektor. Die erste Frage lautet: Hatten Sie jemals direkten Kontakt mit Brossard? Weiß er, wie Sie aussehen?«

»Ja. Früher, als Sie noch in der *préfecture* waren, habe ich mit ihm zusammengearbeitet. In den Tagen der OAS haben ihm die rechten Gruppierungen aufgrund seiner Vergangenheit vertraut. Er wurde als bezahlter Spitzel eingesetzt.«

»Die Algerienjahre sind lang vorbei. Haben Sie seither noch einmal direkten Kontakt mit ihm gehabt?«

»Ja. Ich habe mich vor fünf Jahren persönlich mit ihm unterhalten.«

»Dann kennt er Sie. Gut. Er würde Sie also wohl kaum für seinen Killer halten.«

Und im selben Augenblick wußte Pochon, warum man ihn hergebracht hatte.

# 31

»Kommst du nicht ins Bett?« fragte Rosa.

»Gleich«, sagte er. »Nur noch einen Moment.«

Es war nach elf. Er wußte, daß es keinen Zweck mehr hatte, noch länger auf Brossard zu warten. So spät hatte er noch nie angerufen. ›Aber wo *ist* er? Er weiß doch bestimmt, daß ich es in den Nachrichten gehört habe.‹

Und dann klingelte um halb zwölf das Telefon. Er rannte in den Flur und hob ab. Es war wieder Paris. Er hörte aufmerksam zu. »Nein, ich habe noch nicht von ihm gehört«, sagte er. »Er wird sicher anrufen, aber ich glaube nicht, daß er noch heute nacht von sich hören läßt. Gleich morgen früh rufe ich im Priorat in Nizza an. Er muß einfach dort sein. Wo kann ich Sie am Morgen erreichen?«

»Man hat mir für morgen vormittag einen Flug nach Nizza gebucht. In der ersten Maschine, sie soll um zehn ankommen. Wie wir dann mit ihm fertig werden, sei jetzt unsere Sache, wurde mir dann bloß noch gesagt. Wir sollten es allerdings möglichst bis morgen abend hinter uns bringen. Ach, Scheiße! Warum gerade ich?«

»Ihnen bleibt keine Wahl«, sagte er. »Die haben natürlich recht. Er kennt Sie. Vor Ihnen wird er nicht davonlaufen. Zuerst müssen wir uns aber überlegen, wie wir ihn aus diesem Priorat herauslocken können.«

»Falls er dort ist.«

»Er muß dort sein«, sagte der Commissaire. »Warten Sie. Ich habe eine Idee. Als wir zuletzt miteinander gesprochen haben, hat er gefragt, ob ich ihm einen Paß besorgen kann. Wenn ich ihn morgen erreiche, sage ich ihm, Sie könnten das für ihn erledigen. So ließe sich ein Treffen zwischen Ihnen beiden arrangieren. Wann sind Sie in Nizza?«

»Die Maschine soll um zehn Uhr landen.«

»Rufen Sie mich dann an.«

# 32

Die Lampe, die so viele Stunden an Colonel Roux' Schreibtisch gebrannt hatte, stemmte ihren gelben Schein jetzt gegen ein neues, kaltes Licht, das durch die halb geöffnete Jalousie in langen Streifen ins Zimmer schnitt. Der abgewetzte Lederkoffer stand zu seinen Füßen, und links daneben lagen, sorgsam gestapelt, fünfzehn Schulhefte und ein Dutzend Schnellhefter voller Kopien von Briefen, Zeitungsausschnitten und offiziellen Formularen, die meisten vergilbt und steif vom Alter. Einige Schnellhefter enthielten maschinenbeschriebene Kopien von Briefen, die der unermüdliche Monsignor Le Moyne im Verlauf von dreißig Jahren aufgesetzt hatte, Briefe von ausgesuchter Höflichkeit, voller kriecherischer Phrasen, unterwürfiger Forderungen und ausgeklügelter Anreden, Briefe an den Präsidenten der Republik, an die Minister, den ehemaligen Primas von Frankreich, den Staatssekretär des Vatikans, den Stellvertreter des Erzbischofs von Paris, die *juges d'instruction*, die Polizeipräfekten, an ehemalige Kämpfer der Résistance, an die Oberinnen von einem Dutzend Klöster, an die Verantwortlichen der großen Orden und an einfache Landpriester.

Fast vierzig Jahre Bittgesuche, juristische Winkelzüge, Verzögerungen und Enttäuschungen, zurück bis in jene Zeit, in der es sich in den Briefen um einen unbekannten und unwichtigen Kollaborateur drehte, der, wie seine Unterstützer behaupteten, gelitten und für seine Sünden gebüßt hatte und dem es nun zu gönnen wäre, daß man ihm um der christlichen Nächstenliebe und der nationalen Versöhnung willen vergebe, eine stetige, beharrliche Kampagne, die 1971 zum Triumph der Begnadigung durch den Präsidenten führte und die ein Jahr darauf, als *Le Monde* die allgemeine Aufmerksamkeit auf diese Begnadigung lenkte, zu einem plötzlichen Interesse der Öffentlichkeit an diesem Fall führte und damit zu dem schweren Schock, den die Erhebung der neuen Anklage eines Verbrechens gegen die Menschlichkeit bedeutete, eine Anklage, die die Zahl der juristischen Winkelzüge, der Bittgesuche, aber auch das Ausmaß der Diskussion vergrößerte. Der Mann, dem dieser Koffer gehörte, hatte nicht nur die Kopien aller Briefe und Zeitungsausschnitte aufbewahrt, die sich auf diesen Fall bezogen, er hatte in den Schulheften auch die Namen und Adressen wichtiger kirchlicher und staatlicher Würdenträger sowie die Anschriften von Klöstern und Abteien überall in Frankreich festgehalten. In einem separaten Heft fand Roux gegen Morgen auf jeder Seite die Namen von zwölf oder mehr Abteien, versehen mit winzigen Hieroglyphen, die er sich in der Hoffnung, den Kode knacken zu können, sorgfältig ansah. Er war müde und verwirrt, hatte doch seine Lektüre am Abend zuvor begonnen, als er in die Maschine von Nizza nach Paris eingestiegen war, um sich nach einem raschen Essen mit Claire wieder über die Papiere zu beugen. Doch obwohl die Aufgabe so dringend war, mußte er nun im grauen Licht der Dämmerung sein Scheitern eingestehen. In diesem papiernen Labyrinth gab es keine Biographie, keinen klaren Bericht über Brossards Aktivitäten, keine Anzeichen dafür, warum so viele einflußreiche Priester und Laien derart viel Zeit und Mühe aufgewandt hatten, diesen Verbrecher vor seinem Schicksal zu bewahren.

Doch als er dumpf auf die letzten Eintragungen in dem Schulheft starrte, das die Listen mit den Abteien und Prioraten enthielt, fielen ihm unter den winzigen Anmerkungen die Buchstaben CSM auf, neben denen jeweils ein einziger, mit einem Schrägstrich versehener Buchstabe stand. Die Buchstaben variierten: M/ J/ J/ A/. Rasch schlug er die vorhergehende Seite auf und besah sich die zehn Adressen von Abteien und Klöstern, die alle mit den Buchstaben CSM gekennzeichnet waren, gefolgt von einem einzigen weiteren Buchstaben. CSM. Chevaliers de Sainte-Marie. Die Zahlungen! Und der einzelne Buchstabe könnte den Monat der Zahlung angeben. Wieder blätterte er zurück. Die Abteien auf der vorherigen Seite erschienen in leicht abgewandelter Reihenfolge, versehen mit den Initialen verschiedener Monate. Aber die Orte waren zumeist dieselben. Er blätterte noch weiter zurück und fand eine ähnliche Liste mit Abteien auf der vorhergehenden Seite. Wieder war die Reihenfolge ein wenig geändert, und die Monate der Aufenthalte, falls die Buchstaben dies zu bedeuten hatten, änderten sich von Jahr zu Jahr. Aufgeregt schlug er die letzten Eintragungen auf. Die Seite war noch nicht ausgefüllt. Neben den letzten beiden Ordenshäusern waren die Buchstaben CSM noch nicht eingetragen. Bei dem vorletzten Eintrag handelte es sich um Prieuré Saint-Christophe, ergänzt um das monatliche Initial. Ein M. Heute war der zehnte Mai. Der letzte Eintrag lautete: Prieuré de la Fraternité Sacerdotale de Saint-Donat. Die Buchstaben CSM und das monatliche Initial fehlten.

Roux sah auf seine Uhr. Es war sechs Uhr früh. Er griff zum Telefon und wählte die Nummer des Hauptquartiers der Gendarmerie.

# 33

Als Rosa Vionnet um sieben Uhr aufwachte, war Henri nicht im Bett. Sie wußte sofort, daß daran der Anruf am gestrigen Abend schuld war. Als sie nach unten ging, um Frühstück zu machen, saß er auf der Veranda und starrte auf den Parkplatz vom großen Leclerc-Supermarkt gegenüber. Er sah sie nicht an und sagte nichts.

»Hast du deinen Kaffee schon gehabt?«

Er gab keine Antwort. Sie ging in die Küche und drehte das Gas an. Dann hörte sie, wie er seinen Stuhl zurückschob und ins Wohnzimmer ging. Er griff zum Telefon, legte den Hörer aber gleich wieder auf die Gabel. Er ging zurück zur Veranda.

Als sie ihm seinen Kaffee und eine *tartine* brachte, machte er den Mund auf: »Geh ins Schlafzimmer und bleib da, bis ich dich rufe. Ich muß mal telefonieren.«

Wahrscheinlich wollte er also in Paris anrufen. Er mochte es nicht, wenn sie seine Gespräche mit Paris hören konnte. Den Leuten erzählte er, er sei pensioniert, aber sie wußte, daß er immer noch für die *préfecture* arbeitete. Manchmal bekam er Anrufe von einem Inspektor Pochon. Und er redete mit diesem Pochon, als wäre er immer noch Monsieur Le Commissaire und Pochon sein Untergebener.

›Mich geht's ja eigentlich auch nichts an‹, sagte sie sich,

›aber ich mag's nicht, wenn er sich aufregt. Sein Blutdruck und diese Pillen, die er nimmt, das macht mir Sorgen. Schließlich ist er schon fünfundsiebzig.‹

Im Wohnzimmer nahm der Commissaire den Hörer ab und wählte eine Nummer in Nizza. Mönche standen früh auf.

»Prieuré Saint-Donat, guten Morgen.«

»Guten Morgen, Pater. Ich weiß, es ist noch ziemlich früh und mein Anruf ein wenig ungewöhnlich, aber ich bin ein Freund eines Mannes, der wahrscheinlich bei Ihnen zu Gast ist, ein gewisser Monsieur Pouliot.«

»Tut mir leid, aber zur Zeit haben wir überhaupt keine Gäste.«

»Aber Sie kennen doch Monsieur Pouliot? Monsieur Pierre Pouliot. Ich muß unbedingt mit ihm reden, es ist überaus wichtig. Ich heiße Saussaies. Henri Saussaies. Er hat mir gesagt, daß er Sie um diese Zeit aufsuchen will. Würden Sie ihm, sobald er auftaucht, bitte ausrichten, daß er mich sofort anrufen soll? Es ist sehr dringend. Er hat meine Nummer.«

»Tut mir leid, mein Herr, aber wir erwarten keinen Gast, und wir kennen auch leider keinen Mann dieses Namens.«

»Nun, trotzdem vielen Dank, Pater. Und falls er sich doch melden sollte?«

»Tut mir leid. Ich fürchte, man hat Sie falsch informiert. Vielen Dank. Auf Wiederhören.«

›Natürlich werden sie mir nicht sagen, daß er da ist; sie werden auch nicht zugeben, daß sie ihn kennen. Aber Monsieur Saussaies. Wenn sie ihm den Namen nennen, dann weiß er Bescheid.‹

## 34

Die Brüder der Fraternité Saint-Donat nahmen all ihre Mahlzeiten schweigend ein. Das Refektorium war ein kahler, geweißter Raum mit zwei grobgezimmerten Tischen, einigen Bänken und einem romanischen Kreuz, das den Blick auf die Stirnwand lenkte. Die Küchenbrüder brachten einen großen Korb mit schweren Laiben *gros pain* herein, das nachts im Ofen des Priorats gebacken worden war. Der Kaffee schmeckte bitter wie Zichorienkaffee und wurden in Suppenschalen ausgeschenkt. Er wußte, daß es eine Strafe war, länger als ein, zwei Wochen in diesem Haus verbringen zu müssen, denn Dom Olivier hatte auf seinem Kreuzzug gegen die Korruption und die falschen Lehren der modernen Kirche einen nahezu mittelalterlichen Tagesablauf mit Gebeten und Kasteiungen, einfachstem Essen und strikter Befolgung der alten Fasten- und Abstinenzregeln festgelegt.

Er sah sich um. Niemand sprach. Er langte nach einem der mächtigen Brotlaibe und versuchte hineinzubeißen, konnte mit seinem Gebiß aber die Kruste nicht durchbrechen. Er sah, wie Dom Olivier das Refektorium betrat, den Platz am Kopfende einnahm und den Kopf beugte, um ein langes, stilles Dankgebet zu sprechen. Kaum war der Prior damit fertig, hob er den Kopf, sah zu seinem Gast hinüber und wies mit dem Zeigefinger in seine Richtung, eine Geste, die als eine Art Warnung verstanden werden könnte, die aber wohl eher als stummer Gruß gedacht war.

Zeitungen, von jenen religiösen Traktaten einmal abgesehen, die in Ecône herausgebracht wurden, waren im Priorat nicht erhältlich, einen Fernseher gab es auch nicht. Er würde aus dem Haus gehen müssen, wenn er erfahren wollte, was die Presse über den gestrigen Vorfall schrieb. Das sollte er tun, bevor er den Commissaire anrief. Der Kaffee schmeckte nicht nur bitter, er war auch noch lauwarm. Er stellte die Schale ab und schlug betont auffällig ein Kreuzzeichen, um anzudeuten, daß er fertig war, eine taktvolle Geste in einem derart frommen Haus. Doch als er vom Tisch aufstand, sah Dom Olivier ihn an und hob erneut die Hand. ›Er gibt mir zu verstehen, daß er mich sehen will.‹ Gehorsam nickte er Dom Olivier zu, ging dann auf den Flur und wartete vor einem Gemälde, das den von Pfeilen durchbohrten Heiligen Sebastian zeigte.

Einige Minuten später kam Dom Olivier mit dem allzu forschen Schritt der fast Erblindeten aus dem Refektorium. Er nickte, gab ihm zu verstehen, daß er ihm folgen sollte, und ging über den Flur voran in ein kleines Empfangszimmer, das als Wartezimmer für den Fall genutzt wurde, daß Besucher mit einem der im Haus wohnenden Priester sprechen wollten. Dann zog Dom Olivier überraschenderweise aus der tiefen Tasche seiner Kutte eine Zeitung.

»Ich will Sie nicht erschrecken, Pierre. Sie haben schon genug Schwierigkeiten, Sie Armer, aber haben Sie diesen Artikel gesehen?« Er warf einen Blick auf die Zeitung, *Nice Matin*, Titelseite:

GEHEIMNISVOLLER MORD IN VILLEFRANCHE
BEWAFFNETER KANADIER IN EINER BAR ERSCHOSSEN
Flugblatt bei der Leiche gefunden –
Zusammenhang mit der Brossard-Affäre

Rasch überflog er den Artikel bis zum Inhalt des Flugblattes, das in voller Länge wiedergegeben worden war. Derselbe Text wie in Salon. ›Also habe ich keinen Fehler begangen. Ich habe den Mörder ermordet.‹

Während er las, spürte er, daß Dom Olivier ihn beobachtete. Er sah den Prior an. »Um Gottes willen!« sagte er. »Wer *war* dieser Mann?«

»Man hat einen kanadischen Paß bei der Leiche gefunden«, sagte Dom Olivier. Er zog einen Stuhl unter dem Empfangstisch hervor und setzte sich, als sei er erschöpft. Ein Schweißtropfen rann ihm über die Wange. »Glauben Sie an den Teufel, Pierre?«

Worauf will er hinaus?

»An den Teufel, Pater Prior?«

Dom Olivier zog ein großes rotes Baumwolltaschentuch hervor und wischte sich das Gesicht. »Wir sind unter anderem deshalb vom wahren Weg abgekommen, Pierre, weil es dem Teufel so gut wie zu keiner anderen Zeit in der Geschichte gelingt, seine Werke und Wege zu vertuschen. Die Menschen haben vergessen, daß es den Bösen gibt. Und die Kirche, die päpstliche Kirche, hat es leider versäumt, sie an seine Existenz zu erinnern. Falls die päpstliche Kirche überhaupt noch an den Teufel *glaubt*. Ich bin mir dessen nicht sicher, ebensowenig wie ich mir in irgendeiner anderen Sache sicher bin, die mit dem heutigen Rom in Zusammenhang steht. Doch der Teufel steckt hinter dem Mordanschlag auf Sie. Sehen Sie das nicht?«

»Der Teufel, Pater Prior?«

»Ja, der Teufel, Pierre. Wir wissen, nein, wir haben schon immer gewußt, daß den Juden keineswegs die Interessen Frankreichs am Herzen liegen und daß sie noch immer – mehr als vierzig Jahre nach der deutschen Besatzung – Zwietracht, Vorwürfe und Schuldgefühle säen. Diese Rachsucht halte ich für des Teufels Werk. Sie nicht?«

Er nickte unsicher. Was hatte der Prior im Sinn?

»Natürlich stimmen Sie mir zu«, sagte Dom Olivier. »Wer diese Juden auch sein mögen, sie schicken einen von ihren Leuten aus Kanada her, um Sie umbringen zu lassen. Hätte man Sie ermordet, wäre bei Ihrer Leiche dieses Flugblatt gefunden worden. Und nach der Entdeckung Ihrer Leiche hätte es um Ihren Tod mehr Aufregung gegeben als jemals um Ihr Verschwinden, so daß sich den Juden eine weitere Gelegenheit geboten hätte, die alten Geschichten vom Zusammentreiben der Itzigs im Vélodrome d'Hiver-Sportpalast und von den Deportationszügen aus Drancy und anderen Orten wieder aufzuwärmen. Wieder einmal wäre der Vorwurf eines Verbrechens gegen die Menschlichkeit gegen gewisse Politiker erhoben worden, würdige Männer, die bedeutende Stellungen eingenommen haben und denen heute im hohen Alter noch immer Verfahren und Strafverfolgung drohen. Durch solcherlei Prozesse hätte sich unser Land in den Augen der Welt erneut mit Schande bedeckt. Schade nur, daß dieses Flugblatt bei der Leiche des Mörders gefunden wurde. Aber von dem Flugblatt haben Sie sicher nichts gewußt, oder?«

Er starrte diesen halbblinden, gebrechlichen Mann an, dessen Kopf wie bei einem Tattergreis unwillkürlich nickte und dessen Hand mit dem roten Taschentuch geistesabwesend über das Kinn fuhr. »Ein Flugblatt, Pater?«

Dom Olivier richtete sich in seinem Sessel auf, als hätte er Schmerzen. »Mein Rücken«, sagte er. »Manchmal ist er die reinste Qual. Ja, ein Flugblatt. Als Sie ihn erschossen haben, wußten Sie nicht, daß er ein Flugblatt bei sich hat. Oder doch? Ich bin nur neugierig. Der Mann in Salon war ein Kanadier. Haben Sie bei ihm auch so ein Flugblatt gefunden?«

»Ich verstehe nicht, Pater Prior.«

Daraufhin lächelte ihn der Prior zum erstenmal an. »Sie kennen unseren Freund Dom André Vergnes, den Prior von Saint-Christophe in Aix? Natürlich kennen Sie ihn, Pierre. Wir beide kennen ihn. Er ist ein Mitglied der Chevaliers und nimmt in dieser Organisation einen ziemlich hohen Rang ein. Ich bin selbst ein Mitglied der Chevaliers, und trotz unserer ideologischen Differenzen sind Dom André und ich Freunde geblieben. Letzte Woche rief er mich an und erzählte mir, daß Sie uns bald aufsuchen würden. Er sagte, er halte es für seine Pflicht, mich zu warnen, da er glaubt, Sie hätten in Salon einen Mann umgebracht. So wie ich nun glaube, daß Sie diesen Mann erschossen haben. Nein, sehen Sie nicht so erschrocken drein, Pierre. Meiner Meinung nach ist Notwehr gegen einen Mörder eine durchaus lobenswerte Verhaltensweise, vor allem, wenn der Mörder ein Werk des Teufels verrichten wollte. Ich kann Ihnen nur sagen, was ich zuvor schon gesagt habe, daß Sie nämlich einer von uns sind und daß ich alles in meiner Macht Stehende tun werde, um

Sie vor unseren Feinden zu beschützen. Aber ich habe Angst um Sie, Pierre. Wer ist dieser Mann, der so genau weiß, wo man Sie finden kann? Haben Sie eine Ahnung?«

»Nein, Pater Prior.«

»Haben Sie schon daran gedacht, ins Ausland zu gehen? Frankreich zu verlassen? Ich weiß, daß Sie sich bislang nicht von den Feinden aus Ihrem geliebten Land ins Exil abdrängen lassen wollten. Aber jetzt... ich weiß nicht. Was meinen Sie?«

»Ich halte es für eine Idee, die ich in Betracht ziehen sollte.«

»Gut. Denken Sie darüber nach. Sollten Sie sich für die Emigration entscheiden, können wir Ihnen vielleicht behilflich sein.«

»Sehr freundlich von Ihnen, Pater Prior. Ich habe da jedoch noch einige wichtige weltliche Freunde, die mir vielleicht einen Vatikanpaß verschaffen können.«

»An Ihrer Stelle würde ich mich auf keinerlei Unterstützung aus Rom verlassen«, sagte Dom Olivier. »Heutzutage kann keiner von uns mehr auf Rom zählen. Die Tage von Papst Pius, Gott sei seiner Seele gnädig, sind Vergangenheit. Er wußte, daß die Deutschen nicht die wahren Feinde unserer Religion sind. Der jetzige Papst weiß das nicht.«

»Meine Freunde dürften andere Bezugsquellen haben, Pater Prior. Sie wissen über diese Dinge Bescheid. Sollten sie allerdings versagen, werde ich sicherlich für jede Hilfe dankbar sein, die Sie mir erweisen können.«

Dom Olivier erhob sich zittrig aus seinem Sessel und ging auf ihn zu, um ihn zu umarmen. Er fühlte, wie die hinfällige, klamme Haut seine Wange berührte. »Wir sind alle in Gottes Hand«, sagte Dom Olivier. »Und ich bin mir sicher, daß Gott Sie gestern beschützt hat, so wie er es in der Vergangenheit getan hat. Nun muß ich aber meine Messe lesen. Möchten Sie mit uns in die Kapelle kommen?«

Sich demutsvoll fügend, senkte er den Kopf. Der Anruf beim Commissaire würde warten müssen.

# 35

»Es mag weit hergeholt sein«, sagte Roux, »aber im Augenblick ist das alles, was ich habe.«

Richterin Livi sah von dem Schulheft auf, das Roux ihr gegeben hatte. »Wirklich ausgezeichnet«, sagte sie. »Und Sie haben die Adresse?«

»Ja, die hatten wir griffbereit. Offenbar ist die Fraternité eng mit Monsignor Lefèbvres Hauptquartier in der Schweiz verbunden. Die DST hat bereits ein Auge auf diesen Prälaten und seine Aktivitäten geworfen. Übrigens hat der Bürgermeister von Nizza das Gebäude, in dem das Priorat untergebracht ist, der Fraternité Saint-Donat *gegen* den Rat des örtlichen Bischofs vermacht.«

»Warum sollte der Bürgermeister so etwas tun, frage ich mich?«

»Noch ein Rätsel«, sagte Roux. »Doch wenn Brossard jetzt dort untergekrochen ist, wird der Prior, ein gewisser Dom Olivier Villedieu, mit allen Mitteln zu verhindern wissen, daß wir ihn finden.«

»Aber Sie werden ihn finden«, sagte Richterin Livi und ging an die Schreibmaschine. »Ich habe großes Vertrauen in Sie, Colonel. Wenn Sie mir die Adresse geben, schreibe ich Ihnen den Durchsuchungsbefehl.«

»Los geht's.«

Sie begann zu tippen, dann hielt sie inne. »Wissen Sie, der Zeitpunkt ist ideal, um Brossard zu schnappen. Der letzte Mord hat dafür gesorgt, daß der Fall Brossard mehr als bloß ein politischer Fall ist.«

»Wie meinen Sie das, Madame?«

»Sie wissen doch, wie die Medien sind. Die interessieren sich nicht für Geschichte. Mord verkauft sich weit besser als alte Kriegskamellen. Ein Doppelmord, zwei tote Killer, und die Rolle der Kirche in dem Ganzen stinkt zum Himmel. Wenn Sie Brossard schnappen, gibt das eine internationale Story. Außerdem werde ich dann viel leichter dafür sorgen können, daß jene anderen Herren, denen ein Verbrechen gegen die Menschlichkeit vorgeworfen wird, nicht mehr von meinen Vorgesetzten im Justizministerium und im Elysée-Palast gedeckt werden. Ihre Prozesse müssen dann unweigerlich im Anschluß an den Prozeß gegen Brossard beginnen.«

»*Falls* ich Brossard diesmal fassen kann«, sagte Roux.

»Wie meinen Sie das?«

»Ich könnte das Rennen verlieren«, sagte Roux. »Da ist noch jemand, der ihn sucht. Jemand, der ihn umbringen will und der ihn kennt, der besser über seine Aktivitäten Bescheid weiß als wir.«

»Ich habe nachgedacht«, sagte Richterin Livi. »Warum überweist ihm jemand aus Paris regelmäßig eine höhere Summe? Jemand, der mit der Kirche und den Chevaliers offenbar nichts zu tun hat. Die Zahlungen der Chevaliers belaufen sich auf dreitausend Francs. Ein bescheidener Betrag. Eine Wohltätigkeitsspende. Aber diese anderen Zahlungen scheinen weit höher zu sein. Was sagt Ihnen das?«

»Er wird für geleistete Dienste bezahlt?« überlegte Roux. »Oder er wird bezahlt, damit er schweigt.«

»Jemand versucht verzweifelt zu verhindern, daß er gefaßt und vor Gericht gebracht wird«, sagte Richterin Livi. »Und wer könnte das sein, was glauben Sie?«

»Eine bedeutende Persönlichkeit, gegen die eine ähnliche Anklage erhoben wurde?«

»Ganz genau«, sagte Richterin Livi.

# 36

Er kniete hinten in der Fraternitékapelle, betete aber nicht. Dom Olivier las am Altar die Messe, jene lateinische Messe, die einst in allen Ländern der Erde gefeiert worden war. Doch das war früher einmal gewesen. Wer heute die Messe in Latein las, rebellierte gegen das Papsttum und die Gegenwart. Während er Dom Olivier bei den vertrauten Handlungen zusah und die altbekannten lateinischen Sätze hörte, fühlte er sich über Jahrzehnte hinweg in die Tage vor dem Krieg zurückversetzt, in jenes liebenswerte Frankreich, wie es von Charles Trenet besungen wurde, jenes Frankreich, das auf immer verschwunden war. Was hielt ihn heute, am Ende seines Lebens, noch in diesem Frankreich, das zugunsten der *beurs* und *noirs* geführt wurde, ein Frankreich, in dem die Begnadigung eines Präsidenten durch irgendein neues, vom internationalen Judentum eingebrachtes Gesetz aufgehoben werden konnte?

Im Verlauf dieser Messe, an diesem sicheren Zufluchtsort unter Dom Oliviers Schutz, faßte er seinen endgültigen Entschluß. Selbst wenn der Commissaire sich weigern sollte, ihm einen Paß zu beschaffen, selbst wenn sie ihm kein Geld mehr schickten, wollte er Frankreich verlassen. Beim Niederknien konnte er den dicken Geldgürtel fühlen, den er immer bei sich trug, konnte einen Teil seiner Lebensersparnisse berühren, jenes Geldes, das er sorgsam über die Jahre angespart hatte. Damit, und mit den Zahlungen, die er an eine Bank in Bern überwiesen hatte, besaß er genug, um eine geraume Weile leben zu können.

Die Messe ging zu Ende. Er erhob sich wie alle anderen, machte vor dem Altar eine Kniebeuge, ging auf den Flur und hielt nach Pater Rozier Ausschau, dem *père hospitalier*, der ihm versprochen hatte, daß er das Telefon benutzen könne. Doch als er Pater Roziers Büro betrat, war Pater Rozier nicht da. Ein junger Priester saß an seinem Schreibtisch.

»Sind Sie Monsieur Pouliot?« fragte der junge Priester.

»Ja, der bin ich.«

»Ich wußte nicht, wo ich Sie finden konnte«, sagte der junge Priester. »Ich habe in Ihrem Zimmer nachgesehen.«

»Ich war in der Messe. Worum geht es?«

»Ein Herr hat heute morgen angerufen und nach Ihnen gefragt. Ich habe ihm natürlich gesagt, daß wir noch nie von Ihnen gehört haben, aber er schien zu wissen, daß Sie sich hier aufhalten würden. Ein Monsieur Saussaies. Er möchte, daß Sie ihn zurückrufen. Er sagte, Sie hätten seine Nummer.«

»Vielen Dank. Übrigens hat Pater Rozier mir gestern gesagt, daß ich das Telefon in der Buchbinderei benutzen könnte, da würde mich niemand stören.«

»Natürlich«, sagte der junge Priester. »Die Buchbinderei wird nicht mehr benutzt.« Er stand auf. »Ich zeige Ihnen den Weg.«

In der Buchbinderei im zweiten Stock waren die Fensterläden geschlossen, so daß der Raum in nahezu vollständiger Dunkelheit lag. Der junge Priester stieß die Läden vor einem Fenster auf, zeigte ihm, wo das Telefon stand, ging und zog die Tür hinter sich zu.

Avignon. Er wählte. Der Commissaire nahm nach dem ersten Klingeln ab.

»Monsieur Pierre hier.«

»Was heißt *hier*?« fragte der Commissaire gereizt.

»In Nizza. Ich bin im Priorat Saint-Donat. Sie haben heute morgen angerufen?«

»Ja, das habe ich. Wo zum Teufel haben Sie gesteckt? Warum haben Sie nicht angerufen?«

»Das war nicht so einfach. Sie wissen, was vorgefallen ist?«

»Natürlich weiß ich das. Das ganze verdammte Land weiß das.«

»Richtig. Darüber wollte ich mit Ihnen reden.«

»Nein, jetzt hören Sie mir zu«, sagte der Commissaire. »Bei unserem letzten Gespräch haben Sie erwähnt, daß wir Sie außer Landes bringen sollen. Ich denke, nun ist der richtige Zeitpunkt dafür gekommen.«

Eine Welle der Erleichterung überkam ihn, eine seltsame Schwäche, als müßte er weinen. »Dasselbe habe ich mir auch gedacht. Je eher, um so besser, aber muß es Südamerika sein?«

»Südamerika?«

»Vor langer Zeit erwähnten Sie Bolivien. Ich nehme an, der Vatikan wird uns helfen?«

»Die Zeiten sind längst vorbei«, sagte der Commissaire. »Heutzutage können wir von Rom keine Hilfe mehr erwarten. Nein, wir besorgen uns den Paß selbst. Erinnern Sie sich an Inspektor Pochon?«

»Pochon? Ja, Sie haben ihn einmal zu mir geschickt.«

»Stimmt. Und ich schicke ihn noch einmal zu Ihnen. Er wird im Lauf des Tages in Nizza eintreffen. Ich habe ihn gebeten, Sie anzurufen und ein Treffen an einem Ort seiner Wahl mit Ihnen auszumachen. Sie sollten sich noch heute abend sehen. Und ich möchte, daß Sie mit keinem Menschen darüber reden, nicht einmal mit Dom Olivier. Verstanden?«

»Ja, natürlich, aber dürfte ich Sie fragen, in welches Land Sie mich schicken wollen?«

»Wohin wollen Sie?«

»Ich weiß nicht. Irgendein Land, das nicht mit *beurs* und *noirs* überlaufen ist.«

»Nun, besprechen Sie das mit Pochon. Wir müssen rasch handeln. Ich will Sie noch diese Woche außer Landes wissen. Und bis dahin gehen Sie mir keinen Schritt vor die Tür, außer für das Treffen mit Pochon. Zeitungen und Fernsehen haben Ihr Fahndungsfoto überall verbreitet. Deshalb findet das Treffen auch nach Einbruch der Dunkelheit statt. Achten Sie heute abend darauf, daß man Sie nicht verfolgt.«

»Gut.«

»Also schön. Warten Sie auf Pochons Anruf. Und sagen Sie den Mönchen, daß sie das Gespräch sofort zu Ihnen durchstellen sollen.«

»Ja, natürlich. Und vielen Dank.«

»Viel Glück«, sagte der Commissaire. »Und machen Sie sich keine Sorgen. Es wird schon alles gut werden.«

Als er hörte, wie der Commissaire auflegte, fiel ihm ein, daß er vergessen hatte, nach den Überweisungen zu fragen. ›Sie werden mir doch weiterhin Geld schicken, oder nicht? Ich muß Pochon danach fragen.‹

# 37

Roux traf um drei Uhr nachmittags in Nizza ein und wurde von Daniel Dumesnil am Flughafen abgeholt. Beide Offiziere waren in Uniform. Sie gaben sich die Hand, lächelten und gingen dann nach draußen, wo ein uniformierter Fahrer in einem Jeep auf sie wartete.

»Seit heute morgen zehn Uhr habe ich vier meiner Leute vor Ort«, sagte Dumesnil. »Zuletzt hatte ich vor einer Viertelstunde mit ihnen Kontakt. Bislang hat sich nichts gerührt. Wir beschatten beide Seitenausgänge des Priorats und den Haupteingang am Boulevard Jean-Jaurès. Um nicht aufzufallen, steht an der Vorderseite ein Mann in Zivil.«

»Gut.«

Der Jeep verließ den Flughafen und fuhr über Nizzas Uferpromenade. »Vielleicht hält er sich im Augenblick nicht im Priorat auf«, sagte Roux. »Er könnte in der Stadt sein. Aber wenn er im Priorat wohnt, dann kommt er bestimmt zum Abendessen zurück. Schließlich ist er schon über siebzig.«

»Schießt aber noch verdammt gut«, sagte Dumesnil und lachte.

»Laß uns lieber eine Zeit ausmachen«, sagte Roux. »Wenn bis sieben jede Spur von ihm fehlt, gehen wir davon aus, daß er im Haus ist. Was glaubst du, wann sie zu Abend essen?«

»Mönche stehen früh auf«, sagte Dumesnil. »Ich schätze, sie essen spätestens um halb acht.«

»Also gut, dann schlagen wir um acht zu.«

»Und bis dahin?«

»Bis dahin schwitzen wir.«

# 38

Das Mittagessen bestand aus einer Scheibe des vom Priorat selbstgebackenen *gros pain* und einer Tasse Flüssigkeit, die der Mönch zu seiner Linken Fischsuppe nannte. Das Tischgebet wurde von Dom Olivier persönlich gesprochen, aber ihm fiel auf, daß man dem Prior kein Essen servierte.

»Muß Pater Prior eine besondere Diät einhalten?« fragte er den Mönch.

»Dom Olivier fastet«, wurde ihm gesagt. »In dieser Woche ißt er nur seine Morgenration.«

Er besah sich das fettige Spülwasser in seiner Tasse. Bei so einem Essen war Fasten keine Strafe. Normalerweise säße er jetzt in einem Café, um zu Mittag zu essen. Aber heute nicht. Er löffelte ein winziges Stück Fisch aus der Tasse, entschied aber, es lieber nicht zu probieren.

»Monsieur Pierre?« Pater Rozier stand hinter ihm. »Wenn Sie bitte nach oben gehen wollen? Ich stelle Ihnen den Anruf dann durch.«

»Ist er's?«

»Ja. Der Name, den Sie genannt haben.«

Es war dunkel in der Buchbinderei. Seit er zuletzt hiergewesen war, hatte jemand die Fensterläden wieder geschlossen. Er trat ein und sah am Telefon ein rotes Licht blinken.

»Hallo?« sagte er. »Monsieur Pierre hier.«

»Monsieur Pierre?«

»Ja.«

»Sie erinnern sich an mich, nicht wahr?«

»Ja, sehr gut. Wie geht es Ihnen?«

»Sagen Sie, haben Sie viel Gepäck?«

»Nein, überhaupt nichts. Ich mußte meine Koffer in Villefranche zurücklassen und hielt es nicht für klug, zurückzugehen und sie zu holen.«

»Ich verstehe. Nun, das vereinfacht die Dinge. Ich weiß nicht, wer Sie seit einiger Zeit verfolgt, aber man scheint Ihre Route ziemlich genau zu kennen. Als erstes werden wir Sie daher an einen völlig neuen Ort bringen. Hören Sie genau zu. Wenn Sie heute abend aus dem Haus gehen, sagen Sie Ihren gläubigen Freunden, daß Sie sie verlassen müssen, mehr nicht.«

»Was ist mit meinem Wagen?«

»Gehen Sie nicht in seine Nähe. Vergessen Sie ihn. Sie werden ihn nicht mehr brauchen.«

»Sie meinen, ich soll ihn einfach stehenlassen?«

»Ja, genau das meine ich, Sie sollen ihn einfach stehenlassen! Begreifen Sie nicht, in welcher Lage Sie sind? Wahrscheinlich wird man Sie heute abend verfolgen. Und wahrscheinlich weiß man auch, wo Sie jetzt stecken. Wenn ich Ihnen helfen soll, diesen Leuten zu entwischen, dürfen Sie das Priorat auf keinen Fall vor unserem Treffen verlassen. Gehen Sie um neun Uhr aus dem Haus, und lassen Sie sich von einem Taxi zu folgender Adresse bringen. Haben Sie einen Stift?«

»Ja.«

»Café Corona, Rue René Clair, Nummer sieben. Ich werde dort in einem Wagen auf Sie warten und Sie in ein Versteck bringen, wo Sie bleiben können, bis alle Vorkehrungen getroffen sind.«

»Alle Vorkehrungen?«

»Vorkehrungen, um Sie so rasch wie möglich aus Frankreich herauszubringen. Ich hoffe, bis übermorgen alles erledigt zu haben.«

»Aber darf ich fragen, wohin? In welches Land, meine ich.«

»Darüber reden wir heute abend. Tun Sie nur, was ich Ihnen gesagt habe. Haben Sie die Adresse?«

»Ja.«

»Es ist in der Nähe vom Château. Wissen Sie, wo das ist?«

»Ja, ich weiß, wo das ist.«

»Gut. Ich erwarte Sie dort gegen neun Uhr fünfzehn. Keine Sorge. Wir kümmern uns um Sie. Es wird schon alles gut.«

»Café Corona. Neun Uhr fünfzehn. Danke sehr.«

Nachdem er den Hörer aufgelegt hatte, stand er einen Augenblick im Dunkeln, ging dann ans Fenster und stieß die Läden auf. Die Sonne brannte vom Himmel herab, ein blendendheller, bronzefarbener Feuerball. Es ging kein Wind. Auf der staubigen Dachterrasse des Hauses neben dem Priorat hingen an einer Wäscheleine einige Damenhöschen und Männerhemden schlaff und gespenstisch in der Mittagshitze. ›Exil ist wie Gefangenschaft. Ich bin ein Franzose, ich bin ein reinrassiger Franzose, ich spreche nur französisch, dies ist mein Frankreich, *mein Frankreich*. Ich will hier nicht fort.‹

Nebenan trat eine Blondine auf die Dachterrasse. Sie trug Shorts, doch ihr Oberkörper war nackt. Er sah ihr zu, als sie sich mit der Gießkanne in der Hand vorbeugte und Blumen in einem langen Trog begoß. Er merkte, daß er eine Erektion bekam, als er ihre nackten Brüste anstarrte. Sie richtete sich auf, sah zu ihm herüber und blickte dann wieder fort. ›Sie hat mich nicht gesehen‹, doch er schloß die Fensterläden.

›Am Ende läuft es doch immer auf dasselbe hinaus... Die Juden gewinnen. Denk dran, was Dom Olivier gesagt hat. Das Rachegelüst der Juden ist ein Werk des Teufels. Er irrt, aber er hat recht. Der Teufel hat keinen Pferdehuf und keinen gegabelten Schwanz. Der Teufel, das sind die Juden.‹

# 39

Vor dem Hauptquartier standen zwei Fahrzeuge der Gendarmerie. Roux hatte sie unter dem Vorwand herbestellt, eine Razzia in einer Fabrik durchführen zu wollen, die ausländische Schwarzarbeiter beschäftigte. Selbst die Fahrer wußten nicht, wohin es gehen sollte. Nizza war ebenso gefährlich wie Paris, also durfte es einfach keine undichte Stelle geben. Wenn die Polizei vor Ort von dem hier Wind bekam, war er seinen Mann los.

Um fünf nach acht standen die beiden Wagen vor dem Haupteingang des Priorats Saint-Donat. Der zur Observierung abgestellte Zivilist gesellte sich zu ihnen. Per Walkietalkie alarmierte man die beiden Männer an den Seiteneingängen, daß die Razzia unmittelbar bevorstand. Als Roux an der altmodischen Glocke zog, ertönte innerhalb des Gebäudes eine laute, elektrische Klingel. Er läutete noch einmal. Er rechnete damit, daß sie sich Zeit lassen würden. Er rechnete auch damit, daß sie Brossard verstecken würden, doch in überraschend kurzer Zeit wurde die Tür von einem Mönch mittleren Alters geöffnet.

»Ich heiße Pater Rozier. Ich bin hier der *père hospitalier*. Wen möchten Sie sprechen?«

»Ich würde gern den Prior sehen. Ich habe einen Durchsuchungsbefehl für dieses Gebäude.«

»Den Prior? Dom Olivier ist gerade in der Kapelle. Die übrigen Mönche sind beim Abendessen, aber Dom Olivier fastet, ein Opfer der Hingabe. Entschuldigen Sie, das dürfte Sie kaum interessieren. Ich wollte Ihnen nur erklären, warum wir ihn lieber nicht stören sollten.«

»Wir müssen ihn nicht stören«, sagte Roux. »Hier ist der Durchsuchungsbefehl. Meine Männer werden jetzt mit ihrer Arbeit beginnen.«

Pater Rozier hob die Hände und weigerte sich, das Schreiben anzunehmen. »Wenn Sie mit mir kommen wollen, Colonel? Ich glaube, es ist doch besser, Sie reden mit Dom Olivier.«

Roux wandte sich an Adjudant Picot und die beiden Sergents. »Warten Sie hier.«

Er folgte Pater Rozier über den Flur, vorbei am Refektorium. Zwölf Priester saßen am langen Refektoriumstisch, vor sich eine Schüssel mit ihrem Essen. Doch keiner aß. Alle starrten ihn an, als er hinter Pater Rozier die kleine Kapelle betrat. Dort sah Roux einen hochgewachsenen, gebrechlichen alten Mann im Mittelschiff knien, das Gesicht dem Tabernakel auf dem Altar zugewandt, die Arme in schmerzhafter Kreuzeshaltung zur Andacht ausgestreckt. Pater Rozier ging durch das Mittelschiff und flüsterte dem alten Mann etwas ins Ohr. Der alte Mann schlug ein Kreuz, erhob sich, beugte sein Knie und kam durch das Mittelschiff auf Roux zu.

»Darf ich Sie bitten?« fragte er mit stockender Stimme. »Es wäre mir lieber, wenn wir nach draußen gehen würden.«

Sein Schritt war unsicher, die Hand zitterte, als er sie am

Ausgang der Kapelle in das Weihwasserbecken tauchte. Aus Höflichkeit machte Roux es ihm nach und schlug ein Kreuzzeichen, ehe er auf den Flur trat. Der Prior musterte die dort wartenden Soldaten in Uniform.

»Was hat das zu bedeuten?« fragte er.

»Wir suchen einen Mann namens Pierre Brossard. Wir haben Grund zu der Annahme, daß er sich hier aufhält.«

»Pierre Brossard«, sagte der Prior. »Den kenne ich gut. Er ist in der Vergangenheit bei uns ein gerngesehener Gast gewesen. Doch um seinetwillen freue ich mich, daß Sie Ihre Zeit verschwenden. Er ist gegenwärtig nicht hier im Haus.«

»Trotzdem müssen wir das Gebäude durchsuchen«, sagte Roux.

»Aber natürlich müssen Sie das«, sagte der Prior. »Sie müssen ebenso Ihre Pflicht tun wie wir. Wenn Sie mich jetzt bitte entschuldigen wollen. Pater Rozier? Bitte gehen Sie diesen Herren zur Hand.«

Er nickte und ging zurück in die Kapelle.

»Also gut«, sagte Roux zu seinen Männern. »Fangen wir mit dem untersten Geschoß an.« Er wandte sich an Pater Rozier. »Das ist das Souterrain, nicht wahr?«

»Ja. Hier entlang. Ich zeige Ihnen den Weg.«

Die Suche begann. Doch allmählich verflogen Roux' Anspannung und Aufregung. Irgendwas stimmte nicht. Entweder hatten sie im Haus ein Versteck, von dem sie glaubten, daß er es nicht finden würde, oder er hatte sich mit seiner Vermutung geirrt, die ihm um sechs Uhr früh noch so vielversprechend erschienen war. Aber wenn es ein Versteck gab, dann mußte er es finden. In den nächsten zwanzig Minuten veranstaltete er mit seinem Team in jedem Zimmer, jedem Schrank, jedem Flur und Stauraum im ganzen Gebäude eine gründliche, lückenlose Durchsuchung. Sie fanden nichts.

# 40

»Alles in Ordnung?« Er atmete so heftig, daß er kaum sprechen konnte. Er nickte. Ja.

»Kopf runter.«

Sie waren jetzt auf dem Dach. Der junge Mönch, der ihn eilends vom Abendtisch geholt hatte, kroch voran, spähte über die Brüstung auf die Straße hinunter und winkte ihn dann zu sich. Nach Luft schnappend und mit schmerzendem Rücken vor lauter Bücken schob er sich wie ein Krebs über die Dachterrasse. Auf dem Weg zur Kluft zwischen ihrem und dem Nachbargebäude zog der Mönch ein langes Brett hinter sich her.

»Schnell!«

Wieder drängte ihn der Priester voran, stand auf und schob das lange Brett über den Abgrund zwischen den Gebäuden. Es schwankte mitten in der Luft, ehe es krachend auf der Dachrinne des gegenüberliegenden Gebäudes zu liegen kam. Keuchend und mit klopfendem Herzen schloß er im Schutz der Brüstung zum jungen Mönch auf.

»Der Hausmeister von nebenan arbeitet auch für uns als Hausmeister«, sagte der junge Mönch. »Er hat uns schon öfter geholfen. Sein Haus besitzt einen Hinterausgang. Die meisten glauben, er ist versperrt, ist er aber nicht. Alles in Ordnung? Ganz sicher?«

»Ja.«

»Sie müssen über dieses Brett. Die Straße habe ich überprüft. Die Soldaten stehen vorn und an den Seiteneingängen. Sie müssen sich beeilen. Sie können jeden Moment hier oben sein.«

»Ich weiß.«

Er richtete sich langsam auf und kroch auf das Brett. Er wagte es nicht, aufrecht zu gehen. Er litt an Höhenangst, schon von klein auf, und ihm war schwindlig, als er jetzt mit hämmerndem Herzen und außer Atem in die enge Gasse hinunterspähte. Es war niemand zu sehen. Kaum kroch er über die Leere zwischen den Häusern, begann das Brett furchterregend zu schwanken. Er hielt inne, dann schob er sich weiter voran. Wieder schwankte das Brett. Er schloß die Augen und klammerte sich zitternd an die Brettkanten. ›Bitte, Gott, hilf mir! Hilf mir!‹

»Weiter! Gut so!«

Die flüsternde Stimme des jungen Mönchs hinter ihm. Er kroch voran, öffnete die Augen und sah, daß er die andere Seite fast erreicht hatte.

»Weiter so! Weiter!«

Noch einmal schob er sich ein Stückchen voran, bis seine Fingerspitzen den heißen Stein der gegenüberliegenden Brüstung berührten. Er zog sich hinüber und ließ sich auf das Dach gleiten. Gleich darauf hörte er ein scharrendes Geräusch, als der junge Mönch das Brett zurück auf das Dach des Priorats zog. Er stand auf. Der junge Mönch ließ kurz das Brett liegen, winkte ihm zu und deutete dann auf eine Tür der Dachterrasse.

»Schnell!«

Halb stolpernd, halb rennend erreichte er die Tür. Als er davorstand, ging sie auf und ein Mann steckte den Kopf hinaus, ein untersetzter junger Mann in Jeans und fleckigem, weißem T-Shirt, das Gesicht mit einem riesigen Schnurrbart bekränzt. Der Mann drängte ihn, ins Haus zu kommen. Er betrat das Wohnzimmer eines Appartements, das wie ein baufälliger Schuppen auf dem Flachdach des Gebäudes errichtet worden war. Vom Wohnzimmer aus sah er ein Schlafzimmer, eine Kochnische und halb verborgen hinter einem Perlvorhang eine Toilette sowie ein Bidet. Die Wände des Wohnzimmers waren mit alten Urlaubsplakaten von der Riviera und primitiven Reproduktionen von Provençegemälden bedeckt. Die Möbel waren aus grünem Rattan, alt und durchgesessen, und auf der *chaise-longue* am Fenster lag eine junge Frau, rauchte eine Zigarette und starrte ihn mit einer seltsamen Mischung aus Verachtung und Gleichgültigkeit an. Sie trug rote Shorts und einen roten, rückenfreien Top. Sie war die Frau, deren nackte Brüste er am Tag zuvor betrachtet hatte. Der schnauzbärtige junge Mann deutete auf einen Sessel.

»Setzen Sie sich, Monsieur. Alles in Ordnung?«

Er setzte sich, keuchte noch immer und nickte mit dem Kopf, ja, alles in Ordnung.

»Die Patres benutzen ein Klingelsignal, wenn sie mich brauchen. Daher wußte ich, daß Sie kommen«, erklärte der Mann. »Ich kümmere mich drüben um die Feuerung. Sie sind nicht der erste, den sie rüberschicken.«

»Es geht ihn nichts an, wen sie rüberschicken«, sagte die junge Frau. »Siehst du denn nicht, daß er krank ist? Hol ihm ein Glas Wasser. Willst du ein Glas Wasser, Opa?«

Er nickte. Der junge Mann ging in die behelfsmäßige Küche. Die junge Frau glitt von der *chaise-longue*, die Shorts rutschten hoch bis über ihre Pobacken. Dann steckte sie sich am Stummel der letzten Zigarette eine neue an und ging nach draußen.

»Hier, bitte sehr, Monsieur.«

Er nahm das Glas. »Danke. Dies Haus hat einen Hinterausgang, hat man mir gesagt.«

»Das hat es. Aber warum die Eile? Warten Sie lieber, bis die *flics* verschwunden sind.«

Er trank das Wasser, das ein wenig abgestanden schmeckte. Er hatte seine Pillen nicht dabei, und wie ein Schwert durchzuckte ihn ein glühender Schmerz, so daß er zusammenzuckte. »Was ist das hier für ein Haus?« fragte er. »Wohnen hier noch mehr Mieter?«

»Nein. Hier sind nur Büros. Wir sind die einzigen, die hier wohnen.«

Die junge Frau kam wieder herein. »Zwei *flics* sind gerade aufs Nachbardach gestiegen. Ich habe ihnen eine Kußhand zugeworfen. Soldaten. Sie haben zurückgewinkt.«

»Sind sie immer noch da, Mademoiselle?«

»Ach was, nein, die sind wieder nach unten gegangen. Keine Sorge, Opa. Die sind bald verschwunden.«

Er beugte sich vor und stellte das Glas zwischen seinen Füßen ab. Der Schmerz kam in Wellen. Und mit ihm die Furcht. ›Mein Herz? Ist es mein Herz? Nein, so war's noch nie. Es sind die Nerven. Beruhige dich.‹

Der junge Mann ging zum Tisch bei der Kochnische und goß sich ein halbes Glas Rotwein ein. »Was wollen Sie jetzt tun? Wollen Sie zurück zu den Patres?«

»Was er vorhat, geht dich überhaupt nichts an«, sagte die Frau.

»Ich habe ja nur gefragt. Du weißt schon. Konversation machen.«

»Nein, ich gehe nicht zurück«, sagte er. »Ich gehe woandershin. Kann ich hier irgendwo ein Taxi bekommen?«

»Wenn Sie aus dem Haus gehen, kommen Sie in eine enge Gasse«, sagte der junge Mann. »Gehen Sie bis ans Ende und biegen Sie dann in die Rue Récamier. Auf halbem Weg die Straße hinunter ist auf der linken Seite ein Taxistand.«

»Danke. Hätten Sie vielleicht ein Aspirin für mich?«

»Cécile, wo haben wir Aspirin?«

»Über der Spüle.«

Der junge Mann brachte ihm das Fläschchen. Er nahm zwei und schluckte sie mit dem abgestandenen Wasser hinunter. Er sah auf seine Uhr. Dreiundzwanzig Minuten vor neun. »Wissen Sie bestimmt, daß es jetzt sicher ist?« fragte er. »Ich meine, ich kann nicht mehr lange warten. Ich habe um neun eine Verabredung.«

»Seien Sie unbesorgt«, sagte der junge Mann. »Niemand weiß, daß man den Ausgang benutzen kann. Niemand außer uns.«

»Warte«, sagte die Frau. »Ich glaube, ich habe da was gehört.«

»Was? Was?« Plötzlich hatte er panische Angst.

»Piß dir nicht ins Hemd, Opa«, sagte sie und ging nach draußen. Er sah, wie sie an die Brustung ging und nach unten schaute. Dann kehrte sie zurück. »Ein Colonel, alle Achtung«, sagte sie. »Sie müssen ja ziemlich wichtig sein. Na ja, jedenfalls ziehen sie jetzt ab.«

Er stand auf. »Ich muß auch los.«

Der junge Mann stürzte den restlichen Wein hinunter. »Also gut, auf geht's.«

Er folgte dem jungen Mann zur Tür hinaus. Als er ging, drehte er sich noch einmal zur Frau um.

Sie lächelte ihn an. »Weißt du, ich habe dich schon mal gesehen«, sagte sie. »Wie haben dir meine Titten gefallen?«

Er tat, als hätte er sie nicht gehört. Der Schmerz ließ allmählich nach, als er dem jungen Mann über das Dach zu einer Tür und über eine kurze Treppe zum letzten Stockwerk des Gebäudes folgte. Dort unten war es dunkel. Der junge Mann knipste ein Licht an und führte ihn durch einen Flur zu einem Warenaufzug, zog das Gitter vor der Tür zur Seite und wies ihn mit einer Handbewegung an einzusteigen. Der Lift fuhr drei Stockwerke hinab und kam krachend im Erdgeschoß zum Stehen. Der junge Mann ging dann durch einen Heizkeller voran in einen zweiten Raum voller alter Propangasbehälter und leerer Weinflaschen. Er zerrte ein Stück Wellblech zur Seite, und dahinter lag im sterbenden Sonnenlicht der Provençe eine enge, verdreckte, mit Mülltonnen gesäumte Gasse. Der junge Mann drehte sich zu ihm um und verzog die Lippen unter dem riesigen, hochgezwirbelten Schnurrbart zu einem breiten Grinsen. »Da wären wir, Monsieur. Der Weg in die Freiheit. *Salut!*«

Er reichte dem jungen Mann die Hand. ›Ich sollte ihm irgendwas geben.‹ Aber das Geld steckte in seinem Geldgürtel, und es war ihm zu riskant, den einem Fremden zu zeigen. Statt dessen sagte er: »Gott segne Sie, mein Sohn. Vielen Dank.«

Er hörte das Wellblech über den Betonboden knirschen,

als der junge Mann hinter ihm den Ausgang wieder verbarrikadierte. Der Schmerz war fast vorbei. Die Gasse stank nach Müll, aber begierig sog er die stinkende Luft der Freiheit ein. Das war knapp gewesen, so knapp wie seit dem Ende der Besatzungszeit nicht mehr. Der Schmerz war fort. Er sah auf seine Uhr. Elf Minuten vor neun. Gerade noch Zeit genug, um ein Taxi zu suchen, zum Café Corona zu fahren und sich Pochons Obhut anzuvertrauen. Schließlich ergab er sich also doch in sein Schicksal. Es wurde Zeit zu gehen, Zeit, nicht länger davonzulaufen, Zeit, in irgendeiner fremden Stadt in der Sonne zu sitzen, ein Glas in der Hand, eine Haushälterin zu haben, die ihm das Essen kochte, Zeit, nicht mehr umziehen müssen, nicht mehr wachsam nach links und rechts schauen müssen, wenn er hinaus auf die Straße ging. ›Ich habe gewonnen.‹

In der Gasse war niemand zu sehen. Oben, in dem engen Himmelsausschnitt zwischen den Mauern, hatte sich die Sonne von strahlendem Orange zu tiefem Blutrot verfärbt. Gleich war es Nacht in den Straßen von Nizza. Er ging weiter, außer Atem, doch zuversichtlich. Am Ende der Gasse ein Straßenschild: Rue Récamier. Und dort, auf halbem Weg die Straße hinunter, genau wie der junge Mann es ihm beschrieben hatte, ein Taxistand.

Das Café Corona war klein, im Stil der *Belle Epoque* mit elektrischen Lampen geschmückt, die wie Gasleuchten aussahen. Sie flackerten und warfen lange Schatten, so daß er Inspektor Pochon anfangs nicht erkannte, der an einem der hinteren Tische saß und ihn zu sich winkte. Pochon erhob sich nicht, streckte ihm aber die Hand hin, wie *flics* es eben tun, wenn sie mit dir zu tun haben und wissen, daß du auf ihrer Gehaltsliste stehst. »Schwierigkeiten gehabt? Problemlos hergefunden?«

Er setzte sich und erzählte, was passiert war. Pochon, untersetzt, grauhaarig, in den Sechzigern, hörte mit zerstreuter Ungeduld zu, als hätte er all dies schon einmal gehört.

»Typische Taktik der Gendarmerie«, sagte Pochon. »Die sichern nie ihren Arsch. Hätte ich die Razzia im Priorat gemacht, säßen Sie jetzt nicht hier.«

»Nun, aber ich sitze hier«, sagte er. »Und wie sieht der nächste Schritt aus?«

»Ich fahre Sie über die Grenze«, sagte Pochon. »Eigentlich wollte ich erst morgen fahren, aber nach dem, was Sie mir gerade erzählt haben, brechen wir besser schon heute nacht auf. Wir fahren bei Menton über die Grenze nach Italien und schlafen in Ventimiglia. Kein Problem. Mit meiner Polizeimarke werden uns die Grenzposten durchwinken. Bis zum Wochenende sollte ich dann Ihren Paß und die Visa haben.«

»Paß? Was für einen Paß?«

»Einen französischen natürlich. Sehen Sie sich doch an, etwas anderes als ein Franzose könnten Sie doch gar nicht sein.«

Darüber mußte er lachen. »Aber wo schicken Sie mich hin, Inspektor?«

»Wie wär's mit Kanada? Würde Ihnen das gefallen?«

»Kanada?« Er spürte eine Welle der Erleichterung. »Da reden sie französisch.«

»Manche, ja. Also gut. Lassen Sie uns von hier verschwinden.« Pochon legte Geld auf den Tisch und erhob sich. Er war nicht groß, einssechsundfünfzig etwa, aber ein kleiner

Napoléon. »Fertig?« Pochon bellte die Frage wie einen Befehl.

Pierre nickte. Als sie auf die Straße traten, dachte er: ›Kanada‹. »Da gibt es etwas, das ich Sie noch fragen wollte, Inspektor. Meine Überweisungen. Sie werden sie doch weiterhin schicken, nicht wahr? Das Leben ist teuer da drüben.«

Pochon sah ihn an und schüttelte verärgert den Kopf. »Machen Sie sich deshalb jetzt keine Gedanken. Der Wagen steht auf dem Parkplatz am Ende der Gasse.«

Er sah, wie Pochon nach links und rechts schaute und ihn dann aufforderte, ihm zu folgen. Er sah den kleinen Mann, die hochgezogenen Schultern, sah, wie er in das trübe Zwielicht der unbeleuchteten Gasse eintauchte. Und plötzlich stieg eine Ahnung von Gefahr in ihm auf. Er zögerte.

»Vorwärts«, sagte Pochon, drehte sich zu ihm um und wollte wissen, was ihn aufhielt.

Beklommen ging er ins Dunkle. Und im selben Augenblick sah er, wie Pochon beide Hände hob, sah den Revolver einen Sekundenbruchteil, bevor ihn die erste Kugel in die Brust traf. Die zweite Kugel traf ihn, als er in die Knie sank.

*Im Tod sah er die Toten, aufgereiht, die Füße an der Friedhofsmauer. Es waren vierzehn, einer weniger, als er der Gestapo versprochen hatte. Die Schilder mit den jüdischen Namen, die ihnen um den Nacken gebunden worden waren, schwankten sanft im abendlichen Wind. Er mußte über sie hinwegsteigen, wenn er das Ende der Gasse erreichen wollte. Doch das Erschießungskommando hatte sie auf seinen Befehl hin eng zusammengelegt, zwischen ihnen war einfach nicht genügend Platz.*

Er fiel vornüber, schlug mit dem Kopf auf den betonierten Gehweg. Schmerz verzehrte ihn, aber er kämpfte dagegen an, um endlich doch jenes Gebet zu sprechen, das die Kirche ihn gelehrt hatte, das Gebet der wahren Reue. Aber er fühlte keine Reue. Er hatte niemals Reue für seine Taten verspürt. Und als er Gott jetzt um Vergebung anflehte, entschied sich Gott, ihm vierzehn tote Juden zu zeigen.

Pochon zog eine Lampe aus seiner Tasche und beleuchtete das tote Gesicht. Dann streifte er sich Wegwerfhandschuhe über. Auf dem Bekennerbrief durften keine Fingerabdrücke zu finden sein. Er bückte sich und heftete das Schreiben sorgsam mit zwei großen Sicherheitsnadeln an die Brust des Toten.

## *Brian Moore im Diogenes Verlag*

### *Katholiken*

Roman. Aus dem Englischen von Elisabeth Schnack

Als im Jahr 2000 selbst das Fernsehen auf Mönche in Irland aufmerksam macht, die noch immer die Messe auf lateinisch lesen, sendet Rom einen jungen Geistlichen zum Kloster auf der abgelegenen Insel aus. Ein Roman nicht nur von der Problematik der Institution Kirche, sondern von den verzwickt vertauschten Positionen von Progressivität und Konservativismus.

»Wohl das beste Buch eines Schriftstellers, den ich sehr bewundere... Komisch, traurig und sehr ergreifend.«
*Graham Greene*

### *Die Große Viktorianische Sammlung*

Roman. Deutsch von Helga und Alexander Schmitz

Ein unscheinbarer junger kanadischer Geschichtsprofessor erträumt eines Nachts die Große Viktorianische Sammlung. Er wird zum Gefangenen eines Alptraums aus Sensationslüsternen, Spinnern, Geschäftemachern, Gleichgültigen, Fachleuten, Freunden, Verwandten.

»Brian Moore kann die meisten seiner Zeitgenossen in Grund und Boden schreiben.« *Kingsley Amis*

### *Schwarzrock – Black Robe*

Roman. Deutsch von Otto Bayer

Mit genau recherchierten Details läßt Brian Moore das frühe 17. Jahrhundert neu erstehen, als die Jesuiten in den französischen Teil Nordamerikas kamen, um die ›Wilden‹ zur Ehre Gottes zu bekehren und zu taufen.

Bruce Beresford (›Driving Miss Daisy‹) verfilmte *Schwarzrock – Black Robe* mit Lothaire Bluteau

(›Jesus of Montreal‹), Sandrine Holt und Tantoo Cardinal (›Dances with Wolves‹) in den Hauptrollen.

## *Die einsame Passion der Judith Hearne*

Roman. Deutsch von Hermann Stiehl

»Die Menschen dieses Romans sind im Leben gescheiterte Existenzen, die einzig aus ihren Träumen und Hoffnungen die Kraft zum Weiterleben gewinnen. Brian Moore erzählt seine Geschichte zwar mit humorvoller Distanz, aber doch auch stets mit Anteilnahme und Liebe.« *FAZ*

## *Die Farbe des Blutes*

Roman. Deutsch von Otto Bayer

»Auf Stephan Bem, Kirchenführer eines Ostblocklandes, wird ein Attentat verübt, kurz darauf nimmt ihn die Staatspolizei in Gewahrsam, aus dem er entflieht. Bem ist hin- und hergerissen zwischen Verantwortung als Kardinal, den Reformbestrebungen der illegalen Gewerkschaft und innenpolitischer Machbarkeit. Moore verfaßte keinen religiösen Roman, er schildert vielmehr die inneren Konflikte eines Menschen, der Frieden sucht und nicht finden kann.« *M. Vanhoefer/Münchner Merkur*

## *Die Antwort der Hölle*

Roman. Deutsch von Rudolf Rocholl

Brendan Tierney ist vom Ehrgeiz besessen, sich mit einem Bestseller an die Spitze zu schreiben. Bei seinem skrupellosen Kampf um den Erfolg vernachlässigt er seine Familie, entfremdet sie sich schrittweise und wird allmählich auch sich selber fremd. Immer mehr verfällt er seiner Besessenheit…

»Das Buch verdient es, daß es den Weg zu den deutschen Lesern findet, die von ihren eigenen Schriftstellern mit vergleichbaren Romanen nicht gerade überfüttert werden.« *FAZ*

## *Ich bin Mary Dunne*

Roman. Deutsch von Hermann Stiehl

Mary, Anfang dreißig, zweimal geschieden, dreimal verheiratet, kanadisch-irischer Abstammung, ist eine weltgewandte, attraktive New Yorkerin. Jede Ehe war ein Schritt zu ihrer Persönlichkeitsentfaltung. Nun ist sie eigentlich am Ziel ihrer Wünsche angelangt: Ihre dritte Ehe verschafft ihr eine gesicherte Existenz, gesellschaftliche Anerkennung und sexuelle Erfüllung – doch um welchen Preis.

»*Ich bin Mary Dunne* – so betörend einfach geschrieben – und dabei so komplex und befriedigend wie alles, was Moore bisher vorgelegt hat.« *The Observer, London*

## *Dillon*

Roman. Deutsch von Otto Bayer

Gerade hat Michael Dillon einen Entschluß gefaßt, der seinem Leben eine Wende geben und ihn zum glücklichsten Menschen machen soll, da verwandelt sich sein Leben in einen Alptraum: Maskierte Männer dringen in sein Haus ein, nehmen ihn und seine Frau als Geisel und zwingen ihn, nach ihren Befehlen zu handeln.

»Ein subtil geschriebener Psychothriller vor brisantem politischem Hintergrund und zugleich eine starke Liebesgeschichte.« *Norddeutscher Rundfunk*

## *Die Frau des Arztes*

Roman. Deutsch von Jürgen Abel

Sheila Redden, seit sechzehn Jahren mit einem erfolgreichen Arzt verheiratet und Mutter eines fünfzehnjährigen Sohnes, reist ihrem vielbeschäftigten Mann zum Urlaub nach Frankreich. In Paris lernt Sheila den zehn Jahre jüngeren Amerikaner Tom kennen und verliebt sich in ihn.

»Sheila Redden ist die faszinierendste Ehebrecherin, die uns seit langem in der Literatur begegnet ist.«
*Time Magazine, New York*

## *Kalter Himmel*

Roman. Deutsch von Otto Bayer

Nach einem Bootsunfall wird Dr. Davenport mit einer Kopfverletzung ins Krankenhaus eingeliefert. Alle Rettungsversuche scheitern. Dr. Davenport stirbt, sein Körper wird in die Leichenhalle gebracht. Am nächsten Morgen ist die Leiche verschwunden. Marie Davenport, die untreue Gattin, glaubt, daß ihr Mann noch lebt und will ihn wiederfinden. Eine Verfolgungsjagd beginnt, und damit das innere Drama Marie Davenports.

»Moore schafft es in *Kalter Himmel*, die alltägliche Problematik von Beziehung und Beisammensein in einer fesselnden Suspense-Story aufzulösen.«
*Christian Seiler/Weltwoche, Zürich*

## *Ginger Coffey sucht sein Glück*

Roman. Deutsch von Gur Bland

Ginger Coffey, mit Frau und Kind von Irland nach Kanada ausgewandert, läßt sich nicht unterkriegen. Seine großen Pläne als Vertreter sind zwar an den Realitäten jenseits des Ozeans zerschellt, doch sieht ihm das drohende Elend ja keiner an: In seiner Kleidung eines Dubliner Aristokraten macht er sich auf den Weg ins Arbeitsamt, und wer sagt schon, daß man Fragebogen immer richtig ausfüllen muß?

»Einer der bedeutenden Romane über die Sonnen- und Schattenseiten des Immigrantendaseins in Kanada: keine Satire, eher eine tragikomische Bestandesaufnahme.« *Harenbergs Lexikon der Weltliteratur*

## *Es gibt kein anderes Leben*

Roman. Deutsch von Otto Bayer

Auf der Karibikinsel Ganae herrschen Mißstände, die an das Haiti der Duvaliers erinnern: Armut, eine Militär-Junta, Analphabetismus und Korruption. Père Paul Michel, ein kanadischer Missionar am einzigen fortschrittlichen Gymnasium Ganaes, fördert den hochbegabten schwarzen Waisenjungen Jeannot, bis dieser aller Erwartungen übertrifft: Er wird zum ersten Priesterpräsidenten seines Landes und ruft seine schwarzen Brüder in Predigten offen zum Widerstand gegen die Unterdrücker auf.

»Einer der besten politischen Romane der letzten Jahre.« *Boston Sunday Globe*

## *Die Versuchung der Eileen Hughes*

Roman. Deutsch von Nikolaus Stingl

Eileen Hughes, gerade erst zwanzig, hat eine Stelle in einem Warenhaus angetreten. Sie fühlt sich fremd, ist scheu – und unschuldig. Ihren Chef hält sie für einen großherzigen Gönner, als dieser sie bittet, ihn und seine Frau nach London zu begleiten. Erst allmählich dämmern ihr die wahren Ziele der Reise. Brian Moore führt den Leser in eine Welt, in der Liebe tyrannisch, Geld machtlos und Unschuld tödlich sein kann.

»Moore schreibt über diese Menschen, als ob er mit ihnen zusammengelebt hätte. Vorzügliche Charakterzeichnung.« *Publishers Weekly, New York*

## *Saturnischer Tanz*

Roman. Deutsch von Malte Krutzsch

Der katholische Ire Diarmuid Devine, Lehrer in einer Knabenschule in Belfast, hat noch mit 37 Jahren Frauen immer nur in der Phantasie geliebt. Eine lebensfeindliche Moral bestimmt das Verhalten des zum Teil aus Geistlichen bestehenden Lehrkörpers und provoziert bei den Schülern eine übertriebene Skandallüsternheit. Geschichten über Devine und die zwanzigjährige Una Clarke, protestantische Nichte eines Lehrerkollegen, beginnen zu kursieren…

»Genauigkeit in der Darstellung, einfühlsame Beschreibung, aber auch Sarkasmus und Ironie kennzeichnen dieses Porträt eines unverheirateten Lehrers, der sich an den erstarrten und repressiven Erziehungsvorschriften der katholischen Kirche reibt.«
*Harenbergs Lexikon der Weltliteratur*

## *Der Eiscremekönig*

Roman. Deutsch von Bernhard Robben

Belfast 1939: Der siebzehnjährige Gavin Burke, hin und her gerissen zwischen seiner Liebe für Gedichte und seinem Lebenshunger, schließt sich aus Protest gegen seine irisch-nationale, katholische Familie dem örtlichen Luftschutzverein an. Gavins schwindelerregendes Erwachen aus dem Horror eines Luftangriffs zu jenem Erwachsensein, nach dem er sich so gesehnt hat, ist ein Meisterstück moderner Erzählkunst.

»Mutig, einfach und geradlinig.« *New Statesman*

## *Strandgeburtstag*

Roman. Deutsch von Bernhard Robben

»Eigentlich geht's ihm gar nicht so schlecht: Fergus Fadden ist Ende Dreißig und sitzt in einem wunderbaren Haus am Strand von Kalifornien, um dort das Drehbuch zu seinem Roman zu überarbeiten. Daß sein Haar schütter wird, daß seine Parodontose voranschreitet, daß seine Ehe gescheitert und er eigentlich zu alt für seine Freundin ist, das alles sieht Fergus nur, wenn er allzulange vor dem Spiegel meditiert: eine lakonische und zugleich witzige Beschreibung der vielzitierten Midlife-crisis.« *ORF, Wien*